甜橙树

SWEET ORANGE TREE

曹文轩 著

北京大学出版社
PEKING UNIVERSITY PRESS

作者像

［英］张怀存 画

代序 文学：另一种造屋	1
甜橙树	9
雪柿子	26
蝙蝠香	45
白栅栏	103
芦荻秋	127
六十六道弯	150
黑魂灵	179
第五只轮子	198
单行街	224
板门神	238
诛犬	248
金色的茅草	263
田螺	277
海牛	298
一只叫凤的鸽子	320
忧郁的田园	355
泥鳅	381

代序

文学：另一种造屋*

曹文轩

我为什么要——或者说我为什么喜欢写作？写作时，我感受到的状态，是一种什么样的状态？我一直在试图进行描述，但各种描述，都难以令我满意。后来，有一天，我终于找到了一个确切的、理想的表述：写作便是建造房屋。

是的，我之所以写作，是因为它满足了我造屋的欲望，满足了我接受屋子的庇荫而享受幸福和愉悦的欲求。

我在写作，无休止地写作；我在造屋，无休止地在造屋。

当我对此"劳作"细究，进行无穷追问时，我发现，其实每个人都有造屋的情结，区别也就是造屋的方式不一样罢了——我是在用文字造屋；造屋情结与生俱来，而此情结又来自人类最古老的欲望。

---

* 本文为作者在"国际安徒生奖"颁奖礼上的演讲文章。

记得小时候在田野上或在河边玩耍，常常会在一棵大树下，用泥巴、树枝和野草做一座小屋。有时，几个孩子一起做，忙忙碌碌，很像一个人家真的盖房子，有泥瓦工、木工，还有听使唤的杂工。一边盖，一边想象着这个屋子的用场。不是一个空屋，里面还会放上床、桌子、书柜等家什。谁谁谁睡在哪张床上，谁谁谁坐在桌子的哪一边，不停地说着。一座屋子里，有很多空间分割，各有各的功能。有时好商量，有时还会发生争执，最严重的是，可能有一个霸道的孩子因为自己的愿望未能得到满足，恼了，突然地一脚踩烂了马上就要竣工了的屋子。每逢这样的情况，其他孩子也许不理那个孩子了，还骂他几句很难听的；也许还会有一场激烈的打斗，直打得鼻青脸肿哇哇地哭。无论哪一方，都觉得事情很重大，仿佛那真是一座实实在在的屋子。无论是希望屋子好好地保留在树下的，还是肆意要摧毁屋子的，完全把这件事看成了大事。当然，很多时候是非常美好的情景。屋子盖起来了，大家在嘴里发出噼里啪啦一阵响，表示这是在放庆贺的爆竹。然后，就坐在或跪在小屋前，静静地看着它。终于要离去了，孩子们会走几步就回头看一眼，很依依不舍的样子。回到家，还会不时地惦记着它，有时就有一个孩子在过了一阵子后，又跑回来看看，仿佛一个人离开了他的家，到外面的世界去流浪了一些时候，现在又回来了，回到了他的屋子、他的家的面前。

我更喜欢独自一人盖屋子。

那时，我既是设计师，又是泥瓦工、木匠和听使唤的杂工。我对我发布命令："搬砖去！"于是，我答应了一声："哎！"就搬砖去——哪里有什么砖，只是虚拟的一个空空的动作。一边忙碌一边不住地在嘴里说着:"这里是门!""窗子要开得大大的!""这个房间是爸爸妈妈的,这个呢——小的,不,大的,是我的!我要睡一个大大的房间!窗子外面是一条大河!"……那时的田野上,也许就我一个人。那时,也许四周是滚滚的金色的麦浪,也许四周是正在扬花的一望无际的稻子。我很投入,很专注,除了这屋子,就什么也感觉不到了。那时,也许太阳正高高地悬挂在我的头上,也许都快落进西方大水尽头的芦苇丛中了——它很大很大,比挂在天空中央的太阳大好几倍。终于,那屋子落成了。那时,也许有一支野鸭的队伍从天空飞过,也许,天空光溜溜的,什么也没有,就是一派纯粹的蓝。我盘腿坐在我的屋子跟前,静静地看着它。那是我的作品,没有任何人参与的作品。我欣赏着它,这种欣赏与米开朗基罗完成教堂顶上的一幅流芳百世的作品之后的欣赏,其实并无两样。可惜的是,那时我还根本不知道这个意大利人——这个受雇于别人而作画的人,每完成一件作品,总会悄悄地在他的作品的一个不太会引起别人注意的地方,留下自己的名字。早知道这一点,我也会在我的屋子的墙上写上我的名字的。屋子,作品,伟大的作品,我完成的。此后,一连许多天,我都会不住地惦记着我的屋子,我的作品。我会常常去看它。说来也奇怪,那屋子建在一条田埂上,那田埂上会有去田间劳作的人不时地走过,但那屋子,却总是好好的还在那里,看来,所有见到的人,都在小心翼翼地保护着它。直到一天夜里或是一个下午,一场倾盆大雨将它冲刷得了无痕迹。

再后来就有了一种玩具——积木。

那时,除了积木,好像也没有什么其他的玩具了。一段时期,我对积木非常着迷——更准确地说，依然是对建造屋子着迷。我用这些大大小小、形状不一、颜色各异的积木，建造了一座又一座屋子。与在田野上用泥巴、树枝和野草盖屋子不同的是，我可以不停地盖，不停地推倒再盖——盖一座不一样的屋子。我很惊讶，那么多的木块，却居然能盖出那么多不一样的屋子来。除了按图纸上的样式盖，我还会别出心裁地利用这些木块的灵活性，盖出一座又一座图纸上并没有的屋子来。总有罢手的时候，那时，必定有一座我心中理想的屋子矗立在床边的桌子上。那座屋子，是谁也不能动的，只可以欣赏。它会一连好几天矗立在那里，就像现在看到的一座经典性的建筑。直到一只母鸡或是一只猫跳上桌子，毁掉了它。

现在我知道了，屋子，是一个小小的孩子就会有的意象，因为那是人类祖先遗存下的意象。这就是为什么第一堂美术课往往总是老师先在黑板上画上一个平行四边形，然后再用几条长长短短的、横着的竖着的直线画一座屋子的原因。

屋子就是家。

屋子的出现，是跟人类对家的认识联系在一起的。家就是庇护，就是温暖，就是灵魂的安置之地，就是生命延续的根本理由。其实，世界上发生的许许多多事情，都是和家有关的。幸福、苦难、拒绝、祈求、拼搏、隐退、牺牲、逃逸、战争与和平，所有这一切，都与家有关。成千上万的人呼啸而过，杀声震天，血染沙场，只是为了保卫家园。家是神圣不可侵犯的，这就像高高的槐树顶上的一个鸟窝不可侵犯一样。我至今还记得小时候看到的一个情景：一个喜鹊窝被人捅掉在了地上,无数的喜鹊飞来,不住地俯冲,不住地叫唤,一只只都显出不顾一切的样子,对靠近鸟窝的人居然敢突然劈杀下来,让在场的人不能不感到震惊。

家的意义是不可穷尽的。

当我终于长大时,儿时的造屋欲望却并没有消退——不仅没有消退,随着年龄的增长、对人生感悟的不断加深,而变本加厉。只不过材料变了,不再是泥巴、树枝和野草,也不再是积木,而是文字。

文字构建的屋子,是我的庇护所——精神上的庇护所。

无论是幸福还是痛苦,我都需要文字。无论是抒发,还是安抚,文字永远是我无法离开的。特别是当我在这个世界里碰得头破血流时,我就更需要它——由它建成的屋,我的家。虽有时简直就是铩羽而归,但毕竟我有可归的地方——文字屋。而此时,我会发现,那个由钢筋水泥筑成的物质之家,其实只能解决我的一部分问题,而不能解决我全部的问题。

还有,也许我如此喜欢写作——造屋,最重要的原因是它满足了我天生向往和渴求自由的欲望。

人类社会如果要得以正常运转,就必须讲义务和法则,就必须接受无数条条框框的限制。而义务、法则、条条框框却是和人的自由天性相悖的。越是精致、严密的社会,越要讲义务和法则。因此,现代文明并不能解决自由的问题。但自由的欲望,是天赋予的,那么它便是合理的,无可厚非的。对立将是永恒的。智慧的人类找到了许多平衡的办法,其中之一,就是写作。你可以调动文字的千军万马;你可以将文字视作葱茏草木，使荒漠不再；你可以将文字视作鸽群，放飞无边无际的天空。你需要田野，于是就有了田野；你需要谷仓，于是就有了谷仓。文字无所不能。

　　作为一种符号，文字本是一一对应这个世界的。有山，于是我们就有了"山"这个符号；有河，于是我们就有了"河"这个符号。但天长日久，许多符号所代表的对象已不复存在，但这些符号还在，我们依然一如往常地使用着。另外，我们对这个世界的叙述，常常是一种回忆性质的。我们在说"一棵绿色的小树苗"这句话时，并不是在用眼睛看着它、用手抓着它的情况下说的。事实上，我们在绝大部分情况下，是在用语言复述我们的身体早已离开的现场、早已离开的时间和空间。如果这样做是非法的，你就无权在从巴黎回到北京后，向你的友人叙说卢浮宫——除非你将卢浮宫背到北京。而这样要求显然是愚蠢的。还有，我们要看到语言的活性结构，一个"大"字，可以用它来形容一只与较小的蚂蚁相比而显得较大的蚂蚁——大蚂蚁，又可以用它来形容一座白云缭绕的山——大山。一个个独立的符号可以在一定的语法之下，进行无穷无尽的组合。所有这一切都在向我们诉说一个事实：语言早已离开现实，而成为一个独立的王国。这个王国的本性是自由，而这正契合了我们的自由欲望。这个王国自有它的契约，但我们却可以在这一契约之下，获得广阔的自由。写作，可以让我们灵魂得以自由翱翔；可以让我们的自由之精神，得以光芒四射；可以让我们向往自由的心灵得以安顿。

　　为自由而写作，而写作可以使你自由。因为屋子属于你，是你的空间。你可以在你构造的空间中让自己的心扉完全打开，让感情得以充分抒发，让你的创造力得以淋漓尽致地发挥。而且，造屋本身就会让你领略自由的快意。屋子坐落在何处，是何种风格的屋子，一切，有着无限的可能性。当屋子终于按照你的心思矗立在你的眼前时，你的快意一定是无边无际的。那时，你定会对自由顶礼膜拜。

造屋，自然又是一次审美的历程。屋子，是你美学的产物，又是你审美的对象。你面对着它——不仅是外部，还有内部，它的造型、它的结构、它的气韵、它与自然的完美合一，会使你自然而然地进入审美的状态。你在一次又一次的审美过程中又得以精神上的满足。

再后来，当我意识到了我所造的屋子不仅仅是属于我的，而且是属于任何一个愿意亲近它的孩子时，我完成了一次理念和境界的蜕变和升华。再写作，再造屋，许多时候我忘记了它们与我的个人关系，而只是在想着它们与孩子——成千上万的孩子的关系。我越来越明确自己的职责：我是在为孩子写作，在为孩子造屋。我开始变得认真、庄严，并感到神圣。我对每一座屋子的建造，处心积虑，严格到苛求。我必须为他们建造这世界上最好最经得起审美的屋子，虽然我知道难以做到，但我一直在尽心尽力地去做。

孩子正在成长过程中，他们需要屋子的庇护。当狂风暴雨袭击他们时，他们需要屋子。天寒地冻的冬季，这屋子里升着火炉。酷暑难熬的夏日，四面窗户开着，凉风习习。黑夜降临，当恐怖像雾在荒野中升腾时，屋子会让他们无所畏惧。这屋子里，不仅有温床、美食，还有许多好玩的开发心智的器物。有高高矮矮的书柜，屋子乃为书，而这些书为书中之书。它们会净化他们的灵魂，会教他们如何做人。它们犹如一艘船,渡他们去彼岸;它们犹如一盏灯,导他们去远方。

对于我而言,我最大的希望,也是最大的幸福,就是当他们长大离开这些屋子数年后,他们会不时地回忆起曾经温暖过庇护过他们的屋子,而那时,正老去的他们居然在回忆这些屋子时有了一种乡愁——对,乡愁那样的感觉。这在我看来,就是我写作——造屋的圆满。

生命不息,造屋不止。既是为我自己,更是为那些总让我牵挂、感到悲悯的孩子。

甜橙树

TIAN CHENG SHU

男孩弯桥,一早上出来打猪草,将近中午时,觉得实在太累了,就拖着一大网兜草,来到油麻地最大的一棵甜橙树下,仰头望了望一树的甜橙,咽了一口唾沫,就躺在了甜橙树下。本来是想歇一会儿再回家的,不想头一着地,眼前的橙子就在空中变得虚虚飘飘,不一会儿就睡着了,一睡着就沉沉的,仿佛永远也醒不来了。

那只草绳结的大网兜,结结实实地塞满了草,像一只硕大的绿球,沉重地停在甜橙树旁,守候着他。

秋天的太阳雪一般明亮,但并不强烈地照着安静的田野。

田埂上,走着四个孩子:六谷、浮子、三瓢和红扇。今天不上学,他们打算今天一整天就在田野上晃悠,或抓鱼,或逮已由绿色变成棕色的蚂蚱,或到稻地里逮最后一批欲飞又不能飞的小秧鸡,或干脆就摊开双臂、叉开双腿,在田埂上躺下晒太阳——再过些日子,太阳就会慢慢地远去了。

他们先是看到弯桥的那只装满草的大网兜,紧接着就看到了躺在甜橙树下的弯桥。四个人都有一种说不出的兴奋,沿着田埂,向甜橙树一路跑来。快到甜橙树时,就一个一个地变成了猫,向弯桥轻轻地靠拢,已经变黄的草在他们的脚下慢慢地倒伏着。走在前头的,有时停住,扭头与后面的对一对眼神,动作就变得更轻了。那番机警的动作,不免有点儿夸张。其实,这时候即使有人将弯桥抱起来扔进大河里,他也未必能醒来。

他们来到了甜橙树下,低头弯腰,轻轻地绕着弯桥转了几圈,之后,就轻轻地坐了下来,或望望睡得正香的弯桥,或互相挤眉弄眼,然后各自挪了挪屁股,以便向弯桥靠得更近一些。他们脸上有一种压抑不住的快乐,仿佛无聊乏味的一天,终于因弯桥的出现,忽然地有了一个让人喜悦的大转折。

此时,弯桥只在他的无边无际的睡梦里。

阳光透过卵形的甜橙树的叶子,筛到了弯桥的身上、脸上。有轻风掠过枝头,树叶摇晃,光点、叶影便纷乱错动,使四个孩子眼中的弯桥,显得有点儿虚幻。

弯桥笑了一下,并随着笑,顺嘴角流下粗粗一串口水。

女孩红扇"扑哧"一声笑了——笑了一半,立即缩了脖子,用手紧紧捂住了嘴巴。

光点、叶影依然在弯桥身上、脸上晃动着,像阳光从波动的水面反映到河岸的柳树上一般。

几个孩子似乎想要干点儿什么，但都先按捺住自己心里的一份冲动，只安然坐着，有趣地观望着沉睡中的弯桥……

弯桥是油麻地村西头的光棍刘四在四十五岁时捡到的。那天早上，刘四背只鱼篓到村外去捉鱼，过一座弯桥时，在桥头上看到了一个布卷卷，那布卷卷的一角，在晨风里扇动着，像只大耳朵。他以为这只是一个过路的人丢失在这里的，看了一眼就想走过去，不想那布卷卷竟然自己滚动了一下。桥头是个斜坡，这布卷卷就因那小小的一个滚动，竟止不住地一直滚动起来，并越滚越快。眼见着就要滚到一片水田里去了。刘四撒腿跑过去，抢在了布卷卷的前头，算好了它的来路，双脚撇开一个"八"字，将它稳稳挡住了。他用脚尖轻轻踢了踢布卷卷，觉得有点儿分量，就蹲下来，用又粗又短的手指，很笨拙地掀起布卷卷的一角，随即"哎哟"一声惊呼，一屁股跌坐在地上。等他缓过神来时，只见布卷卷里有一张红扑扑的婴儿的脸，那婴儿似乎很困，微微睁了一眼，鱼一般吧唧了几下小嘴，就又睡去了。

人愈来愈多地走过来。

刘四将布卷卷抱在怀里，四下张望，一副手足无措的样子。

人群里一片叽喳："大姑娘生的。""是个小子"。"体面得很。""大姑娘偷人生的都体面。"……

油麻地一位最老的老人拄着拐杖，对刘四大声说："还愣着干什么？抱回去吧！你命好，讨不着老婆，却能白得一个儿子。命！"

跟着刘四，弯桥在油麻地一天一天地长大了。先是像一条小狗摇摇晃晃地、很吃力地跟着刘四，接下来就能与刘四并排走了，再接下来,就常常抛下刘四跑到前头去了。但到八岁那年春天,弯桥却得了一场大病。那天,他一天都觉得头沉得像顶了一扇磨盘,晚上放学回家时,两眼一黑栽倒了,滚落到一口枯塘里。刘四穷,家里没有钱,等东借西借凑了一笔钱,再送到医院时,弯桥已叫不醒了。医生说他得的是脑膜炎。抢救了三天,弯桥才睁开眼。等他病好,再走在油麻地时,人们发现,这孩子有点儿傻了。他老莫名其妙地笑,在路上,在课堂上,甚至是在挺着肚皮撒尿时,都会没理由地说笑就笑起来。有些时候,还会自言自语地说一些让油麻地所有的人都听不懂的话。

　　油麻地的孩子们,都希望能见到弯桥,因为这是一个可能获取快乐的机会。有时,他们还会觉得弯桥有点儿可怜,因为养他的刘四实在太穷了。油麻地最破的房子,就是刘四的房子。说是房子,其实很难算是房子。油麻地的人根本不说刘四的房子是房子,而说是"小草棚子"。别人家的孩子,只要上学,好赖都有一个书包,弯桥却用不起书包——哪怕是最廉价的。刘四就用木板给弯桥做了一只小木箱。当弯桥背着小木箱,屁颠屁颠地上学时,就总会有一两个孩子顺手从地上捡根小木棍,跟在弯桥后头,"噼里啪啦"地敲那小木箱。敲快活了,还会大声吆喝:"卖棒冰——!"弯桥不恼,抹抹脑门上的汗,害羞地笑笑。学校组织孩子们进县城去玩,路过电影院,一见是打仗片,三瓢第一个掏钱买了张票,紧接下来,一个看一个,都买了票,一晃工夫,四五十个人就都呼啦啦进了电影院,只剩下弯桥独自一人在电影院门口站着。刘四无法给他零用钱。等电影院的大门关上后,弯桥就在电影院门口的台阶上坐下,用双手抱着双腿,然后将下巴稳稳地放在双膝上,耐心地等电影散场,等三瓢他们出来。一街的行人,一街的自行车铃声。弯桥用有点儿萎靡的目光,呆呆地看着街边的梧桐树。他什么也不想,只偶尔想到他家的猪。猪几乎就是弯桥一人饲养的。刘四每捉一只小猪回来,就立即盘算得一清二楚:等猪肥了卖了钱,多少用于家用,多少用于给弯桥交学费、添置新衣。从弯桥能够打猪草的那一天起,他就知道,他要和刘四好好地养猪,把猪养得肥肥的。他从未饿过猪一顿。他总要打最好最好的猪草——是那种手一掐就冒白浆浆的猪草。电影终于散场了,三瓢们一个个看得脸上红通通的,出了电影院的大门都好一会儿工夫了,目光里还带着几丝惊吓和痛快。弯桥被他们感染了,抓住三瓢的或六谷的或浮子的或其他人的胳膊,向他们打听那部电影演的是什么。起初,三瓢们都还沉浸在电影里没出来,不理会他。待到愿意理会了,有的就如实地向他描述他们所看到的,有的就向他故意胡编乱造。弯桥是分不出真假的,就都听着。听着听着就在心里犯嘀咕:怎么三瓢说那个人被枪打碎了脑袋,六谷却说那个人最后当了营长呢?一路上,他就在心里弄不明白。不明白归不明白,但也很高兴……

太阳光变得越来越明亮。

弯桥翻了个身,原先贴在地上的脸颊翻到了上面。三瓢们看到,弯桥的脸颊压得红红的,上面有草和土粒的印痕。

红扇用手指了指弯桥的嘴,大家就都伸过头来看,弯桥又笑了,并且又从嘴角流出粗粗一串口水。

田埂上偶尔走过一个扛着工具回家的人。

三瓢觉得腿有点儿坐麻了,站了起来,跑到甜橙树的背后,一拉裤带,裤子"哗啦"落在脚面上,然后开始往甜橙树下的黑土里撒尿。

尿声提醒了六谷与浮子，先是六谷过来，再接着是浮子过来，与三瓢站成一个半圆，试着与三瓢尿到一个点上。

三瓢他们是五年级，红扇才二年级，但红扇知道害臊了，嘴咕嘟着，将脸扭到一边，并低下头去。但她却无法阻挡由三个男孩一起组成的联合撒尿声。随着尿的增多，地上积了水，尿声就洪大起来，"噗噗噗"，很粗浊地响。

当三瓢、六谷、浮子系上裤子，低头看了一眼由他们尿成的小小烂泥塘时，他们同时互相感应到了对方心里生起的一个恶恶的念头。先是三瓢从地上捡起一根小木棍，蹲下来搅拌起烂泥塘。土黑油油的，一种黑透了的黑，三瓢一搅拌，汪着的尿顿时就变得像黑墨水。

六谷低声说："能写大字。"

浮子从近处摘了一张大大的青麻叶，用手托着，蹲在了三瓢的身旁。

三瓢扔掉了木棍，捡起一块窄窄的木板条，将黑黑的泥浆一下一下挑到了浮子手中的青麻叶上。

那边，心领神会的六谷拔了四五根毛茸茸的狗尾巴草过来了。

三瓢、六谷、浮子看了看动静，在弯桥身边蹲下。

红扇起初不明白三瓢他们到底要对弯桥做什么，但当她看见三瓢像用一支毛笔蘸墨水一样用一根狗尾巴草蘸黑泥浆时，就一下子明白了他们的心机。她没有立即过来，而是远远地坐着。她不知道自己是否应当参加他们的游戏。

弯桥翻了一个身，仰面朝天。他的鼻翼随着重重的呼吸，在有节奏地扇动。

阳光照着一树饱满的、黄亮亮的像涂了一层油的甜橙。它们又有点儿像金属制成的，随着风的摇动，在阳光下，一忽一忽地打亮闪。一些绿得发黑的叶子飘落下来，其中有三两片落在了弯桥蓬乱的头发里。

弯桥的脸上像淡淡的云彩一般，又闪过一丝似有似无的笑意。

浮子望着三瓢，用大拇指在上唇两侧，正着刮了一下，又反着刮了一下。

八字胡。明白。三瓢用左手捋了捋右手的袖子，轻轻地、轻轻地，在弯桥的上嘴唇上先来了左一撇。

六谷早用手中的狗尾巴草饱饱地蘸了黑泥浆，轻轻地、轻轻地，在弯桥的上嘴唇上又来了右一撇。

很地道、很传神的两撇八字胡，一下子将弯桥的形象改变了，变得让三瓢他们几乎认不出他是弯桥了。

浮子将三瓢和六谷挤开，一手托着青麻叶的黑泥浆，一手像画家拿了支画笔似的拿着蘸了泥浆的狗尾巴草，觉得弯桥眉毛有点儿淡，就很仔细地将弯桥的两道眉毛描得浓黑浓黑的。

弯桥一下子变得很神气，很英俊，像条走路走累了的好汉，困倒在了甜橙树下。

红扇在三瓢、六谷和浮子一边耳语一边捂住嘴笑时，轻轻走过来，见了弯桥的一张脸，"扑哧"笑了。

弯桥脸上的表情似乎受了惊动，凝住了片刻，但，又很快回到原先那副沉睡的状态里。

三瓢他们几个暂且坐在了地上，看看被围观的弯桥，又互相望着，偷偷地乐。

太阳移到甜橙树的树顶上，阳光直射下来，一树的橙子越发的亮，仿佛点着了似的。

红扇说："该回家了。"

但三瓢、浮子、六谷都觉得不尽兴。眼前舒舒服服地躺着睡大觉的弯桥，似乎并未使他们产生足够的快乐。这凭什么呢？弯桥凭什么不让他们大大地快活一顿呢？

三瓢扔掉了手中的狗尾巴草，直接用手指蘸了蘸青麻叶上的黑泥浆，在弯桥的脸蛋上涂抹起来。他想起七岁前过年时，他的妈妈在他的脸上慢慢地涂胭脂。一圈一圈，一圈一圈，一个圆便从一分硬币大，到五分硬币大，直到膏药那么大。

弯桥一下显得滑稽了。

红扇看得两腮红红的，眉毛弯弯的，眼睛亮亮的。

三瓢轻声问："红扇，你想涂吗？"

红扇摇摇头："臊。"

浮子说："用狗尾巴草。"

红扇说："那也臊。"

六谷说："还有半边脸，你不涂，我可涂了。"

三瓢觉得红扇不涂，有点儿吃亏。他要主持公道，将一根狗尾巴草递给红扇："涂吧。"

红扇蹲了下来。

浮子立即用双手托着青麻叶。

红扇真的闻到了一股尿臊味，鼻子上皱起细细的皱纹，本来长长的鼻子一下子变短了。浮子赶紧将青麻叶从红扇的面前挪开了一些。

　　红扇跪了下来,用白嫩的小胖手拿着狗尾巴草,蘸着黑泥浆,在弯桥的另一半脸蛋上涂起来。她涂得很认真,一时忘了是在涂弯桥的脸,而觉得是在上一堂美术课,在涂一幅老师教的画。红扇是班上学习最认真也最细心的女孩。红扇干什么事都认真细心。她一笔一笔地涂,涂到最后,自己的脸几乎就要碰到弯桥的脸了。那时,她也闻不出黑泥浆散发出的尿臊味了。她一边涂,一边还与另一半脸蛋上的"膏药"比大小。既然这一半脸蛋上的"膏药"是她涂的,那她就得一丝不苟地涂好,要涂得与那一半脸蛋上的"膏药"一般大小才是。

　　红扇涂得让三瓢、浮子和六谷都很着急。

　　终于涂好了。红扇扔掉了黑头黑脑的狗尾巴草,长出一口气。三瓢他们也跟着她长出一口气。

　　他们都站了起来,然后绕着弯桥转圈儿。

　　红扇先笑起来,随即三瓢他们也一个接一个地笑了起来,越笑声越大,越笑越疯,越笑越放肆,直笑得东倒西歪。后来,浮子笑瘫在了地上,红扇笑得站不住,双手抱住了甜橙树。

　　弯桥在笑声中醒来了。

　　笑声渐渐变小,直到完全停止。

　　三瓢他们四个,有坐在地上的,有弯着腰的,有仰着脖子朝天的,有抱着甜橙树的,在弯桥慢慢支撑起身子时,他们的笑声停止了,但姿态却一时凝固在了那里。

　　弯桥适应了光线,依然支撑着身体,惊奇地:"三瓢、浮子、六谷、红扇,你们四个人都在这儿!"他闭了一阵双眼,又将它们慢慢睁开，但半眯着，"你们知道吗？我刚才做了一串梦，把你们一个一个地都梦到了。"

三瓢、浮子、六谷、红扇有些惊讶与好奇，一个个围着弯桥坐在地上。

弯桥往甜橙树的树根挪了挪，轻轻地靠在甜橙树的树干上。

"先梦见的是红扇。那天很热，热死人了。我跟红扇躲到一个果园里摘树上的梨子吃。好大好大的一个果园，我从没有见过那么大的一个果园。红扇吃一个，我吃一个，我们不知吃了多少梨。不知怎么的，杨老师就突然地站在了那儿。直直的，那么高，就站我眼前。他不说话，一句也不说。他好像不会说话。我和红扇就跟着他走，可我就是走不动。红扇走几步，就停下来等我。走着走着，就看到了一棵甜橙树，树荫有一块田那么大。'在毒太阳下面站着！'杨老师说完了，人就变成一张纸，一飘一飘的就没了。我和红扇不怕，有那么大一块树荫呢！我朝红扇笑，红扇朝我笑。我们摘树上的橙子吃，一人一只大甜橙。吃着吃着，树荫变小了，越变越小，我们就挤一块儿。树荫就那么一点点大，下面只能站一个人，另一个人得站在太阳下。一个大毒太阳，有洗澡的木盆大。橙子树晒卷了叶，橙子像下雨一样往下落。你说奇怪吧，叶子全掉光了，那一片树荫却还在。可还是只能阴凉一个人。我和红扇要从甜橙树下逃走，一张纸飞来了，就在空中转着圈儿，飘，飘，飘……我们知道那是杨老师。红扇把我推到树荫下。我跳了出来，她又把我推到树荫下，她一定要把树荫让给我。我不干，她就哭，就跺脚。树荫像一把伞，我站在伞底下。伞外面是毒太阳，是个大火球。我要走出树荫，可是，红扇抬头一看，我就定住了，再也走不出树荫。树荫下阴凉阴凉的，好舒服。红扇就站在太阳下，毒太阳！渐渐地，她的头发晒焦了。我对她说：'把树荫给你吧。'她不回头。我就又往树荫外面走，她一回头，我又走不动了，两只脚像粘在了树荫下。一地晒卷了的树叶，红扇用舌头舔焦干的嘴唇，我看着就哭起来，一大滴眼泪掉在了地上，潮了。你们知道吗？潮斑在长大、长大，不知怎么的，就变成了树荫，越变越大，越变越大，一直又变到一块田那么大……"

远处的田野上，有人在唱山歌，因为离得太远，声音传到甜橙树下时，已经没头没尾了。

三瓢、浮子、六谷和红扇都坐着不动。

"接下来，我就梦见了三瓢。"弯桥回想着，"是在荒地里。天底下好像一个人也没有了，就我们两个人。我们走了好多天好多天，就是走不出荒地。那才叫荒地呢，看不到一条河，看不见一点儿绿，满眼的枯树、枯草。天上连一只鸟也没有，四周也没有一点点儿声音。我和三瓢手拉着手。我和他的手好像长在一块，再也不能分开了。没有风，可到处是尘土，卷在半空里，像浓烟，把太阳都罩住了。我总是走不动，三瓢就使劲拉着我。真饿，我连土块都想啃。想看见一条河，想看见一个村子，想看见一户人家。我想掐一根青草在嘴里嚼嚼，可就是找不到一根青草，心里好生气，朝枯草踢了一脚，吓死人啦，那草被我一踢，你们猜怎么着？烧着了！一忽，就变成了一大片火，紧紧地撵在我们屁股后头。三瓢拉着我，拼命地跑。后来，我实在跑不动了，就倒在了地上。三瓢解下裤带，拴在我脚脖上，拖着我往前走。地上的草油滑油滑的，我觉得自己是躺在雪地上，三瓢一拖，我就滑动起来,像在天上飞。也不知是什么时候,三瓢大声叫我:'弯桥,你看那!'我从地上爬起来,往前看。你们知道我看见什么啦?一棵甜橙树!它长在大堤上。知道大堤有多高吗?在云彩里。整个大堤上,什么也没有,就一棵甜橙树。我们手拉着手爬上大堤。知道这棵甜橙的树叶有多大吗?巴掌大。我和三瓢没有一丝力气了,就坐在甜橙树下。我们都仰脸朝上望,心里想:上面要挂着橙子,该多好!……橙子!"弯桥仰着脸,用手指着甜橙树的树冠,眼睛里闪烁着光芒,"橙子!就一颗橙子,一颗好大好大的橙子!三瓢也看到了,抱着树干爬起来。我爬不起来了,直挺挺地躺在地上。三瓢说:'你在下面等着。'他就朝甜橙树上爬去。我记得他是个光身子,只穿了条裤子,鞋也没有。他爬上去了。那颗橙子就在他眼前,红红的。他伸手去摘,怪吧?那颗橙子飞到另一根枝头上去了。它会飞!你们见过夏天的鬼火吗?它就像鬼火。它在甜橙树上飞来飞去。我躺在地上干着急:'在这儿,在这儿!'三瓢从这根树枝爬到那根树枝,上上下下追那颗橙子,可怎么也追不着。三瓢靠在树枝上直喘气,汗落下来,'噗嗒噗嗒'掉在我脸上,砸得我脸皮麻。那颗橙子就在他眼前一动不动地挂着,亮闪闪的,像盏灯。我瞧见三瓢把身子弯向前去,一双眼睛好亮好亮,紧紧盯着橙子。我的嗓子哑了,说不出话来。我就使劲喊:'三瓢,你要干什么?'我还没有把话喊完,他就朝那颗橙子扑了过去……'扑通'一声,他连人带橙子从空中跌在地上。他双手抱着橙子,一动不动地躺在那儿。我就大声叫他:'三瓢!三瓢!……'他醒了,把橙子送到我手上。我推了回去。他又推了回来:'吃吧,就是为你摘的。'……"

弯桥仰望着甜橙树上的橙子，两眼闪着薄薄的泪光。

刚才在远处田野上唱山歌的人，好像正朝这边走过来，因为他的歌声正渐渐变大变清晰。

三瓢、浮子、六谷和红扇都往弯桥跟前挪了挪。

"要说到你了，六谷。"弯桥将身子往下出溜一些，以便更舒坦地靠在甜橙树的树干上。他将两条腿伸开，交叉着。"你们梦见过自己生病吗？我梦见自己生病了。一种特别奇怪的病。不发烧，哪儿也不疼，就是没精神，不想吃饭，不想打猪草，不想上学，也不想玩。看了好多地方，都治不好。有一天，我路过六谷家的院子，听到六谷家院子里的甜橙树上有鸟叫，不知怎的，就浑身发抖。抖着抖着就不抖了。我就听鸟叫，听着听着，我就想吃饭，就想打猪草，就想上学，就想跟你们一起到地里疯玩。我的病，一下子就好了。我抬头去看甜橙树上的鸟：它站在鸟窝边上，一个小小的鸟窝，鸟也小小的，白颜色，雪白，嘴巴和爪子都是红色的，金红，好干净，好像刚刚用清水洗过似的。它歪着头朝我看，我也歪着头朝它看。它又叫开了。我从没听见过这么好听的鸟声……"弯桥沉醉着，仿佛又听到了鸟的叫声。"从那以后，我就知道了，能治好我病的，就是那只鸟，全油麻地的人都知道我得了一种很怪很怪的病。六谷就对他家树上的鸟说：'去吧，飞到弯桥家去吧。'六谷很喜欢这只鸟。它一年四季就住在六谷家的甜橙树上叫。鸟不飞，六谷就用竹竿赶它：'去吧，去吧，飞到弯桥家去吧。'鸟在天上飞了几圈，就又落下来了。它离不开甜橙树。他央求树上的鸟：'去吧。弯桥躺在床上呢，只有你能救他。'鸟就是不肯飞。六谷急了，就用石子砸它。鸟由六谷砸去，就是不飞……不知是哪一天，我坐在门前晒太阳，就听见门口大路上，轰隆轰隆地响。我抬头一看，路上全都是大人、小孩。你们知道我看见什么了？甜橙树，六谷家的甜橙树！六谷手里拿着他爸爸赶牛的鞭子，在赶那棵树。他扬了扬鞭子，甜橙树就摇摇晃晃地往前走。梦里头看不清它是怎么走的，反正它正朝我们家走来。六谷有时把鞭子往空中一抽，就听见'叭'的一声响，崩脆，像放鞭炮。甜橙树越来越大，大人小孩就跟着，闹闹嚷嚷的，也不知他们在说些什么。我看到鸟了。它守在窝上，甜橙树晃晃悠悠的，它也晃晃悠悠的。它忽然在甜橙树上飞起来，在树枝间来回地飞。后来，它落在最高的枝头上，对着天叫起来。大人小孩都不说话，就听它叫……从此，甜橙树就长在了我家的窗前，每天早上，太阳一出，那只鸟就开始叫……"

弯桥觉得自己是在说傻话，显得有点儿不好意思。

唱山歌的人离甜橙树越来越近了。悠长的山歌，一句一句地送到了甜橙树下。

三瓢、浮子、六谷和红扇又往弯桥跟前挪了挪。

弯桥看了看那只大网兜，有了想回去的心思，但看到三瓢他们并无一丝厌烦的意思，就又回到了说梦的念头上："最后梦到的是浮子……梦里，我先见到了我妈妈。"弯桥立即变成一副幸福无比的样子，"我妈妈长得很漂亮很漂亮，真的很漂亮。她梳一根长长的、长长的大辫子，牙齿特别特别的白。她朝我笑，还朝我招手，让我过去。我过不去，怎么也过不去。我看到妈妈眼睛里都是泪，亮晶晶的。我朝妈妈招手，妈妈却不见了，但半空里传来了妈妈的声音：'我在大河那边……'妈妈的声音，好听极了，一直钻到你心眼眼里。前面是一条大河。世界上还有这么大的大河！你们都没有见过。一眼望不到边，就是水，白汪汪的水。可没有浪，连一丝水波也没有。有只鸽子想飞过去，想想自己可能飞不过去，又飞回来了。我就坐在大河边上，望大河那边，望妈妈。没有岸，只觉得岸很远很远。妈妈肯定就在那边。没有船，船忽然的全没有了。浮子来了。他陪着我坐在大河边上，一直坐到天黑。第二天，我又坐到大河边上。浮子没来陪我。第三天，他也没有来。红扇来了，说：'浮子这两天一直坐在他家甜橙树下。'我问红扇：'他想干什么？'红扇说：'他想锯倒甜橙树。''锯倒甜橙树干什么？''做船，为你做船。'我离开大河边，就往浮子家跑。浮子家门前有棵甜橙树，一棵这个世界上最大的甜橙树。我跑着，眼前什么也没有，只有那棵甜橙树。一树的绿叶，一树的橙子。我跑到了浮子家。甜橙树，好好的，高高大大地站在那儿。浮子一见我，就朝我大声喊：'别过来！别过来！'就听见'咔嚓'一声，甜橙树倒下了，成千上万只橙子在地上乱滚，我只要一跑，就会踩着一只橙子，滑跌在地上……一连好几天，浮子就在他家门前凿甜橙树，他要把它凿成一条船。他一边凿一边掉眼泪。我知道，他最喜欢的东西，就是他家的甜橙树。他却朝我笑笑：'你要见到你妈妈了……'"

弯桥望着他的四个好同学、好朋友，泪光闪闪，目光一片迷蒙。

三瓢、浮子、六谷、红扇都低着头。

唱山歌的人终于走过来了，是个白胡子老汉。见到甜橙树下坐着五个孩子，越发唱得起劲。唱着唱着，又走远了。

弯桥上身直直的，盘腿坐在橙子树下，沾着泥巴的双手，安静地放在双腿上。

三瓢、浮子、六谷和红扇抬起头来望弯桥时，不知为什么，都想起了村后寺庙里那尊默不作声的菩萨。

红扇哭起来。

弯桥以为自己说错了什么，有点儿慌慌张张地看着三瓢、浮子、六谷。

三瓢爬起来，蹲到了那个小小烂泥塘边。当他一转脸时，发现浮子、六谷也都蹲到了烂泥塘边。他先是伸了一只指头，蘸了点儿黑泥浆涂到脸上，随即将一只巴掌放到了黑泥浆上，拍了拍，又在脸上拍了拍……

浮子、六谷都学三瓢的样子，将自己的脸全涂黑了，只留一双眼睛眨巴眨巴的。

红扇走过来，也蹲在烂泥塘边。她看了看三张黑脸，伸出手指头，蘸了黑泥浆，一点一点，很仔细地在自己脸上涂起来，样子像往自己的小脸蛋上涂香喷喷的雪花膏。

三瓢他们不着急，很耐心地等她。

当四张黑脸一起出现在弯桥面前时，弯桥先是吓得紧紧靠在甜橙树上，紧接着大笑起来。

三瓢他们跳着，绕着弯桥转圈儿。他们的脸虽然全涂黑了，但，仍然看得出他们在笑。

"黑泥浆在哪儿？"弯桥问。

三瓢、浮子、六谷、红扇不作声，用手指了指甜橙树后。

弯桥一挺身爬起来，找到烂泥塘后，用两只巴掌在黑泥浆上拍了拍，然后像泥墙一般在脸上胡乱地涂抹起来。

三瓢他们让出一个空位置来给弯桥。

五个孩子,一样的黑脸,像五个小鬼一般,在甜橙树下转着圈儿,又跳又唱……

2002 年 1 月 22 日晚写成于北京大学蓝旗营住宅

雪柿子

XUE SHI ZI

这是很久很久以前的故事。

一

整个夏季和秋季，天空没有掉下一滴雨，所有的庄稼全部枯死。冬季来临时，这百十户人家的山村，开始接受饥饿的煎熬。

米桶、米缸都空了。明明是空了，大人和孩子还是禁不住要打开盖子看一看。真的空了，一丝不剩的空，干干净净的空。饥饿的孩子不死心，把脑袋伸进米桶或米缸，还用手在里面仔细地摸索了一阵。

空了！

饥饿的孩子还未灭尽一番童心，把头埋进米桶或米缸里，从嘴里发出声音。那声音出不来，在米桶或米缸里旋转着，轰鸣着。孩子觉得这很有趣，便放大了喉咙，声音嗡嗡地响着，有点儿像天边的雷声。

终于不再游戏，脑袋慢慢抬起来时，脸色苍白，眼角不知何时已挂上了泪珠。

人们开始用带长柄的铁叉挑起头年的麦秸、豆秸，一个劲儿地抖动着，企图抖落下一些残留的麦粒和豆粒；人们把本想用于喂猪的米糠，用细眼的筛子重新筛了一遍，把一些看不出来的碎米全部筛了出来；人们把芦根从泥里挖出，晒成干子；人们几乎搜遍了前后左右的山，将凡是可以充饥的野菜、果实，全部搜罗回家中……

一个漫长的冬季，像一条黑洞洞的隧道，似乎是无底的。

大人们要带领孩子们穿越这条隧道，走向春天，走向来年收获的季节。

孩子们已不再像小疯子一般在外面玩耍，一个个，或睁着饥饿的眼睛躺在凉丝丝的床上，或是坐在门槛上，用无神的目光，看着瘦着肚皮、摇摇摆摆地在寻找食物的狗或猫。无心玩耍，也无力玩耍。

瘦。

一切有生命的，都在变瘦，人瘦，猪瘦，狗瘦，连鸟儿都瘦。

衣服变大了，床变大了，房子变大了，村巷变大了，天和地变大了。人们在天底下走着,像一根根长长短短的筷子。

满目的荒凉,在这冬季里,让人感到有点儿绝望。

终于,有鸟在天空飞着飞着掉了下来。有人捡起来,用手摸了摸说:"嗉里没有一点儿食,就剩下骨架了。"

河里,没有鱼虾,只是空河。

夜晚,狗虽然还吠,但声音非常疲软,更像是哼唧。

偶尔,会有个孩子奔跑起来,大人看到了,心立即紧缩起来,向那孩子叫着:"慢点慢点,省着点力气吧。"那大人看到的是越来越饥荒的明天。

食物日渐短缺,人们的眼睛在日渐变大。学校的老师看见一群孩子的眼睛时,无缘无故地想到了铃铛,一对对铃铛。

隔个几天,就会看到有一个乞讨的人走过村庄。男的,或女的,一身尘埃,脚步既沉重,又虚飘。不听口音,就知道那人是从远方而来的。饥荒不只是降临在这个小山村,而是降临在一个非常广阔的区域里。乞讨者明明知道,这小山村已很难施舍,但还是一家一家地乞讨着。"给口吃的吧。"声音疲惫,像是在自言自语。小山村的人因无力施舍这个乞讨者,而心里感到内疚。前面的人家知道这个乞讨者马上就要走过来了,干脆早早地关上门,然后躲在门后,从门缝里看那乞讨的人慢慢地走过。

这天早上,女孩蓬草背着书包第一个走进教室,不久,尖叫着从里面跑了出来。见了树鱼、丘石儿、桐子他们几个男孩,才站住。然后,用手指着教室:"死……死人!"

这几个男孩愣了一下,随即跑进教室。但随即抢着跑了出来,并一时忘记了饥饿,大声喊叫起来。

老师来了。

老师在前,树鱼他们跟在老师后面,慢慢地走进教室。

用两张课桌拼成的"床"上,躺着一个衣衫单薄的乞讨者。是个上了年纪的人,细高个儿。大概,他于昨天天黑时乞讨到了这儿,摸黑进了这个教室。他本想在这里睡一觉,明天再上路的。但饥饿和寒冷,使他永远停止了脚步。

是个外乡人。

这个脸色如白纸一般、嘴巴很难合拢的乞讨者,让树鱼他们害怕了。整整一个上午,他们都在发抖,不仅是身子,心也在发抖。

第一个见到死人——那个乞讨者的篷草,什么话也不说,眼睛睁得大大的,眼睛深处是不安和恐惧……

二

树鱼很迟才起床。那时,太阳光已照在窗子上。放在往常,树鱼早在床上待不住了。树鱼贪玩儿,是出了名的。不玩儿,就等于要树鱼的命。起早贪黑地玩儿。老师说:"玩儿,也得能吃苦。"可是,现在,树鱼天天睡懒觉,不到万不得已,能在床上多埋一会儿就多埋一会儿。

大人们也赞成。这叫省力气。勤劳的大人们也不再起早贪黑了。一是觉得遇上这么一个糟糕的年头，起早贪黑也没有什么意义——忙也忙不出个粮食；二是觉得，这样可以保存力气，好挨过这个冬季。

早晨，只能喝一碗稀粥。说是稀粥，只是清寡的米汤。一碗粥，拿筷子搅动，只看见几粒米，那米粒都能一粒一粒地数清楚。

很快，树鱼就饿了。

饿得心发慌。

树鱼有点儿挺不住了，就往后山上爬去。也许，能在山上找到一些草籽或果实呀什么的。往年的山上，是有很多东西可以作为食物下肚的。

前几天一直在下雪，山已被雪厚厚地覆盖了。

树鱼找了一根棍子，当着拐杖，往山上爬着。倒也不冷，甚至还感到有点儿温暖。

树鱼仰头看着那些树：黑桃树、山楂树、野梨树……他希望能在枯枝上看到一两颗残留的果实。

没有。没有。没有……

那些树，已经被无数同样饥饿的目光扫视过了。那些目光织成密密的网子，将这山上所有的果树，都过滤过了。过滤得真干净。

树鱼只好用手扒开积雪，在草丛中寻找着。他居然找到了一颗松果。他眼前并没有松树。这松果大概是一只松鼠从远处搬来的，半道上扔了。他居然从中抠出两颗松子来。他咬碎了松子壳，小心地将里面的松仁剥了出来。他很兴奋地把它丢进嘴里，用雪白的牙齿慢慢地咀嚼。松子油性很大，浓稠的汁液缓缓地流向喉咙，使他感到湿润。

他用了很长时间，才将两颗松子吃掉。

他不能着急，尽管很饿，饿得有点儿发昏。但，他必须克制住，慢慢地享用它们。

那个时刻，两颗松子，是这世界上最金贵的东西。

他继续寻找着，可是，再也没有新的发现。这时，他已经爬到了山顶。站在山顶上，他的身体开始摇晃起来。是因为山顶的风大吗？是因为太阳光的眩目让他有点儿晕眩吗？是因为他往下看了一眼，深深的山谷让他有点儿发晕吗？还是因为他饿了，心慌、眼黑、腿软？

他竭力想让自己稳稳地站住。

但，他的身子却控制不住地摇晃着，越来越厉害。

他有点儿害怕了。他想让自己坐下来歇一会儿，然后赶紧下山回家，躺到床上去。但，还没有等到他去完成这一想法，眼前便刷地一黑，一头栽倒了，并骨碌碌地滚到山坡上，然后，顺着山坡，骨碌碌地滚向谷底。

坡上也是厚厚的雪。

树鱼在往下滚动时，并不显得惊心动魄。他的滚动，甚至卷起了积雪，看上去，他像裹了一条厚厚的松软的白色棉被。

他毫无知觉，像在被子里睡觉的婴儿。

这是一处人们很少光顾的山坡，下面的谷底也很少有人到过。

树鱼竖躺在谷底。

他居然没有很快醒来，而在那里躺了很久。

从山谷那头吹来的冷风，终于冻醒了树鱼。他感到寒冷，但没有立即爬起来。他躺在松软的雪上，朝天空望去。那时，他觉得天空很高很高,山也很高很高。他搞不清楚自己怎么躺在了这里。

他不感到害怕。

他的脑子已经很清醒,并且觉得身上已经有了力气。他要赶紧回家去。万一回不去,这就可糟糕了。他有点口渴,抓了一小把洁白的雪,丢进嘴里。他咀嚼着雪,还发出"咔嚓咔嚓"的声音。当雪变成水流过喉咙时,他觉有涓涓细流在流向他的心脏。他更加清醒了,并觉得身体很舒服。他爬了起来——好像并不困难。

他站在谷底,转动着身子,在寻找容易往山上爬的地方。

见不到任何一条路。所有被登山人留下的路,都被大雪覆盖了。

就在他的身体转动了半圈,而面向一处有点儿隐蔽的山坳时,他一下跌入了梦境:

在那个无人会走到的山坳里,长着一棵柿子树,那柿子树上,居然挂了一树柿子!

他觉得,自己又有点儿要站不住了。但这一回,他没有晕倒。他情不自禁地摇晃了一阵,终于稳住了自己。他向那棵柿子树走去。

柿子树落尽了叶子,只是一根根完全裸露的树枝。

枝头挂着的柿子一般大小,上面小部分落着雪,看上去像白糖,下面大部分,因被雪水洗过,呈金红色,透亮,如同打过蜡。

正有一片阳光从山顶的一个豁口照在柿子树上,使那棵柿子树仿佛是在天堂里,在仙境里。

望着静穆的柿子树,树鱼无端地想到:那柿子到了夜晚,会一颗颗亮起来的。

他已没有一丝饥饿的感觉,只是久久地、出神地望着这棵柿子树。

一树的柿子，晶莹，玉琢成的一般。

这不是童话，而是一个叫树鱼的孩子看得真真切切的实景。

这个孩子，是在大饥荒的光阴里看见这幅画的……

三

现在，树鱼拥有一树柿子。

望着这一树美丽而生动的柿子，树鱼还没有吃，心先甜了起来。

他的眼睛很亮很亮，双手抱着放在胸前，几乎要哭了起来。

他叫了一声"爸爸"，又叫了一声"妈妈"，然后环顾四周，终于知道现在只有他一个人在这谷底，不禁笑了起来。

他决定爬上树去，先摘下一颗柿子吃掉，再摘两颗带回家中。其余的都留着。他要省着吃，吃一个冬季。

就在他准备爬树时，山顶上隐隐约约地传来了呼唤声——呼唤他的。

呼唤声渐渐大了起来，他听出来了，是许多孩子的呼唤声。他侧耳听去，听出了桐子的声音、蓬草的声音，还有丘石儿的声音。

他不喜欢丘石儿。他们是对头。他讨厌丘石儿，十分讨厌。他们总是说不到一起去，坐不到一起去。他们甚至见了面都不说话，就当没有看见对方，脑袋一偏，装着看别的什么，走了过去。整个山村的人都知道，他们是"敌人"。

他们成为"敌人"，一是因为两家的大人，一是因为他们自己。两家大人曾因为争一小块相邻的地而争吵，打得头破血流，最终，是村长出面调解，才算有了一个解决，但从此两家大人不再说话，不再来往。除此原因，树鱼觉得丘石儿总是牛气哄哄的样子，不就是成绩好嘛！有什么了不起的！而丘石儿总觉得树鱼老想把其他孩子拉拢到他那一边。丘石儿心里说：我倒要瞧瞧，他们都愿意跟谁好！

在这些山村孩子的眼睛里，他们两个都是"强人"，因此，他们谁也不选定谁，而是游移在他们两人之间。对于他俩的敌对，他们一个个就装着没有看见。

孩子们的呼唤声已变得十分清晰。

呼唤声中，是焦急——十分的焦急。

实际上，人们寻找树鱼已经有两个多小时了。先是妈妈发现他不见了，然后妈妈告诉了爸爸。起初，他们以为树鱼出去找孩子们玩了，并没有特别在意，只是随便问了两三个孩子。在他们都回答说没有见到树鱼后，爸爸妈妈有点儿着急了，就呼唤起来。见没有回应，呼唤声就大起来。依然没有回应。当爸爸妈妈的呼唤声越来越大，呼唤声透露出来的焦急越来越浓重时，就有很多大人和孩子参加进来。他们找遍了整个山村，各个人家、小学校、村前的寺庙、小电站……把他可能去的地方都找遍了。

谁也没有想到树鱼会去那座山上。

山村的周围有好几座山，那座山是一座最不好看、最无趣的山，平常很少有人会去。而树鱼去那座山，正是因为树鱼想到很少有人去那儿。他想：也许，这样倒有可能找到一些食物。

是丘石儿想到了这座山："说不定，他去了那儿。"

大人们似乎对这座山不抱希望，说："那么，你们，孩子们，就去那儿找一找吧。"他们继续围在一起，在推测树鱼此刻究竟会在哪儿。他们让树鱼的爸爸妈妈再仔细回忆回忆，树鱼究竟是什么时候离开家的、走时有没有说句什么、他过去曾去过什么地方……

树鱼的妈妈一直在哭。因为，这山村曾不止一次地发生过可怕的事情：一个人在大雪封山的日子里忽然不见了，到了春天，等大雪融化后，发现他躺在山坡下或山谷里——那人去山里，陷在了大雪的窟窿里，或是正走着，雪崩了，把他压在了雪下。

所有孩子都很紧张。虽然一个个都很饥饿，浑身没有力气，但在这几个小时里，他们却好像完全不在饥饿的状态里，不住地奔跑着，呼唤着。随着能去的地方，一个一个地被找过，他们越发紧张起来。

丘石儿今天本来打算一天安安静静地躺在床上的。因为妈妈昨天晚上说，今天一天，他们只能吃一顿稀饭，因此，最好不要到处乱跑，免得饿倒。当听到外面找树鱼的嚷嚷声时，他立即从床上爬了起来，并立即参与到孩子们的队伍中。

大饥荒里，孩子们的心似乎变得脆弱起来，柔软起来。他们忘记了过去很多事情。

丘石儿在前面走着，几十个孩子在后面跟着。

他们在山脚下发现了一行往山顶的脚印。

这一发现，让他们全都兴奋了起来。沿着这行脚印，他们一边呼唤树鱼，一边往山顶爬去……

树鱼听到孩子们的呼唤声，感觉到他们正往这边找过来时，看了看柿子树，暂时放弃了爬树摘柿子的决定。

他不想让孩子们看到这棵柿子树。

它是他的，只属于他。

他看了看山坡，朝相对不算陡峭的坡面走去。他要很快回到山顶上，然后装成若无其事的样子，和孩子们一起回到村子里。

他还没有爬回山顶时，孩子们却都已到达了。

看到树鱼正往山顶上爬，孩子们问："树鱼，你怎么在这儿呀？"他们一个个顿时都没有了力气，坐了下来，向下看着往上爬来的树鱼。

树鱼爬到了山顶。

"你干嘛去了？"

"你怎么会从那儿爬上来呢？"

"你是摔倒了滚到下面去了吗？"

见到树鱼好好的，孩子们都很高兴。女孩们甚至哭了起来。

树鱼说："我上山找吃的，不知怎么的，在山顶上跌倒了，滚落到了下面。"

"快回家吧。"已很久没有与树鱼说话的丘石儿对树鱼说。当然，他并没有看着树鱼说。

树鱼的心动了一下。

丘石儿站了起来。他本打算往山下走的，却迈不动脚步了。他摇晃着，像风中一棵瘦弱不堪的树苗。丘石儿本来就瘦，进入冬季之后，又一天一天地瘦下去,现在,已瘦得薄薄的,风能随时把他吹跑。

他使劲儿想使自己站住,但,最终还是一头栽倒在雪里。

孩子们立即将丘石儿团团围住,不住声地叫着:"丘石儿!丘石儿……"

树鱼双腿跪在丘石儿身边,抓起一把雪,放在丘石儿的额头上。

过了一会儿,丘石儿醒来了。他朝树鱼笑了笑,朝孩子们笑了笑。等丘石儿缓过劲儿来,孩子们搀扶着他一起往村里走时,树鱼总落在后面。

一树的柿子。

不知出于什么心情,孩子们在下山时,还唱着歌儿。

树鱼跟着唱,唱着唱着停住了,向孩子们喊道:"你们站住!"

孩子们站住了,回过头来,望着他。

树鱼说:"你们不想到山那边看看吗?山底下有条小溪,说不定有鱼呢!我们可以抓鱼烤了吃!草丛里还有橡果!你们都不饿吗?"

孩子们既疑惑又惊喜。

"来!跟我来!"树鱼招了招手,"来呀!"

孩子们都掉转身去。

树鱼走在前头。

孩子们跟着。

重又回到山顶之后,树鱼指了指下面:"谁都不用怕,下面是雪,可厚了,就只管往下滚就是了……"说完,往前一冲,倒在了山坡上,骨碌碌地滚了下去。他的身后扬起一蓬蓬细雪来。

到了下面,树鱼摆出一副很舒服的样子,在那儿躺了一会儿,然后站起来,向山顶上的孩子们招着手:"下来呀!下来呀……"

先是桐子滚了下去。

桐子与树鱼一起向山顶招了招手之后,男孩们女孩们都争先恐后地向下滚去。

不一会儿工夫,就全都滚到了山脚下。

真有一条小溪,一半结着冰,一半没有结冰,在淙淙流淌。遗憾的是,并没有发现鱼。

草丛里倒确实有橡果。不知是被什么鸟叼到这里的。

树鱼一边和孩子们一起找橡果,一边悄悄地引导着孩子们往那棵柿子树走去——现在,它正被山坡的一道皱褶挡着。

树鱼已经看到了柿子树,但他做出一副聚精会神地找橡果的样子,蹲在地上,扒着压在草上的雪。

蓬草突然叫了起来:"柿子树!"

孩子们全都跑了过来……

四

寒冷的冬季,这棵柿子树让受着饥饿煎熬的孩子们感到震撼。

他们谁也不说话,只是静静地看着它。

一时,他们忘记了饥饿。这一颗颗看上去鲜艳而温润的柿子,却并没有让他们想到它们是可口的美味,是可充饥的。

他们开始数枝头的柿子。数来数去,总是有好几个数字。反复数了五六遍之后,才终于有了一个大家都认可的数字:三十六颗。

又观望了一阵,这才想到吃上。

树鱼又有点儿后悔了,但他却说:"我们分了它们吧。"他心里感到了疼。

孩子们都表示赞成。

丘石儿总是显得比其他孩子成熟。他说:"先留着吧。现在,各个人家,都还能对付着呢!等到家家户户都没有一点儿吃的了,我们再来摘吧。"他提出了另一个更实际的问题,"再说,也不够每人分一颗。"

立即有孩子去点人数。

丘石儿说:"不用点了,我们一共三十八人。"

点数的孩子有点儿怀疑丘石儿说出的数字,继续清点,直到自己清点的人数也是三十八人,才停止清点。

丘石儿说:"我们饿了,可以到柿子树下坐一会儿,只看不吃。"他望着所有孩子的眼睛,"你们同意吗?"

总是与丘石儿唱反调的树鱼第一个站出来支持丘石儿的想法。

孩子们你看看我,我看看你,再看看枝头的柿子,最终,也都同意丘石儿的想法。

丘石儿说:"谁也不准私自摘一颗。"

丘石儿先与树鱼击掌,然后,与其他孩子一个一个地击掌。

孩子们互相击掌。

山谷里,响起一片击掌声。

树鱼说:"除了我们,不要让任何人知道!"

丘石儿和孩子们都赞成,又是一阵互相拉钩、发誓。

他们定了下一次来柿子树下的时间之后,带着柿子树的美好形象,情绪饱满地回家去了。

那一颗颗柿子仿佛凝固在了枝头——整个柿子树都仿佛凝固在了那片山坳里。似乎,百年、千年,它永远那样立着。似乎,它们早已这样立在那儿了,有百年、千年了。

孩子们围着看它时,从未有过它们中间可能会有一颗突然坠落的担忧。

他们在柿子树下玩耍着,有时,会想到吃掉它们,但更多的时候,只是想看着它们。看到它们,就欢喜,就快乐,就不焦愁,就不心慌。看着它们,嘴里就会有甜甜的味道。

并不总是看着柿子树,这片很少有人到达的谷底,还真能不住地找出一些食物来:核桃、山楂、烂了而现在被冻住了的各种果实。有一天,他们居然在小溪里真的捕到了一条一斤多重的鱼。他们将这条鱼烤了,每人都分得一点点。

每次离开柿子树之前,他们照例会数一数枝头的柿子。然后再静静地观望一阵。食物越来越少了,有人家已再也没有任何充饥的食物了。已有人将家门用石块堵上,再抹上泥,背了铺盖卷,在没有人看得见的情况下到他乡行乞去了。

人心惶惶的。

树鱼家从远方亲戚家借来的粮食也快吃完了。

妈妈看着盆子里所剩无几的粮食,愁容满面。

树鱼一天只能喝一顿稀粥了。

他走路发飘,会下意识地扶着墙壁或扶着树。他不敢仰头看太阳。今年冬季的太阳特别亮,他看了就晕。

那棵柿子树越来越频繁地出现在他的眼前,出现在他的梦里。

他已一次又一次地后悔:那天,不该让他们看见柿子树的。

三十六颗柿子呢!

多么宝贵啊!

这天夜里,树鱼饿得怎么也睡不着。他心里不住地想那棵柿子树,若不是害怕夜晚的山谷,他几乎就要起床,拿一只篮子在夜深人静之时,走向那座山,然后滚落下去,然后,爬上树去,把柿子全部摘回家。

那可是他发现的,他有权这样做。

第二天一早,他在村里的人还没起床时,悄悄地走向了那座山。他没有带篮子,他只想爬到柿子树上,摘一颗柿子。

来到山顶后,他向四周看了看,见没有人,然后将自己放倒,顺着山坡滚了下去。

他很快爬了起来,向柿子树跑去。

很快,他又停住了:

一个孩子正抱着柿子树的树干,往上爬着。

那个孩子听到了动静,立马僵在了那里,不上也不下。

当那个孩子扭过头来时,树鱼一下子看清楚了他的面孔:桐子!

桐子僵在树上半天,手一松,几乎是跌落在地上。他把头勾在胸前,久久没有抬起。

不一会儿,树鱼听到了桐子的哭泣声。

树鱼走上前去,轻轻摇着桐子的肩头。

桐子的哭声大了起来。

树鱼更用力地摇着。摇着摇着,桐子的哭声才渐渐变小。

桐子终于抬起头来,羞愧万分地望着树鱼:"我……我实在太……太饿了……"

树鱼点了点头。不知为什么,他也想哭。他对桐子说:"要么,你爬上去摘一颗吧。"

桐子看也没看树上的柿子,只是一个劲地摇着脑袋:"我……我不饿了……"

树鱼和桐子背靠着柿子树坐下了。

树鱼说:"那天,我在你们前面,已经看到这棵柿子树了,你相信吗?"

桐子点了点头:"相信。其实那天往回走时,丘石儿已对我说了,他说,你已看到过这棵柿子树了,你是想让我们都看见它……"

树鱼一下哭了起来……

五

临近过年时,丘石儿终于倒下了。

那天,树鱼听到了风声:明天上午,丘石儿一家将会把门封上,往西边去了——听人说,越往西边走,那边的人家就越有粮食,多少能乞讨到一口吃的。丘石儿的爸爸妈妈要让他们的儿子度过这场大饥荒,活下去!

第二天一早,树鱼把那天看到柿子树的孩子都叫上了,加上他,一共三十七个人。他领着他们来到了那片山谷,然后,在三十七双目光的注视下,慢慢地爬上柿子树,摘了一颗柿子。

大约十点左右,一辆板车,从村巷的东头过来了。

拉车的是丘石儿的爸爸。

丘石儿的妈妈跟着后面,帮着推车。

车里躺着的是丘石儿,他的眼睛又大又亮。很瘦,躺在被子里都看不出被子里躺了一个人。但丘石儿微笑着,仿佛很高兴出远门去,很高兴躺在板车里让爸爸拉向别处。

孩子们迎着板车跑了过来,一会儿就将板车围住了。

树鱼亮出了那颗柿子。

那颗柿子在寒冷的空气里,似乎放射着夺目的光芒。

丘石儿有点惊讶。

树鱼说:"我们就只摘了这一颗。"他把柿子轻轻地放在了丘石儿胸口的位置上。

孩子们看着拉丘石儿的板车,一直到它消失。

丘石儿走后,孩子们还会不时地来到柿子树下。

还剩三十五颗,但自此,没有再摘一颗。

不久,来自远方的救济粮食运到了这个萧索的山村。

人们终于熬过了这一漫长的冬季。

春天说来就来,是以轰隆隆的脚步声走来的。

厚厚的大雪开始融化,像油膏一般滋润着大地。万物苏醒,并从头年的干涸中开始了蓬蓬勃勃的生长。随即就有了各种各样充饥的食物,更让人们喜悦的是:一切,都在预示着一个丰收季节的到来。

那树柿子忽于一天,一只也不剩了:

一种不知名的候鸟,遮天蔽日地路过这里,发现了这棵柿子树,抢着飞下来,一会儿工夫,就把三十五只柿子都叼走了。

树鱼看到天空有鸟叼着什么飞过头顶时,对身旁的孩子说:"那鸟叼着的,好像是我们的柿子。"

孩子们就往天空看。

他们并不难过,更没有后悔将它们留在枝头。

因为,那几十只柿子,曾像温暖小灯笼亮在寒冷的冬季、漫漫的长夜……

2012年11月16日晚8点20分初稿于北京大学蓝旗营住宅
2013年1月4日下午5点改定于北京大学蓝旗营住宅

蝙蝠香

BIAN FU XIANG

一

村庄还在熟睡中。

村哥儿起床了。他没有点灯,借着从窗口照射进来的月光,穿好衣服,穿上鞋,打开门,轻飘飘地走进了浸泡在月光中的世界。他的目光显得有点儿呆滞,但又显得一往情深,还有几分天真无邪的痴情。当后来他终于知道并确定自己每天夜里都会梦游时,他想象过那时的他究竟是一副什么样子。但始终没有想象出来。最后,他对自己说:看上去,一定像一个傻子。可是实际上看上去,他并不完全像一个傻子。那目光里有向往,有渴望,还有无边无际的想象,苍茫夜色中,他的目光甚至比白天还要亮。

他就这么向前走着,没有犹疑,没有胆怯,一切在他看来都是那么的美好,那么的迷人,简直像走在天堂的花园里。现在是夏天的夜,到处飞着萤火虫。它们不时地用淡金色的亮光照亮他的面孔。他的眼睛随着它们亮光的一灭一亮,也在一灭一亮。亮时,那萤火虫仿佛是在他的眼球上。

他并不看脚下。他的脑袋是微微上扬的。但令人不可思议的是,他却能准确地跨过田埂上的缺口,顺利地走过小河上的木桥,从未发生过磕磕绊绊的事情。

他要走向哪里呢?他并不知道。他只是以不快不慢的脚步往前走着,有时他会停住脚步,好像在专注地打量什么。是天上的月亮吗?是在夜露中开放的花朵吗?是发现了树丛中有一只狐狸吗?又好像是在回忆什么。那时,他看上去像一个小老头。

除了萤火虫,还有蝙蝠。它们一忽儿多,一忽儿少,飞行速度很快,并随时忽上忽下,犹如狂风中一片片黑色的树叶。它们在萤火虫中间无声地穿插着,不断地搅动着萤火虫的亮光,使那个荧光点点的世界有了变化,使夜晚变得更加迷人了。

离他几米远,跟着一个人影。

那是他的爸爸。自从爸爸发现他每天夜里会走出家门之后,跟随就开始了。爸爸并不阻止他,甚至不做任何干扰他的动作,仿佛不忍打破儿子一个甜美的梦——在爸爸看来,那就是儿子的梦。

爸爸是一个彻彻底底的聋子。如果他能听到村哥儿的歌唱,也许就会知道,其实儿子的梦是十分忧伤的。

村哥儿走着走着会唱起来。

那歌本不是一个孩子的歌,是大人的歌,是他很小的时候,从妈妈那儿学来的。妈妈会唱戏,一些从前流传下来的戏。那些戏已经很老很老了,但妈妈喜欢唱,这里的人也都喜欢妈妈唱。不管妈妈唱多少遍了,还是喜欢听。妈妈唱着,村哥儿听着,听着听着,他也会唱了。妈妈听着就笑:"这哪里是小孩家唱的呀!"村哥儿却一本正经地唱着,唱得妈妈心里有点儿难过,但却"咯咯咯"地笑,笑出了眼泪。

秋风起,草木黄,
弯弯月下雁一行,
夜半一声好凄惶。

春去春又来,
秋来秋又去,
那人儿不知在何方?

风一天,雨一天,
鼓一遍,锣一遍,
泪眼望,一条大路依旧空荡荡。

云散去,念不断,
坐村头,倚桥旁,

却听得天边有人唱。

草也唱，花也唱，
音还在，人无影，
愁煞了一个望断肠。

问月吧，月不知，
问鸟吧，鸟不晓，
不知不晓那人却来入梦乡……

  村哥儿低声唱着。此刻的夜晚，除了林子里不时响起一两声夜鸟的叫声，几乎没有别的声音——这世界清静到仿佛萤火虫的闪光、蝙蝠的飞翔，甚至是月光，倒有了声音。在这样的夜晚，村哥儿的歌唱声尽管低低的，但依然十分清晰。只是这样的时刻，可惜没有人听着，只有飞来飞去的萤火虫听着，只有飞来飞去的蝙蝠听着。
  如果爸爸能听到他的歌声，一定会有泪水潮湿了双眼……

二

  妈妈是那年春天离开鸭鸣村的。与妈妈一同离开的还有其他几个孩子的妈妈。后来，回到鸭鸣村的只有一个妈妈。

妈妈走的那一年，村哥儿八岁。

村哥儿永远记得，是他和爸爸一起将妈妈送到河边的。那里有一只船在等着妈妈她们。妈妈都已经上船了，还又从船上跳上岸，跑向村哥儿，把村哥儿紧紧搂在怀里好半天。村哥儿至今还记得因妈妈抱得太紧，他疼痛得差一点儿叫起来。妈妈临走时，给他撩了撩耷拉在额头上的头发，给他往下扯了扯上衣。

船离开了岸边，往大河的尽头驶去。

船消失了，他牵着爸爸有点儿发凉的手，和爸爸一直站在岸上看着。

接下来的日子里，村哥儿只能天天想着妈妈了。

妈妈是鸭鸣村最漂亮的女人。

妈妈的脸，妈妈的眼睛、鼻子和嘴，妈妈哭的样子，或是妈妈生气的样子，还有妈妈从水码头提着一桶水往家走的样子、扛着一捆稻子在田埂上走过的样子、在大河上划桨的样子……无数妈妈的样子，每天在村哥儿的眼前或一闪而过，或慢慢地飘过，或定格在了那儿。

过年过节，鸭鸣村都要演戏，妈妈一定是主角。

那时，妈妈换上了戏装，化了妆，便另一番样子了。妈妈还没开口唱，只要走上台来，鸭鸣村的人，还有很多从其他村庄赶来看戏的人，就会立即安静下来。妈妈一开口唱，台下的男女老少一个个傻掉似的，好像不在这个世界了，去了另一个世界。那个世界十分美好。妈妈的声音像月光洒在幽幽的林子里，让台下安静得像一条没有一丝风的河。

那时，爸爸和村哥儿就是妈妈最好的观众。

村哥儿骑在爸爸的脖子上。

和周围看戏的人相比，村哥儿的注意力好像不在妈妈的声音上，而是在妈妈不断变化着的样子上。

那个晚上最幸福的人是爸爸，其实，爸爸每天都是一个幸福的人。

偶尔，台上的妈妈会多看村哥儿一眼。

那时，作为男孩的村哥儿，却会像容易害羞的女孩一样，双手抱住爸爸的脑袋，把头低下了，或者是抬起头来去看天空。看着看着，他真的不看台上的妈妈，只顾聚精会神地看他的天空了。天空有一轮月亮，或是有一弯月亮，或是没有月亮，只有星星。有时，星星也没有，就是一个黑黑的天空。

台下的掌声终于让村哥儿想起妈妈还在台上唱戏。

再去看台上时，妈妈好像又是一副模样。

这模样，那模样，妈妈把无数的模样印在了村哥儿的脑子里。

那年过了年，妈妈对爸爸说，她想和鸭鸣村的几个姐妹一道走，到外地，到城里打工去。妈妈说，我们应该过好日子，鸭鸣村穷得不像样子，鸭鸣村的日子过得好没有意思，白过了。

爸爸听着，不吭声。

爸爸也想过好日子——爸爸一直在想过好日子，爸爸特别想让村哥儿和妈妈过好日子。爸爸将家里的地全部种上了迷迭香。爸爸已经从一个朋友那里学来提炼迷迭香精油的技术。爸爸想对妈妈说："也许，我们靠出售迷迭香精油，也能过上让人满意的日子。"但爸爸没有说。

爸爸从不随便打消妈妈的念头，特别是那些已经被妈妈想了很久的念头。爸爸早看出来了，妈妈一心想离开鸭鸣村，去一个更大更大的世界。

爸爸开始给妈妈收拾行装。

与其他几个要上路的姐妹们的行装相比，爸爸为妈妈收拾了一个最体面的行装。

春天过去了，夏天来了。夏天过去了，秋天来了。秋天过去了，冬天来了。

过年了，妈妈却没有回家。

渐渐地，钱还不时地往家寄，但消息却越来越少了。到了第二年秋天，爸爸就再也联系不上妈妈了。又一年过去了，第三年的春天，爸爸把村哥儿交给外婆，离开鸭鸣村，找妈妈去了。

这是夏天的一天下午，村哥儿的同学田小童正在水渠里抓鱼，见有一个人正摇摇晃晃地走在通向村子的路上，当时阳光十分强烈，他用水淋淋的手遮在眼睛上向那人看去，只见阳光像水做成的大幕，大幕中，即使站立了不知多少年的大树，看上去都在晃动，而那个本就一个劲地晃动着的人，看上去晃动得更加厉害了。但田小童还是看出了那个人的长相，从水渠中爬到路上，飞快地跑向村子，一边跑，一边大声叫唤着："村哥儿他爸爸回来了！村哥儿他爸爸回来了！……"

不一会儿，就有很多人跑到村头。

村哥儿听到了田小童的叫声，对外婆说了一声"我爸回来了"，一溜烟儿跑向村前的大路。

他看不清爸爸，甚至怀疑那个随时都可能倒下去的人并不是爸爸，竟然愣在了路头。

那个人飘飘忽忽地走过来了。

"就是村哥儿他爸!"

"可不是嘛，就是!"

人们看着，作出判断。

村哥儿终于认出了那人确实就是爸爸，先是在嘴里轻轻说着"爸爸"，然后，声音越来越大。当他撒腿向爸爸跑去时，他的喊声已可以让整个鸭鸣村的人都能听到了。

早已衰老的外婆正拄着拐棍，吃力地往村头走着，一边走，一边晃动着脑袋。

村头站了很多人，不知为什么，他们谁也不再说话了。因为，他们看到的只是村哥儿爸爸一个人，而并没有村哥儿的妈妈。"村哥儿的妈妈呢?村哥儿的妈妈怎么没有回来呢?"他们一边看着村哥儿的爸爸被村哥儿搀着往村头走，一边在心里沉重而疑惑地问着。

外婆的眼睛早已昏花，她明明看不到前方的情形，但她却又好像分明看到大路上只有村哥儿父子俩。她脸上毫无表情。她甚至不再朝大路看去，而是仰头看着天空。太阳的亮光刺得她睁不开眼睛，但她还是看向天空。

村哥儿的爸爸瘦得一塌糊涂，脸色苍黑，毫无血色，深陷的眼窝形成两抹阴影，阴影之下的双眼空空洞洞，毫无亮光。他嘴唇苍白，干焦得裂开了一道道口子。当他无力地举起手，向人们打着招呼时，他瘦得如同一根棍儿的胳膊和一双薄得不能再薄的手，深深地烙在了人们的印象中。

没有一个人问:"你怎么只是一个人回来了?"

人们给村哥儿父亲让出了一条路。然后,他们全都站在那儿,只是转动着身体,默默地看着村哥儿一手牵着爸爸,一手牵着外婆往家走。

太阳很大,在天空熊熊地燃烧着……

三

爸爸像一架水边的风车,在一阵猛烈的飓风之后"咔吧"垮塌了。他是站在他的迷迭香花田里倒下的。那天一早,他就摇摇晃晃地走进了花田。那时,迷迭香已经长得十分茂盛,有一米多高。爸爸虽然个头不矮,但站在花田里,远处的人也只能看到他的脑袋——他几乎被迷迭香淹没了。花开得很欢,淡蓝色的花,形状很像是流淌着的泪珠——蓝色的泪珠。

爸爸的身体一直在摇晃,他周围的迷迭香也在摇晃。

突然,他跌倒了。

没有人发现他跌倒。

直到临近中午时,村哥儿顺着被爸爸踩倒的迷迭香找过来时,才发现他。

村哥儿跪下来摇晃着爸爸,但爸爸毫无反应。他大哭起来:"爸爸——"

走在不远处路上的人,只听见有个孩子在迷迭香丛里哭,但却看不见那个孩子,就踮起双脚往这边看——依然看不见这个越哭越凶的孩子,于是立即跑过来。

很快就有人发现村哥儿的爸爸不省人事地躺在迷迭香花田里,朝着村庄方向大声喊起来:"来人呀——!来人呀——!"

来人了,来了不少人。

他们把面色如死人一般的爸爸抬出了迷迭香花田。

立即有人去村哥儿家摘下门板跑了回来。

爸爸被放到了门板上,立即有四个大汉火速将他抬向镇里医院。

镇里医院的医生检查了一通,说:"赶紧送县城医院,一刻也耽误不得。"

医生抬了抬爸爸的胳膊,说:"这人怎么瘦成这副模样!"

鸭鸣村的人说:"他原先不瘦。"

过了半个多钟头,县城医院的救护车来了。

一路上,爸爸都没有睁开眼睛。

村哥儿坐在救护车一侧的细长条的椅子上,一直看着爸爸。他不哭了,但眼泪却一直在默默流淌。

爸爸高烧五天不退,到了第六天早晨,滚烫的身体才慢慢凉下来。

爸爸终于醒来了。爸爸的命虽然保住了,但从此双目失明,两耳也不能再听到任何声音。

回到鸭鸣村家中之后,爸爸一直躺在床上。他一直躺到秋天,那天早晨，当一行大雁在高远的天空下往南飞时，鸭鸣村的人看到，他在村哥儿的搀扶下，走到了迷迭香花田边。那时的迷迭香已经一片枯黄，但残香还在空气里飘散着……

村哥儿开始变得沉默寡语。

他从人们的表情，从人们小声的言谈，更是从爸爸身上，感觉到妈妈不可能再回到他和爸爸的身边，甚至不可能再回到鸭鸣村了。

但他在心里依然不相信这一切。

他动不动就坐到村头的大树下眺望通向外面的路，一坐就是半天，甚至是一天。

后来，他爬到了屋顶上——这样可以看到更远的地方。

再后来，他爬到了高高的风车顶上，因为，这样可以看到更远的地方——看到大路的尽头，那尽头与天边相接。

风车不转时，他爬到顶上。风车转时，他还会爬到顶上。这是十分危险的，尤其是当大风吹来，风车撒野一般转动时，便更加危险。大人们仰头叫他："村哥儿，赶紧下来！"

村哥儿却无动于衷，执拗地坐在风车顶上。

下面有孩子往上看他，就看见天空的云像大水一般在他的背后汹涌地流动着。

看的孩子感到头晕，不再看了，跑开去对其他孩子说："吓死人了，村哥儿坐在那么高的风车顶上！"

一个传一个，就会有很多孩子来到风车下。

"他爬那么高干什么？"

"能看得远呀！"

"看什么?"

"看大路。"

"看大路干什么?"

"看有没有人走过来。"

"谁?"

"他妈妈呗。"

一些孩子沉默起来,一些孩子笑了笑:"等妈妈?他能等到他妈妈吗?"这些孩子年龄不大,但他们好像什么都懂,和大人一样懂。再说鸭鸣村也不只是村哥儿一个人的妈妈不再回来,好几个呢。村里人说这些事,说得都不想再说了,最多是想起来长长地叹一口气。孩子们已经把大人们的话听得明明白白。大概只有那几个妈妈出去不再回来的孩子还可能不太明白,因为大人们在说这些事时,是不会当他们面说的,除非他们偶尔听到。

这天要刮大风,还要下大雨。天色在那儿,谁都能想象得到。

人们见劝不下来村哥儿,就只好去对他的外婆说。

外婆老了许多——外婆是一下子变老的。从前的外婆一年四季穿着干干净净的衣服,走路、做事,都显得精神抖擞,像能带起一阵一阵的风。但,几乎是一夜之间,她的头发都白了,背也一下驼了,走起路来,双脚像被捆了石块,显得十分吃力。她的脸色像秋天的树叶,一天一天地显出枯焦的颜色,一双眼睛也变得灰蒙蒙的。从前,她总是遇到人有说有笑,而现在,她不吭声了,甚至不与人说话。人家与她打招呼时,她显得很麻木,或是不作答,即使作答,也只是在嘴中含糊不清地嘟囔着。

外婆的脑袋忽然变得很沉,总是低着。

鸭鸣村的人,现在很少看到她的面孔。

外婆拄着拐棍来到了风车下。

"村哥儿,宝宝,下来……"外婆仰脸望着似乎飘忽在云彩里的村哥儿。

村哥儿坐着不动,目光看向大路的尽头。

天色迅速地变化着,白云变成灰云,灰云变成黑云,风也大了起来,像是有千万把巨大无比的扇子,一个劲地扇动。

风车越转越快,车出的水"哗哗"流进一口水塘,再从水塘流向一条水渠,亮闪闪地流向远处的田野。

许多人在叫村哥儿:

"下来吧!"

"下来吧!"

"快点儿下来吧!"

"再不下来,你会被转晕的,会跌下来被摔死的!"

人们已打算万不得已时将车篷扯下,好扼制风车的转动。

外婆大声叫着:"村哥儿,宝宝,下来吧!……"她哭了。

所有的人都沉默下来,只有风车转动的"呼呼"声。

"村哥儿,宝宝,外婆求你了,求你了……"

外婆的叫声在风车中虽然显得十分遥远,但在村哥儿听来,却很震动。他低头看看下面。风车在不住地转动,无数的人影在不停地闪动,但他还是在八面车篷之间的空隙里看清了外婆那张饱经风霜的脸——一张在很短的时间内变得那般苍老的老脸。他禁不住哭了,泪水被风吹落，与零星的但却是硕大的雨滴混在了一起，沉重地坠向大地。

在外婆的又一声呼唤之后，他抱着转动的竖轴，滑溜到地上。风车在一个劲地转动，为避免被车篷打到，他是从地上爬到安全地带的。

他搀着外婆向家走去，还没走出多远，在一阵狂风中，那风车像爸爸一样垮塌了……

四

春天的一个深夜，村哥儿开始了第一次梦游。

那是一个漆黑一团的深夜，事情真的十分神奇，村哥儿在没有点灯的情况下，居然一下子就取到了头天晚上乱丢在一旁的衣服，并很快穿上；居然毫无困难地就找到了那双不在一起的鞋，也不用眼睛看，就将它们穿到了脚上；居然没有碰倒或碰到任何东西，毫无障碍地走过乱七八糟地摆放着的东西，准确无误地走到门口，没有任何摸索，就准确无误地拔下了门闩，双手打开了门，走了出去。

他穿过迷迭香花田，走上一条田埂。田埂两侧是麦田。几场春风，几场春雨，头年秋天种下的麦子，在泥土里沉睡了一个冬季，现在已长出了好几寸。不知此时村哥儿能否看见它们？如能看见，他一定会心疼它们：嫩嫩的，细细的，弱弱的，而夜风却还那么寒意浓浓的。它们在夜风里摇摆不停。好在天黑透了，是任何一双人的眼睛都不能看到的情景。实际上，连田埂也看不清。但村哥儿就像走在阳光下一样，沿着田埂往前走着，并唱着妈妈曾经唱过的那支歌。他衣衫单薄，因此声音听上去有点儿颤抖。

他走完一条田埂，又走完一条田埂。

田埂上有缺口，他竟然一迈腿跨过去了。

后来，他又走过一座小桥，穿过一片林子，来到了打麦场。

打麦场上除了有两个大草垛，还有一个石磙子。

他居然爬到了草垛上，盘腿，双手托着下巴，在上面坐了好一会儿。

他一直在唱那支歌。其实，他会唱很多妈妈曾经唱过的歌，但不知道为什么，他只唱这一段，反反复复地唱。

他坐到大草垛上干什么呢？没人知道。他自己知道吗？没人知道他知不知道。也许那些在黑暗中飞来飞去的蝙蝠知道吧。当他坐到草垛上之后，蝙蝠们觉得奇怪：这深更半夜的，怎么会有个孩子坐在草垛顶上呢？于是，就有很多蝙蝠飞过来。它们就绕着草垛飞，有上百只呢！

在从草垛上回到地面之前，村哥儿在草垛顶上还直挺挺地站了好一会儿。那时，他的歌声是传向天空的，因为他的面孔是朝向比墨水还黑的天空的。

后来，他顺着来路，又没事人一样回到家中，睡到他的小床上，一觉睡到他应该起床上学的时间。

夜里的一切，他没有丝毫记忆。这似乎不是一个梦——一梦醒来，多多少少还记得一些什么呢，至少记得自己做过一个梦吧？

爸爸很快发现了村哥儿的梦游。

爸爸看不见，听不见，但爸爸能闻见——闻见气味。他几乎可以根据气味和气味的变化——哪怕是微妙的变化，判断这个世界上的一切和发生的一切。在爸爸那两只变得越来越敏锐的鼻孔里，天下万物，无一是没有气味的——即使石头也有气味。他可以根据气味的浓淡和远近，判断出一个物体的移动与距离。

而儿子的气味他是最清楚的。他能分辨出儿子醒着时和睡着时气味的不同，他甚至能分辨出儿子高兴时与难过时气味的不同。他可以根据气味轻而易举地判定儿子所在的位置。当儿子走动时，他的气味会波动，会像旋涡一般旋转。明明看不见——即使眼前有座大山，他也看不见，但他却好像能看见气味的样子。明明听不见——即使不远处有大炮的轰鸣，他也听不见，但他却像能听见气味流动、翻滚的声音。

实际上，村哥儿第一次深夜出门，爸爸就已经感觉到了：村哥儿下床了，村哥儿开门走出去了……他闻到了村哥儿的气味变化，也闻到了夜风在门打开时涌进屋里的气味——不只是风自己的气味，还有风带进来的天空的气味、草的气味、花的气味、麦苗的气味……

他问道："村哥儿，你要去哪儿？"

但这会儿村哥儿倒成了一个聋子。他根本没有听到爸爸的问话，或是听见了，他根本不想理会，依然往外走，仿佛这会儿的世界就只有他一个小人儿。

爸爸想，也许村哥儿想到外面撒尿，等撒完尿就会回来的，他就没有起床跟上去。但等了好一会，也不见村哥儿返回家中，他就赶忙下床往门口走去。

村哥儿已经走出去很远了，加之风大，把他的气味吹净了，爸爸再也无法判断村哥儿这会儿去了哪里。他站在黑暗里，十分焦急地转动着身体，企图能嗅到村哥儿的气味，但失败了。他只好站在那里不动，等着村哥儿回来。

当村哥儿再一次于深夜推门出去时，他很快下床跟了出去。

但跟踪了几次之后，爸爸发现，这样的跟踪十分吃力。春天，天空下万物生长，欣欣向荣，经了露水，散发着各种各样的气味，有些植物的花朵，气味十分浓烈，把儿子的气味几乎完全覆盖了，因此，跟踪经常失败。其实，村哥儿出门的那一刻，他根据气味的变化已经有了感知，但心里却还是有点儿犹疑，不敢肯定村哥儿到底有没有出门。他开始担忧：万一村哥儿早就出门去了，我却没有发现呢？万一村哥儿掉进大河里呢？……他越想越害怕。

那天，他在和一个客户谈迷迭香精油的买卖时，向客户打开了装有迷迭香精油的瓶子："你闻闻这气味，多纯、多地道呀！"

从瓶子里飘散出来的气味，是天下独一无二的气味，浓烈，悠长，无比清晰，并且立即让人的头脑变得异常清醒。

就在这一刻，他笑了起来。

客户觉得他的笑有点儿奇怪，问道："你为什么笑呢？"

爸爸还在笑。

晚上，等村哥儿睡熟，爸爸打开一只装有迷迭香精油的瓶子，用手指沾了沾精油，轻轻走向村哥儿的床边，然后把它涂抹在村哥儿的手腕上。

　　深夜，村哥儿又起床了。

　　迷迭香精油的气味，顿时热烈地舞动起来。

　　如同当年在阳光下看到儿子走动一般，爸爸明明白白地闻到村哥儿下床了，走向门口了，打开门走出去了……

　　爸爸随即跟了出去。

　　迷迭香的气味仿佛一条光滑闪亮的绸带，一头抓在村哥儿的手上，一头抓在爸爸的手上。

　　无数的蝙蝠陶醉在迷迭香精油的气味中，精灵一般的飞翔着……

五

　　爸爸有时会碰得头破血流——他毕竟看不见任何物体，一头撞在大树上，或一头撞在一座谷仓的墙上，这在所难免。他已有三次跌进深深的缺口。这些他曾经无数次走过的路上，何时被挖下缺口了呢？有一个缺口很深，他费了很大的力气，才终于爬上来。无论是撞在树上，还是跌落缺口，其实，都会发出很大的响声，可是村哥儿好像完全没有听见，依然如梦如幻地游荡着，唱着歌，游走在夜空下。

　　爸爸一点儿也不恼火，甚至觉得深更半夜地跟在儿子的身后，是件很有趣的事情。有时,他会跟着跟着笑起来。夜里的空气很好闻,凉凉的夜风,吹在脸上、身上很舒服。他居然能感觉到月光——月光难道也有气味吗?他还能推测出这天夜里的月亮是满月还是月牙儿。他也想唱歌,于是唱起来——

秋风起,草木黄,
弯弯月下雁一行,
夜半一声好凄惶。

春去春又来,
秋来秋又去,
那人儿不知在何方?

风一天,雨一天,
鼓一遍,锣一遍,
泪眼望,一条大路依旧空荡荡。

云散去,念不断,
坐村头,倚桥旁,
却听得天边有人唱。

草也唱,花也唱,
音还在,人无影,

愁煞了一个望断肠。

问月吧，月不知，
问鸟吧，鸟不晓，
不知不晓那人却来入梦乡……

他大概永远也不会知道，他的儿子此时此刻也在唱歌，而且与他唱的是同一支歌。

这么跟着，爸爸感到很神圣，很庄严，不时地被一种幸福感如暖流涌满心田。

爸爸是在一天的早晨，忽然想到他还有一个儿子，而他是一个儿子的父亲的。

数月前，爸爸还整日神情恍惚。未能将妈妈带回来的爸爸，在那段日子里丢了魂儿一般，感觉上整个世界已烟消云散，不复存在。他从医院回到家中，人虽然还活着，但灵魂却好像已经飘走了。在一个没有声音、没有光亮的世界里，他像死人一样躺在那里。外婆端来的饭、端来的汤都被他拒绝了。他感觉不到冷，也感觉不到热，世界成了一块僵冷的石头，他也成了一块石头。

终于在一天的早晨，外婆扬起了手中的拐棍，狠狠地打在了他的身上。一股钻心而难忘的疼痛，随即传遍全身，随即眼泪从他的眼角滚滚而下。这时，外婆把村哥儿的手拉过来，放在他的掌心里。那一刻，他明白了外婆那一棍子的全部含义。他紧紧抓住村哥儿的手，不一会儿，又伸出另一只手，把村哥儿拉进他的怀里。

第二天，他就坚持着下床了。

他好好吃饭，好好睡觉，好好清洗自己，个把月过去，就养好了身体。他的脸色看上去，甚至比一般人还要显得健康。他终于又想到了他的迷迭香花田，他开始没日没夜地为他的花田操劳。得了充足的水、充足的肥，那一株株迷迭香争先恐后地生长着，到了花期，那花竞相开放，一朵花一滴泪，看上去，是成千上万颗淡蓝色的泪珠。只可惜，爸爸看不到它们，但没关系，爸爸以前看到过这种花的形态，他在心里想着就是，心里有了，也就有了，甚至比看到的还要好看。

那特有的花香，整天在空气里飘散，让全体鸭鸣村的人都张大鼻孔，尽情呼吸着空气。

看不见听不见的爸爸，居然顺利地提炼出了迷迭香精油。

那收购迷迭香精油的人，因为爸爸提炼的迷迭香精油质量上乘，又因为看到了爸爸的一番善心，连连夸赞爸爸提炼的迷迭香精油，说他全包了，并当场付款。

爸爸看不见这些钱，但他能用手摸出那些钱的面值。摸着摸着他就笑了。他要养活村哥儿和外婆呢。外婆已被他接到家中一起住了。妈妈不可能再回来了，只要外婆还活在这个世界，她就不可能回来。外婆说："她不怕我用拐棍打死她，她就回来！"她和爸爸、村哥儿生活在一起，仿佛天地初分时，他们三个本就是生活在一起的。

抓着这些钱，爸爸有时会仰面朝天，不住地眨巴着眼睛，好像在回忆什么，又好像在对天空说着什么。

外婆很晚才知道村哥儿每天深夜会出门游荡的。

她没有阻止爸爸的跟随，因为村哥儿是他的儿子，他跟随儿子，乃是理所当然。她把担忧藏着。她会在黑暗里默不作声地躺着，直到他们父子俩都平安回到家中，才慢慢合上双眼……

六

一个月色明亮的深夜，鸭鸣村在外做生意的丁叔往家走，看到了游荡的村哥儿。"夜这么深了，这孩子怎么还在外面溜达呢？"他走上前去，叫了一声："村哥儿。"

村哥儿没有反应，依然轻声唱着往前走。

"村哥儿！"

村哥儿的耳朵里像塞了棉球，没有回应。

丁叔紧走两步，用手拍了拍村哥儿的肩："村哥儿！"

村哥儿只是身体颤动了一下，并没有停止脚步。

丁叔愣住了：这孩子怎么啦？怎么像被鬼勾走了魂呢！

魂也许走在前头了，因为村哥儿在不住地往前走。

丁叔回头看了一眼，见到了村哥儿的爸爸。他想问一声村哥儿的爸爸，你家村哥儿这是怎么了，可马上想到村哥儿的爸爸是根本听不见声音的，便长长地叹了一口气——长长地叹了一口气之后，马上又奇怪起来：这深更半夜的，他看不见听不见，怎知道他儿子在外面走的呢？他人为何要跟着呢？又怎么能跟住的呢？

丁叔跑到村哥儿的前面拦住了他的去路。

村哥儿唱着,不住地撞着丁叔。

"村哥儿!村哥儿!"他突然大叫了一声,"村哥儿!"

村哥儿依然撞着丁叔。

丁叔只好让开了。然后,他跟着村哥儿走了很长一段路,抬头看看西沉的月亮,终于带着一团疑问,丢下村哥儿和他的爸爸回家去了。

第二天,丁叔把他夜里看到的情形对鸭鸣村的一些人讲了。

听到的人都感到很好奇,就有人半夜起来,站到路上守着,看一看今天夜里村哥儿还出不出来。

当然出来。

他们像丁叔一样叫他,拍他的肩膀,拦在他的去路上,而看到的情形与丁叔看到的情形一模一样。很快,全村的人都知道了村哥儿的深夜游荡,并从学校老师那里知道了一个词:梦游。

很快,鸭鸣村的孩子们也都知道了。

那些日子,鸭鸣村整天谈论着村哥儿以及他的爸爸。他们有各种各样的猜测和判断:

"那孩子魂丢了,他是在找魂呢。"

"他根本不晓得自己在做什么,那个时候,他就是一个傻子!"

"这孩子自从知道他妈妈不再回来,就有点儿不正常。"

"想他妈想痴了。"

"就这么往前走,不成僵尸了吗?"

"这是一种病,医是医不好的,只能靠他自己好。"

"也别急，该好就好的。"

孩子们觉得这种事情太新鲜了，再看村哥儿，就觉得他很古怪，很异常，跟他们一个个都很不一样。

田小童说："我们看看他那时候的样子吧，我好想看呀！"他觉得这件事很有趣，并且充满了神秘感。

好些孩子，与田小童的念头一样。

于是，这天夜里田小童等五六个男孩，加上一个叫樱桃的女孩，约好了，于夜里悄悄地潜伏到了村哥儿家四周。有趴在草丛里的，有爬到树上的，有蹲在迷迭香花田里的。其实，这完全是多余的，因为那时的村哥儿只沉浸在自己的世界里——甚至连自己的世界都没有，任何人也不会引起他的注意，也是任何人打扰不了的。

天上，月亮在走。星星看上去不走，只是在眨眼睛。

他们的目光一致看向村哥儿家的门。

门关着，没有一丁点儿动静。

"今天夜里，他还会出来吗？"樱桃担忧了。

"会出来的。不是说他天天夜里出来吗？"田小童说，"我们再耐心等等。"

天空下，到处飞着蝙蝠。

田小童看着在迷迭香花田上空飞行的蝙蝠，莫名其妙地联想到了村哥儿：他不就像蝙蝠一样吗？他无声地笑了起来。

"吱呀"一声，门打开了。

孩子们顿时兴奋起来。

村哥儿走出了家门，沿着通往田野的路，不快不慢地走着。

孩子们从各个潜伏处,来到村哥儿的身后,蹑手蹑脚地跟着。

不一会儿,门里又走出了一个人影:村哥儿的爸爸。

村哥儿的爸爸觉得今天有点儿反常:来自村哥儿手腕的香味在不住地被打乱。还好,爸爸依然可以根据香味推算出村哥儿的位置和他的走向。

走着走着,村哥儿开始唱歌了。

孩子们静静地听着。

歌声很感人,打动了他们,心里酸酸的,想哭一哭,流一流眼泪。但过了一会儿,他们就不再难过,只觉得这个夜晚很神秘,很怪异,很有趣,一个个都不由得激动起来。

田小童跳进麦田,然后像兔子一样,一溜烟跑到了村哥儿的前面。

月亮那么大,路被照得清清楚楚,连路边小草在夜风中摇曳的样子都能看到。

可是,村哥儿显然没有看到田小童——田小童离他不过十米远。

村哥儿走他的路,唱他的歌,把手腕上的香气飘散在空气里。

田小童面对村哥儿,倒着走。他好像看到了村哥儿的目光。田小童十分熟悉村哥儿的眼睛以及这双眼睛放出的目光。但现在他所看到的目光有些陌生:这不像是村哥儿的目光。是因为现在是深夜吗?那双目光,让田小童感到有点儿害怕,他赶紧跳进麦田,等村哥儿走过之后,连忙与走在后面的孩子走在了一起。

孩子们一直轻轻地走着。但走了一会儿,或是有心要让村哥儿知道后面有人,或是要试一试村哥儿的反应,渐渐提高了脚步声。到了后来，走得"吃通吃通"地响，并且像得到了统一的口令，"吃通吃通"地踩在一个点子上。

他们没有能够惊动村哥儿，这让他们有点儿失望，但更多的是惊奇。

田小童又跑到了村哥儿的前面，还是倒着走，从一米远到五米远，再从五米远到一米远。他甚至看到了他的身影映在村哥儿的眸子上。在眸子上也没有用，村哥儿照样没有看到他。他不死心，就一边往后退，一边做着种种怪模怪样的动作，忽地，他被一块土疙瘩绊倒了，并且滚到了路边的水渠里，"扑通！"只见月光下溅起一大团水花。

村哥儿还是没有被惊动。

田小童从水渠里爬上来，站在月光下，"扑嗒扑嗒"地往地上滴水。

樱桃他们都憋不住笑起来，笑到后来很夸张。

四周无声，只有他们的笑声。

　　秋风起，草木黄，
　　弯弯月下雁一行，
　　夜半一声好凄惶。
　　……

村哥儿的声音提高了，并且显得更加动情。

孩子们轻轻跟唱着。他们不时地回头看一眼村哥儿的爸爸，见他不快不慢地跟着，也觉得很神奇——他们父子俩都很神奇。

七

几乎所有的孩子都渴望看到村哥儿深夜游荡的情景。

一连几个深夜,大大小小的孩子,在村哥儿推门出来之后,前呼后拥地观看着,人数多得数不清。

这几天,天空的蝙蝠也好像多了起来,像是在看热闹。

村哥儿走着。

孩子们兴奋着,像看一台大戏。

而这一切,村哥儿似乎一点儿也不知道。

时间一久,孩子们不再满足好奇的欲望,纷纷起了捉弄村哥儿的心思。他们渐渐将村哥儿看成了一个小怪物,心里总想做一些过分的事。

他们有时会"一"字摆开,彻底挡住村哥儿的去路。那时,村哥儿就像一只刚刚关进笼子里的鸟,一个劲儿地向外挣扎,撞呀,撞呀,终于撞开了人墙,但很快,前面又形成了一道更加坚实的人墙。

前面是一口水塘。

村哥儿正往水塘走去。但让孩子们失望的是,村哥儿到了这会儿,又好像是有了一颗很清醒的头脑,一转身,沿着水塘边,往另一个方向走去了。

村哥儿走到了一口更大的水塘边。

田小童跑到了人群的最后面，突然，像一头小牛犊向人群冲去，受到冲击的孩子不由地向前扑去，如同海浪一般，后浪推前浪，一层一层扑向村哥儿。在大呼小叫声中，走在前面的孩子，其实完全知道自己的处境，但他们更乐意自己受到冲击，非但不躲闪，不顶住，反而借着后面扑来的力量，自己也给自己使力……

村哥儿被撞到了水塘里。

他喝了几口水站了起来，仰面天空，好像在回忆什么。

跟跟跄跄地走在后面的爸爸好像觉察到什么，加快步伐向前跑去，但很快跌倒了。

孩子们只顾看村哥儿，对村哥儿的爸爸的跌倒毫无觉察，直到村哥儿的爸爸大声叫了一声"村哥儿"，他们才掉过头去张望。

爸爸爬起来，急匆匆地向村哥儿那边走着。他的双臂一直向前方伸展着。

孩子们纷纷闪开。

村哥儿从水塘里爬了上来，继续向前走去。不一会儿又唱了起来——声音有点儿颤抖，不知是因为着凉了的身体在颤抖，还是他终于有点儿犹疑。

看看月亮已经大大地偏西，田小童他们感到了困倦，打着哈欠散去了，田野上只剩下了村哥儿和爸爸……

终于，村哥儿从孩子们的眼中看到了异样的目光。但他不明白他们为什么用这种目光看他。他开始躲避这种目光，可是这种目光无处不在，他根本无法一一躲避。而且，当对方发现他在躲避他们的目光之后，他们就会追着他，把那种目光更加肆无忌惮地向他投射过来。

无数这样的目光，织成稠密的网，将他网在其中，他有点儿抬不起头了。"我究竟怎么了?"他想呀想呀，却怎么也没有想明白自己究竟在哪儿出了问题。

这天放学后，他独自一人往家走，老远就看到田小童他们几个坐在路上，好像在等他。他犹豫了一下，还是走向了他们。

他们为他让开了路，但目光却一致追随着他。

他们一个个都嬉皮笑脸的，甚至作为女孩的樱桃也嬉皮笑脸的。

"喂！村哥儿！"田小童叫道。

村哥儿回过头来看着田小童。

眼下是夏天，现在是傍晚，田野上的上空已经有大量的蚊虫在飞，一些可能饿得受不住的蝙蝠不等天黑就已经飞在了天空下。

田小童用眼睛盯住了一只蝙蝠。

那蝙蝠像一张黑纸片儿，在暮色中飘来飘去。

村哥儿见叫他的田小童不说话，只管看蝙蝠，在嘴里嘟囔了一句，转过头去继续往家走。

田小童却又大叫了一声："喂！村哥儿！"

村哥儿又掉过头来。

"你看那是什么在飞?"田小童问村哥儿。

"蝙蝠！"村哥儿觉得田小童这个问题问得太幼稚，鸭鸣村屁大点孩子也都认识这个鬼头鬼脑的黑精灵呀！

"你知道你像什么吗?"田小童问。

其他几个孩子顿时显得充满兴趣，都把目光落在村哥儿的脸上，等待他的回答。

村哥儿支支吾吾了一会儿："我不知道。"

"你不知道吗？"田小童看了看樱桃他们，小声说了一句，"他当然不知道，因为那个时候他是个傻子。"他摇晃着走向村哥儿，"你像蝙蝠——喜欢在黑夜里飞的蝙蝠！"

村哥儿根本无法理解田小童这个不可思议的比喻：我怎么像蝙蝠呢？

孩子们笑了起来，一边笑，一边用手指指天空的蝙蝠，一会儿用手指指村哥儿。

村哥儿也笑了起来。

远处，外婆在喊村哥儿回家。

村哥儿傻傻地朝田小童他们笑着，转身向家走去。一路上他都在想：他们为什么说我是蝙蝠呢？晚上睡下去之后，他仍然在想：他们为什么说我是蝙蝠呢？他想问外婆，但没问外婆，外婆肯定回答不了。

他双手抱着头想，也没有能够想明白。

但第二天，田小童他们就把答案告诉了他。

他们绘声绘色地向村哥儿描述了他深夜出门游荡的情形。田小童忘记了他是田小童，把自己当成了村哥儿，在前面走着，并唱着那段戏文。樱桃他们就跟在田小童的身后，就像深夜跟在村哥儿身后一样。田小童不时地对村哥儿说："你就是这样往前走的，你不信问樱桃他们。"

樱桃点点头。

几个男孩连声说："就是这样子！就是这样子！"

村哥儿目瞪口呆地看着他们好一会,接着开始摇头,越摇越快:"你们胡说,你们胡说!……"一边摇头一边往后退,然后扭头跑出了校园。

他跑到了大河边。

河边栓了一只船。

他跳上船,解了缆绳。

风不大,但有风。风轻轻地吹着小船。小船慢悠悠地飘去。

村哥儿平躺在船舱里,双腿劈开,双臂展开,像只肚皮朝上浮在水面上的青蛙。他呆呆地望着天空。船在水面转着圈儿,他觉得整个世界在旋转,这使他感到有点儿头晕。于是,他将眼睛闭上了。他拼命回忆着,却就是想不起来他哪天夜里出门游荡过。

田小童——不,田小童扮演的村哥儿在他的眼前走动着,那是一个有毛病的人的样子,是一个白痴的样子。

小船飘出去三里地,等他划回原处,已是下午了……

八

还没上课,几位老师站在办公室的走廊下,一边说话,一边看着眼前一片闹哄哄的场面:

所有的孩子都没待在教室里,在操场上,在校园的其他地方追逐打闹，叫喊声几乎要掀翻天空。有个男孩像猴一样爬到篮球架上去了，然后像猴子一样坐在上面，下面的孩子就朝他叫唤。一个孩子奔跑，跑丢了一只鞋，另一个孩子捡到了，不光不还给跑丢鞋的孩子，却弯下身子，然后用力往前一扑，将那只鞋扔出去四五十米远。又一个小孩捡到了，接下来，那只鞋就在天上飞来飞去，而那个鞋子的主人，一只脚穿着鞋，一只脚光着，一边大声地叫着"我的鞋子"，一边拼命地追他的鞋。更多的孩子，就是奔跑、喊叫，没头没脑，像是一群小疯子。

有玩恼了的，打了起来，不时传来叫骂声和哭声。许多天不下雨了，操场被无数双脚踩踏之后，在奔跑带起的旋风中，尘埃飞扬，远远看去，所有的孩子都仿佛在雾中，只不过那是黄色的雾，并且是翻滚的。

教语文的杨老师看着这番情景，慨叹道："鸭鸣村的孩子好无聊呀！"

就在这天下午，放学之后，无聊到家的田小童，好不无聊地策划了一场大型的蝙蝠舞。

他把上衣脱了下来，顶在头上，然后双手抓住衣服下摆的两个角，展开双臂，随着双手轻轻地上下摆动，被撑开的衣服呼扇呼扇的，很像是在风中飞翔的翅膀。他光着瘦瘦的上身，嘴巴尖起，那样子让人一看，立马就会联想到一只蝙蝠。

他飞到了村哥儿的面前，然后绕着村哥儿飞了两圈，问村哥儿："你看我像不像一只蝙蝠？"

村哥儿没有理会他，只管往校园门口走。

田小童飞走了,但不一会儿,又飞回来了,并且又引来了十几只"蝙蝠"。这十几个男孩,学着田小童的样子,像蝙蝠一样,绕着村哥儿飞来飞去。因为是光着身子,又是这么多人光着身子,那情景让看到的孩子都不由自主地兴奋起来,本来是背着书包往家走的,现在也不往家走了,站在那里兴致勃勃地观看着。"蝙蝠"们是绕着村哥儿飞的,因此,围观的孩子很自然地形成了一道厚厚的圆形人墙。

人墙的中心,是村哥儿。

村哥儿无法走出去,只能呆头呆脑地站在那里。他一脸的尴尬,额头上尽是汗珠。

又是十几个男孩脱下了衣服,将它变成了"蝙蝠"的翅膀。有些女孩也想变成"蝙蝠"参加进来,但她们是女孩——女孩怎么好意思呢?就是看着这么多光着上身的男孩,还有点儿不好意思呢。可是,那场面实在太吸引人了。害羞了一会儿,也就忘了害羞。做不成"蝙蝠",但可以为"蝙蝠"们欢呼雀跃呀!她们的声音更响呢!

"蝙蝠"越来越多,仿佛现在是一个夏天的炎热的夜晚,天空下到处是飞虫,它们可以好好美餐一顿。

老师们都站在办公室的走廊下往这边看着。

又有十几只"蝙蝠"加入进来,他们飞成各种各样的姿态。那时候,他们真的忘记了他们是人,完全将自己当成了"蝙蝠"。既然是"蝙蝠",那就得像"蝙蝠"一样地飞。或烟一般轻飘飘的,或闪电一般往下劈去。他们互相穿插着,让人看得眼花缭乱。

完全无助的村哥儿站在那里,他的眼前并无"蝙蝠",而只是飘来飘去的影子。渐渐地,他不在乎他们了。那些"蝙蝠"飞着飞着不见了——他的目光在渐渐地抬高,最后看向了天空。

太阳快要沉浸于西边的草丛中,万道霞光正射向天空。天空的飞鸟,正飞向它们栖息的林子,都是黑色的。

田小童情深意切地唱了起来:

秋风起,草木黄,
弯弯月下雁一行,
夜半一声好凄惶。

春去春又来,
秋来秋又去,
那人儿不知在何方?

风一天,雨一天,
鼓一遍,锣一遍,
泪眼望,一条大路依旧空荡荡。

云散去,念不断,
坐村头,倚桥旁,
却听得天边有人唱。

草也唱,花也唱,
音还在,人无影,

愁煞了一个望断肠。

问月吧,月不知,
问鸟吧,鸟不晓,
不知不晓那人却来入梦乡……

后来不只是田小童一个人唱,而是几乎所有孩子都在唱。一次次地跟随,他们早就从村哥儿这里学会了这一段。

他们唱得很辛酸,很难过。一边唱,一边拍着巴掌或跺着脚打拍子。

再唱到后来,随着"蝙蝠"们的旋转,外面的人墙也开始旋转起来。

村哥儿想起了妈妈——

妈妈是鸭鸣村,不,是全世界最漂亮的妈妈。

妈妈的脸,一年四季红扑扑的。妈妈的眼睛吃惊的时候是大大的,可笑着的时候,又只成了一道弯弯的眼,细细的眼。妈妈的声音永远那么好听,不是好听,是迷人。一年四季,妈妈永远干干净净。妈妈让他也干干净净。他小时候,夏天,妈妈会拉着他的手来到河边,让他站在码头的石板上,然后用瓢舀起清水,慢慢地浇在他身上,一瓢又一瓢,仿佛他是从烂泥塘里抓出来的。然后,妈妈用她的手在他身上仔细搓擦着,一边搓擦,一边说:"脏死了!"再用一瓢瓢清水冲洗。经过这一番搓擦冲洗,石板上站着的已是一个红红的、白白的、嫩嫩的孩子。

妈妈的戏演得才好呢!

他从小就爱看妈妈演戏。骑在爸爸的脖子上,他常常觉得,妈妈的戏不是演给别人看的,就是演给他一个人看的。不然,妈妈为什么总是一边演戏,一边看着他呢?

村哥儿的眼前,明明是"蝙蝠",是旋转的人墙,但他看到的却是一个舞台。舞台上,妈妈在演戏,在演一出一出的戏……

村哥儿觉得有点儿晕了,坐了下来。

坐了一会儿,他竟躺了下来,把双手放在后脑勺下。

远处,爸爸拄着拐棍,试探着路面,向学校方向走来了。他是通过草木的气味闻出天快晚了的。村哥儿是很乖的孩子,每天按时上学,又会按时放学回家。他在门口等了村哥儿很久了,见村哥儿还不回来,就找村哥儿来了。

"村哥儿——!"

爸爸的声音在苍茫中传播着。

这声音,立即让孩子们想到了一个形象,这个形象让他们心里很不安,刹那间,歌声停了,人墙也不旋转了,"蝙蝠"们愣在了那里。

"村哥儿——!"

村哥儿还沉浸在对妈妈的思念中。

"蝙蝠"们有的穿上了衣服,有的放下了"翅膀",揪成一团抓在手中。

"村哥儿——!"

村哥儿终于听到了爸爸的呼唤声。他立即爬起来,向家走去。

人墙立即破开,给他让出一条道来。

转眼间,天黑了。

地上的"蝙蝠"无影无踪了,天上的蝙蝠多了起来,到处飞着……

九

村哥儿与爸爸的交流并不困难,甚至说很畅通。他只需要用手指、火柴棍、细细的树枝或其他任何合适的东西,在爸爸的掌心、胳膊或任何一处的皮肤上写字就行。任何一个字,爸爸都能读出,爸爸还多次纠正村哥儿:"这个字写错了,是三横,不是两横。""你把'孤'写成'狐'了。"爸爸常笑话村哥儿:"你是一个白字先生。"

吃完晚饭,像平常一样,村哥儿会在爸爸身边坐一会儿。就是坐一会儿,有时一句话也不讲,把头轻轻地靠在爸爸的肩膀上。这时,爸爸的身体会轻轻晃悠着,他的脑袋也就跟着晃悠着。爸爸晃悠着,可能是因为想念村哥儿的妈妈了。村哥儿能感觉到爸爸是在思念妈妈,于是一边晃悠,一边跟爸爸一起思念妈妈。

村哥儿拉过爸爸的手,把掌心翻向上面,用食指在上面一个字一个字地写着,爸爸就一个字一个字地念着:

"我——每——天——夜——里——梦——游——是——吗?"

爸爸愣了一下,但随即笑了起来:"梦游? 啥叫梦游?"他抽出手在村哥儿的额头上试了试体温,"这孩子不发烧呀,怎说胡话呢?"

村哥儿重新拉回爸爸的手,继续写着:

他——们——都——这——么——说。

"他们胡说!"爸爸说,"爸爸虽然看不见,听不见,但爸爸的鼻子可不是一般人的鼻子,你回家了,你出门了,爸爸都能闻得见。爸爸夜里睡觉又轻,从来也没有见你半夜开门出去过呀!别信他们胡说,他们一定是在逗你玩呢!……"

村哥儿本来就怀疑是田小童他们在捉弄他,胡编了那么一段瞎话——田小童可会编瞎话了,见爸爸说得那么肯定,就更不相信田小童他们的话了。想想田小童如此编排他,让那么多的同学戏弄他,他心头升起怒火,并越烧越旺。

第二天下午,放学的钟声刚响过,村哥儿就立即走出教室,往校园外面走去。

出了校门,来到大河边。

村哥儿跳上了一只拴在河边的小船。然后,他将书包放下,趴在船帮上,用手挖了一大块烂泥,藏在了身后。

田小童背着书包走过来了。

"你在船上干什么?"田小童老远就问。

村哥儿没有回答,耐心地等待着。

"问你呢,蝙蝠,你在船上干什么?"田小童走到了近处,蹲下来,望着村哥儿。

村哥儿说:"我在等你。"

"等我?等我干什么?"

"让你吃烂泥巴!"

田小童仰头看看天空，又低下头，很不解地看着村哥儿："大白天的，你也会胡说吗？"

"我没有胡说。"

"让我吃泥巴，还不是胡说吗？"

"不是胡说。"村哥儿把藏在后面的手露了出来。

田小童看到了村哥儿手上的一大块烂泥巴，立即明白了，刚想站起来逃跑，可已经来不及了，只见那烂泥巴"呼"的一声飞来，不偏不倚地砸在了他的脸上。他向后跌倒了。他没有立即起来，而是在地上躺着。

有五六个孩子走了过来。

"田小童，你怎么躺在地上呢？"

"你怎么挡在道上呢？"

一个女孩声音小小的："好狗不挡道。"

田小童歪头看了一眼那女孩。

女孩身子一缩，藏到了另一个女孩的身后。

孩子们低头看着一脸泥巴的田小童。

田小童朝他们笑笑，突然大声地喊道："看什么看！"他身子一打挺，从地上站了起来，然后用手在脸上撸了一把。他张开手，只见一手的泥巴。他朝围着看他的孩子们吼道："滚！"甩了甩手，只听见泥巴摔在地上，发出"啪嗒、啪嗒"的声音。

孩子们向后退了几步之后，田小童转身面向小船上的村哥儿。

河岸很高，田小童又是站着的，在他眼里，村哥儿看上去很渺小。

村哥儿仰脸看河岸上的田小童,心里虚了一下:他怎么那么高大呀?!田小童一脸黑,只有两只大眼在放射着小兽物一般的目光,村哥儿有点儿害怕了。但他依然以挑衅的姿态站在小船上,用目光在对田小童说:"有种就下来!"

田小童纵身一跃,"咕咚"一声落在了小船的船舱里。

孩子们"呀"地惊叫起来。

"蝙蝠!"田小童指着村哥儿的鼻子说。

村哥儿盯着田小童那张黑脸:"你才是蝙蝠呢!"村哥儿想到蝙蝠也是黑色的,不禁笑了起来。

田小童一拳向村哥儿的脸上砸去。村哥儿脸一偏,田小童打了一个空拳,身子向前一扑,扑倒在船舱里,村哥儿趁机骑到了田小童的身上,并随即将攥得紧紧的拳头,雨点般狠狠地砸在田小童的身上。

田小童"哎哟哎哟"地叫唤着。

"打架啦!打架啦!村哥儿和田小童打架啦!"岸上的孩子朝学校方向和村庄的方向大声喊叫着。

有两个孩子想上船将他们拉开,但小船在田小童刚才猛地跳上去之后,已经远远地漂离了河岸。

田小童在村哥儿的身体下面竭力挣扎着,但无奈村哥儿用磨盘一般沉重的屁股死死地压在他身上,让他很难翻身。他以前曾与村哥儿多次交手,基本上势均力敌,有时是他占上风,有时是村哥儿占上风。

"你给我下来!"田小童叫唤着。

"那你承认你是一只蝙蝠!"

田小童"咯咯咯"地笑了起来。因嘴巴是抵着舱底的,笑声把他呛着了,不住地咳嗽着。他一边咳嗽,一边"呜噜呜噜"地说:"我是蝙蝠?你问问他们到底谁是蝙蝠!"

田小童是趴在舱底的,此时,两只胳膊是展开的。

想着他的黑脸,再看看这副模样,村哥儿越发觉得田小童是只蝙蝠。他为田小童像只蝙蝠而感到无比激动。他把脸扭向岸上:"你们看看,看看,田小童多么像一只蝙蝠呀!"

就在他没有聚精会神地对付田小童时,一直在积蓄力量的田小童收回双臂,咬着牙,突然猛地一掀,将村哥儿从他的身体上掀了下去。

两个人随即扭打成一团,小船不停地晃动。

不一会儿,河两岸都站了许多孩子,甚至有几个大人,也站在孩子们的后面观望,不时地叫一声:"别打了!""两个小畜生,别打了!"也不特别认真,心想,这只不过是两个孩子在打架,有哪个男孩不打架呢?

"你是一只蝙蝠!"

"你是一只蝙蝠!"

"你才是一只蝙蝠!"

"你才是一只蝙蝠!"

"你一家子都是蝙蝠!"

"你一家子都是蝙蝠!"

……

有些大人不明白:"蝙蝠?啥意思?没听见过这么骂人的。"

孩子们只管看河上的小船，懒得向大人解释。

村哥儿一拳砸在了田小童的额头上，很狠，只见田小童晃悠了几下，差点歪倒在河里。田小童清醒过来之后，狠劲上来了，双手像鹰爪一般，抓向了村哥儿。没等村哥儿反应过来，就见田小童抓住村哥儿衣服的双手猛一收回，"刺啦——"村哥儿的衣服从衣领那儿开始，几乎一直被撕到了衣摆。

村哥儿没有立即扑过去，而是双腿叉开，稳稳地站在船上，低头看着在风中飘动的破衣和他裸露出来的胸脯。他看到的是一个瘦削的胸脯，这让他有点儿泄气。

田小童也双腿叉开站在船上。他没有再进攻村哥儿，而是等着村哥儿对他的进攻——他毕竟下手太狠了一点儿，把人家的衣服都撕成了布条，心里有点儿不安。

村哥儿的眼睛一直在看着田小童背在身上的书包。

有几只鸭子游了过来。

田小童扭头去看鸭子。

村哥儿突然扑上来，双手一齐抓住了田小童身体左侧的书包，然后使劲向后拽，而田小童本能地要往后躲闪，这就等于加大了村哥儿的力量，两股力量合一股儿，书包带"咔嚓"断了。当田小童向后跌倒时，村哥儿已将田小童的书包抱在了怀里。

"还我书包！"田小童一边指着村哥儿，一边爬起来，凶猛地扑向村哥儿。

出乎所有人的预料，村哥儿把多日以来积压在心头的羞辱与愤怒，一股脑儿统统发泄在了田小童的书包上。眼见着田小童伸出的双手马上就要抓到书包,他像撒网一样,下身不动,上身九十度旋转,再重新旋转回来,身子向前一倾,双臂往前一伸,两手一松,只见书包像一只大鸟飞向了大河的上空。

两岸有无数的目光跟着这只飞翔的书包。

村哥儿和田小童的目光也跟着它。

书包在抛出去的一刹那间,已经有一些书本从里面飞了出来,当它终于失去飞翔的力量,突然向河上坠落时,口正巧朝下,就见书包里的书本以及其他乱七八糟的东西"噼里啪啦"纷纷飞了出来,转眼间"哗啦啦"落进了水中。空了的书包和几张单页的纸倒是又在风中飘动了一阵。"大鸟"终于像中了枪一般落下了,而那几张纸却还像鸟一样,在大河上的风的推动下,向远处飞去。

田小童望着随着水波忽沉忽浮的书呀本呀,竟然哭了起来。哭了一阵,他面向村哥儿,莫名其妙地说了一句话:"你妈妈不会回来了!"

村哥儿像被人用棍子猛地击打了一下,身子不住地摇晃着。

小船随着他身体的摇晃也在摇晃。

河水随着小船的摇晃,也在摇晃。

村哥儿哭了起来,哭着哭着,泪眼模糊地望着田小童:"你妈妈也不会回来了!"

"我妈妈会回来的!"田小童说。

"我妈妈也会回来的!"村哥儿大声地说——不是说,而是喊叫。

不知为什么,两岸一片寂静。

樱桃低下头,无声地哭泣起来——樱桃的妈妈也已经有三年不回家了。

田小童一边哭,一边将目光投向船舱里躺着的村哥儿的书包。这只书包在他俩扭打时,已被多次碾压,上面是重重叠叠的脚印。

村哥儿明明看到了田小童的目光,但他没有跳过去保护他的书包。

田小童轻而易举地就抓到村哥儿的书包,跑到船尾,看也没看村哥儿一眼,就将他的书包奋力抛向天空。

河上,到处漂着他们两人的书呀本呀什么的。几只鸭子在这些书呀本呀之间游来游去,大概是觉得很新鲜,样子都很兴奋,不时地拍拍翅膀叫一声。

站在岸上的孩子们辨别着:"那本语文是村哥儿的。"

"那本数学是田小童的。"

"那本本子是村哥儿的。"

"才不是呢,是田小童的。"

……

后来,两个人又打了起来,并一起滚落到了河里。水里,两人继续纠缠,继续打。

岸上,有孩子大声喊:"校长来了——!"

所有的脑袋都扭向学校的方向。

"校长来了!"

"校长来了!"

村哥儿和田小童爬到了船上,船头站一个,船尾站一个,浑身上下湿漉漉的,"滴滴答答"地在往船上滴水……

校长也东一句西一句地听说了村哥儿的事,但一直没当回事,以为这只是一个捕风捉影的传说,现在听田小童有鼻子有眼睛地说了一通,依旧半信半疑,对田小童说:"你想象力丰富,谁不知道!这样吧,哪天夜里,你带我也去瞧瞧。"

这一天,田小童对校长说:"今天夜里可以吗?"

校长说:"可以。"他用手指戳了一下田小童的脑门,"我倒要瞧瞧是不是你编的一段瞎话。"

田小童说:"真的不是瞎话。"显出一副委屈的样子。

"好好好,几时?"校长问。

田小童说:"要到后半夜,他才出来呢。"

"那是几点?"

"夜里一点以后,很准时的。"

校长说:"好,你们来叫我。"

田小童点了点头,走了。

不到十二点,田小童床头的闹钟就响了。他悄悄下了床,出了门,先去叫了五六个孩子,然后带着他们敲响了校长家的门。

不到十二点半,田小童就带着校长来到了村哥儿家门口。

今天的夜空时阴时晴。

校长问田小童:"要不要藏起来?"

田小童说:"不藏也行,反正那个时候,他跟傻子差不多——比傻子还傻呢。根本不认人。"

等到了一点钟,他们却没有看见村哥儿开门出来。

又等了半个小时后,还是没有丝毫动静。

校长揪了一下田小童的耳朵:"莫不是你梦游吧?"

田小童说:"真的!你不信问他们。"

几个孩都说是真的。

"好吧好吧,那就再等一会儿。"

又过去半个小时候,依然没见村哥儿的影子。

校长打了个哈欠说:"都赶紧回去睡觉吧,胡扯呢!田小童!你小子,明天找你算账!"说完,往家走了。

田小童看了看村哥儿家的门:这是怎么回事呢?

校长回过头来吼了一声:"快回去睡觉!我看,你们才像是一群梦游人呢!"

田小童很失望,对其他几个孩子说:"回家吧。"

其实,村哥儿今天有点儿反常,还不到十一点,就出门了。

他一动身,爸爸马上从迷迭香气味的波动感觉到了,随即下床,跟在了村哥儿的身后。

村哥儿每天夜里出来,但并不走同样的路线。今天夜里出来,走的是新路线,仿佛以前那些路线都是一些没有风景可看的路线,他不想再走了。

迷迭香的气味留在了路上。

爸爸跟着,但爸爸毕竟看不见道路,不时地被树根绊了一下,或是被一块高高隆起的土疙瘩绊了一下，重重地摔在地上。但爸爸已经习惯了，爬起来，拍拍衣服上的灰，嗅一嗅气味，继续跟着。

月亮一直躲在云层里不出来，但一旦钻出云层，天地之间，立即大放光明。

村哥儿唱着走着，才不管这轮月亮藏着还是露脸呢。

爸爸跟得非常艰难，但爸爸却坚决地跟着。他一直担心村哥儿会只管往前走，掉进大河里。他已几次做梦，梦见村哥儿掉进波浪滚滚的大河里了，醒来时一身冷汗。

走着走着，爸爸忽然觉得迷迭花香的气味一下子中断了，仿佛被什么完全地淹没了。他赶紧跌跌撞撞地向前跑去，很快，便闻见了河流的气味。他两腿顿时哆嗦起来，情不自禁地大叫了一声："儿子！——"发疯似的向前扑去——"扑通！"落进了大河。他伸开双臂，两只手不住地在水中乱抓着："儿子！儿子！……"水面上抓了一阵之后，他潜到了水下，像一只抓鱼的鱼鹰在水下拼命地游着、抓着。空空的，空空的。他又冒出水面，吸了一口气，再度潜入水中。水里的水草十分茂密，他不时地被它们缠住胳膊和双腿。这个又聋又瞎的人，一次又一次从纠缠中地挣扎出来，在水下不屈不挠地搜索着他的儿子。有一阵，他感觉到水下特别的亮，水不再是水，而是流动着的水晶，璀璨夺目：也许那是他的双眼在冒金星吧？

云朵去了，月亮完完全全地露出了面孔。

飞来飞去的蝙蝠，身影清清楚楚。其中一些蝙蝠飞得很低，是贴着水面在飞。岸边的芦苇丛里，有无数的萤火虫在闪耀着亮光。不知为什么，它们的亮光有时看上去是淡金色的，有时候看上去是微蓝的。

大河看上去是深蓝色的，有一道道白色的波浪。

爸爸再一次钻出水面时，没有再潜到水下。他浮在水面上，像是已经没有了生命，随风吹着他，向月亮去的方向漂浮着。那一刻他什么也不再想了。他的身体虽然在漂浮，但在他的感觉中，整个世界已经停止了。

他甚至不再去想他的儿子。

随风吹去吧。

他闭着眼睛。其实，他闭不闭眼睛都是一样的：世界便是一片黑暗——绝对的黑暗。

他闻到了水的气味、芦花的气味、稻子和荷叶的气味、苹果树和梨树的气味、牛和羊的气味、鸭子和鹅的气味。还有迷迭香的气味——那是从他的花田那边随风飘来的。他被这无数的气味包围着，好像在水面上睡着了。

偶尔他伸了一下手，好像碰到了什么。他愣了一下，随即大叫了一声："儿子！"

他用一只胳膊抱住村哥儿，用另一只胳膊划着水，带着村哥儿向岸边游去。他知道那边是岸，因为果园的气味在告诉他。

当爸爸最终背起村哥儿，一步一步地爬上岸时，田小童、校长，还有其他几个孩子，正往这边跑过来。他们是在回家的路上听到爸爸的呼喊声之后，急忙跑过来的。

月光下，爸爸背着村哥儿，一点一点地露出河岸，直到站到了岸上。

田小童他们要跑上前去时，站在前面的校长用手势阻止了他们。

爸爸背着村哥儿往家走去,他的步伐十分缓慢。因为浑身水淋淋的,衣衫都紧贴在身上,月光下,无论是爸爸还是他背上的村哥儿都显得异常清瘦。

当爸爸背着村哥儿走过来时,校长把孩子们拨拉到路边,给他们让出一条路来。

天空有云朵飘过,可月亮再也没有藏到云朵背后。它一心一意地将它纯洁的亮光,无声地洒向大地。不远的地方有棵大树,枝枝叶叶都能隐隐约约地看到,只是安静的黑色。几十只蝙蝠绕着一棵大树,轻轻地飞着,仿佛那棵大树有一种无形的但却是十分强大的吸引力,使它们不得不像星星环绕着太阳一样,环绕着大树。

露水越来越重,花花草草受了浸润,尽情地散发着它们的气味。

在这成百上千种的气味中,爸爸依然清晰地闻到了来自他的迷迭香花田的气味。那气味让他头脑清醒,并使他精神倍增。他背着儿子,向他们的家走着。爸爸知道,屋里的外婆,此刻还睁着眼睛,在黑暗中静静地等着他们父子俩。想想花田,想想外婆,再想想此时此刻,他背着好像在熟睡中的儿子,觉得自己的心中十分的温暖。他都想在这他无法看见的月夜,这无法听见的月夜,轻轻地哭一哭。

世界好圆满呀!

校长和孩子们轻轻地跟在他们的身后,踩着的是一行潮湿的脚印。

夜风拂着爸爸的面孔,他唱了起来。

似乎是在熟睡中的村哥儿也唱了起来。其实,他和爸爸是同时唱起来的。

是村哥儿醒来听到爸爸的歌唱，于是跟着唱起来的呢，还是父子俩一起唱起来只是巧合？没有人能够知道。

田小童他们无数次地听到过这支歌，但今夜听来好像已不是那支歌了——

　　秋风起，草木黄，
　　弯弯月下雁一行，
　　夜半一声好凄惶。

　　春去春又来，
　　秋来秋又去，
　　那人儿不知在何方？

　　风一天，雨一天，
　　鼓一遍，锣一遍，
　　泪眼望，一条大路依旧空荡荡。

　　云散去，念不断，
　　坐村头，倚桥旁，
　　却听得天边有人唱。

　　草也唱，花也唱，
　　音还在，人无影，

愁煞了一个望断肠。

问月吧,月不知,
问鸟吧,鸟不晓,
不知不晓那人却来入梦乡……

不知为什么,樱桃抽抽搭搭地哭了起来。

校长将她的手抓在了他的手中。

一路上,他们都在想象着爸爸在大河中搜救村哥儿的情景。

月下,爸爸背着村哥儿一步一步地向前走去的情景,将永远铭刻在校长和孩子们的心里。

他们一直没有走上前去打扰村哥儿父子俩,而是跟在他们的身后,默默地护送着,直至看到他们推门回到家中。

门关上了,是外婆关上的。

校长和孩子们看着关起的门,很久很久。

"田小童,"校长说,"你听着,以后,你再敢拿村哥儿寻开心,我对你绝不客气!"

田小童低着头。

"你听到了没有?"校长提高了声调。

"听到了……"田小童低低地答道。

十一

　　村哥儿开始越来越关注爸爸的伤痕：爸爸怎么总是受伤呢？

　　这天夜里，爸爸在跟随村哥儿的时候，又摔倒了，并且摔得很重，把左胳膊摔断了。

　　爸爸疼痛到了天亮，实在坚持不住了，才对外婆说，他的胳膊可能摔断了。外婆拄着拐棍，去村里请了几个人，将爸爸送到医院。爸爸从医院回来时，左胳膊已经打了石膏，吊上了绷带。

　　村哥儿问爸爸胳膊是怎么断的，爸爸只轻描淡写地说："走路不小心摔断了，没啥大不了，过些日子就长好了。"

　　当村哥儿看到爸爸因疼痛而额头上满是汗珠时，便追问爸爸："到底是怎么摔断的？"

　　爸爸还是那个回答，还是一番轻描淡写的样子。

　　村哥儿只好问外婆。

　　外婆哭了。

　　"外婆，你哭什么？"村哥儿问。

　　外婆不想再瞒村哥儿了——瞒到哪一天呢？说了吧，说给村哥儿。

　　村哥儿听完外婆的话，大哭起来。

　　外婆将他拉到怀里："宝宝呀，你快点醒来吧，你再不醒来，说不定哪一天就会要了你爸爸的命……"

　　这天晚上，村哥儿迟迟没有上床睡觉。他坐在门槛上，托着下巴,望着星空。他告诉自己:你今天可不能睡觉。他要坚持到天亮——天亮了,就再也不会梦游了。

爸爸并不知道村哥儿知道了一切,以为村哥儿坐在门槛上,就是不想立即上床睡觉罢了,就摸索过来,坐在了村哥儿的身边。

村哥儿拉过爸爸的手,在他的掌心上写着:

疼——吗?

"不疼。"

村哥儿将头靠在爸爸的肩上。

"今天的天空没有云彩是吗?"爸爸问。

村哥儿在爸爸的掌心写道:你——是——怎——么——知——道——的?

爸爸说:"风大,云被吹散了。"

爸爸看不见天空,但爸爸的面孔朝着天空。爸爸又说起妈妈。爸爸总是赞美着妈妈——妈妈的一切。只要村哥儿和他坐一块儿,他就会面孔朝着天空,赞美妈妈,是由衷地,毫无条件地。爸爸没有怨恨,爸爸也不想村哥儿有怨恨。

村哥儿不怨恨妈妈。

村哥儿后来还是睡着了,爸爸用一只胳膊,艰难地把他抱到了床上。

深夜,村哥儿照样推开家门,走进月光下的世界。

从此,村哥儿在孩子们面前总是低着头走路,总是一个人跑到一边玩耍,很少与孩子们说话。一放学,总是第一个走出教室往家走,河里有鱼鹰捕鱼,不看;棉花地里有人在追野兔,就见那野兔在仓皇逃跑,不停脚步;樱桃问他,晚上在村巷里捉迷藏,去不去,他摇摇头;十里地外的茅庄放电影,很多孩子都去了,他没有去。除了上学,上床睡觉,他就在爸爸的迷迭香花田里帮爸爸打理迷迭香。

这天傍晚,田小童走到了村哥儿家的花田旁,对正在帮爸爸采花的村哥儿说:"梦游,没有的事,我们骗你的。"

村哥儿说:"你们没有骗我。"

田小童看村哥儿采着花:"我们真的骗你的。"

村哥儿说:"我都知道了,我外婆告诉我的。"

田小童结结巴巴地安慰着村哥儿:"校长说,这没有什么。"

村哥儿点点头。

"你没事的,你爸爸也没事的。"田小童说。

田小童没有告诉村哥儿,自从那个村哥儿的爸爸背着村哥儿往家里走的夜晚之后,他们没有放弃深夜的跟随。天天夜里,鸭鸣村的孩子,总有几个人深夜守在村哥儿的家门口。等村哥儿和他的爸爸出来之后,他们就一路相随,他们已好几回及时地改变了村哥儿的危险走向。他们仔细检查着村哥儿爸爸将要走的路,见有绊脚的石块,搬开;见有缺口,来得及填的,赶紧填上,来不及填的,赶紧放一块他们一直准备着的板子。几天过去,他们也能闭着眼睛,嗅着来自村哥儿手腕上的迷迭香的气味,慢慢地跟在村哥儿的身后了。

日子一天一天地过着。

鸭鸣村的孩子们渐渐觉得日子再也正常不过了,村哥儿夜游几乎是一件很好——甚至很美好的事情。

校长把田小童他们召集到一块儿,制订了一个常年值班表,保证一年三百六十五天,不分寒冬暑夏,夜夜都有孩子们保护村哥儿和他的爸爸。

可是，第二年春天的一个夜晚之后，孩子们却再也等不到村哥儿开门出来了。

"今天夜里，他没有出来。"向校长报告。

"今天夜里，也没有出来。"向校长报告。

……

一连半个月，也没有再见到村哥儿深夜出门。

从此，村哥儿要把梦留在家中了。

鸭鸣村的孩子们很失落。

田小童对樱桃说："现在的夜晚，很没有意思。"

十二

爸爸失眠了。

那迷迭香的气味再也不来牵引他了。那条淡蓝色的绸子停止在了空中，只偶尔有些颤动。

村哥儿一夜，都在散发熟睡的气味。

无法入眠，是件很难受的事情。他在床上翻来覆去，翻来覆去，不知道怎么办了。他只好起身，走到村哥儿的床前，然后轻轻坐在他的床边，更加清晰地闻着儿子的气味——那种睡梦中才会散发出的气味。

村哥儿睡觉很没有睡相，胳膊乱放，腿乱放，有时会把腿跷到爸爸的腿上。爸爸没有把村哥儿的腿挪开，而是由着村哥儿把他的腿放在他的腿上。

明明知道村哥儿正在睡梦中，但他还是想与他说话——说妈妈。

村哥儿一个翻身，滚到了床的最里面，好像那是一个最理想、最舒服的姿势，他从此不想再改变了。

爸爸只好又回到自己的床上。

无法入眠，他只好去做小时候睡不着时做的事：数羊羊。

他数了成百上千只羊，那些羊放在一起，要满山坡了，却依然没有睡意。

他早已习惯了深夜跟随儿子。

终于在一天夜里，他像从前一样，走出了门外。他往前走去，走着那些在深夜里曾经走过的路。村哥儿在前头走着，他在后面跟着。他记不得这样的夜晚有多少个了。

他走着，幸福的感觉注满了他的心。

后来，他天天夜里从家中走出去，走从前跟着儿子曾经走过的每一条路线。

终于有一天，村哥儿发现，爸爸也会在天天深夜走出去，不禁笑了起来。

这天夜里，爸爸刚一拨动门闩，村哥儿就醒来了。

爸爸走出了门。

村哥儿随即也走出了门。

爸爸走到了大河边，然后在大河边坐下了。

村哥儿走到了爸爸的身边，挨着爸爸坐下了。

月光下，一条大河，像是满水面铺了碎银子，闪闪发亮。

有赶路的船正从河上驶过。开船的人觉得这深夜太寂寞了，唱了起来。声音不大，也不好听，让寂寞的夜显得更加的寂寞。

船渐渐远了，村哥儿又不禁喜欢那个人的歌唱。

他抬头去看天空，那个天空不知道算是什么颜色。说是蓝的吧，它又显得有点儿黑，说是黑的吧，又分明是蓝的。黑也好，蓝也好，都很清爽。

河上飞着蝙蝠。月光下，即使有一两只飞到河那边去了，村哥儿也能隐隐约约地看见。

爸爸把那只曾经折断了的胳膊放在村哥儿的肩上唱起来。唱的还是那一段。

这一回，村哥儿是听到爸爸唱了，再跟着唱的：

秋风起，草木黄，
弯弯月下雁一行，
夜半一声好凄惶。

春去春又来，
秋来秋又去，
那人儿不知在何方？

风一天，雨一天，

鼓一遍，锣一遍，
泪眼望，一条大路依旧空荡荡。

云散去，念不断，
坐村头，倚桥旁，
却听得天边有人唱。

草也唱，花也唱，
音还在，人无影，
愁煞了一望断肠。

问月吧，月不知，
问鸟吧，鸟不晓，
不知不晓那人却来入梦乡……

一只蝙蝠竟然从村哥儿的耳旁飞了过去，他听到了"嗖"的一声。世界好安静啊！
爸爸说："那年春天，妈妈就是从这条河上坐船走的……"

  2017 年 2 月 9 日夜 10 点 55 分写于北京大学蓝旗营住宅
  2017 年 3 月 20 日夜 10 点半修改于北京大学蓝旗营住宅

白栅栏

BAI ZHA LAN

　　每个人的童年都会有一些微妙、朦胧、扑朔迷离的感觉。这些感觉会沉淀在记忆的茫茫黑海之中，直到生命的最后一星火花熄灭前的顷刻，还会突然浮现，然后像夏日黄昏时的落霞，向宁静的西方天空弥漫开来，于是时间倒流，这个人又梦幻般的回到了稚拙、清纯、金泽闪闪、充满花朵气息的童年时代。

　　小时候，我喜欢我的女老师……

一

我父亲是一所农村小学校的校长。我们家就跟随着他,安在这所小学校里。

我七岁那年,她从城里师范学校毕业后分到了父亲的学校。我第一次见到她,是在我们家门前。当时,门前那棵栀子树开花了,一树纯白的花朵。她就站在它下面,翘首望着其中一朵盛开着的。她的肤色很白,跟栀子花的颜色十分相近。十点钟的太阳正从天上斜照下来,她满脸阳光。阳光下,她脸上的茸毛闪着淡金色,像一枚刚刚成熟的桃子。对于那对眼睛,我当时只觉得我从未见到过,但却说不出感觉。后来多少年,那对眼睛时时浮现,但也始终不能用语言将它们表述。前年,我到南方一个山清水秀的风景区去游览,偶然间又获得了那种感觉。当时,我正跳到一条清澈的山溪中的一块石头上,刚要用手撩水玩,却又忽然停住了:深深的、凉匝匝的水底,有两卵黑亮的石子,本是溪水被微风所吹,轻轻波动,但我却觉得是那两卵黑石子像谜一样在闪动。就在那蓝蓝的山溪里,我又看到了她的眼睛。

"这花真好看。"她说。空气似乎立即变得甜丝丝的。

我呆呆地坐在门槛上,嘴里正很不雅观地啃着一大块白薯干,趁她没注意,我把那块白薯干悄悄地塞进怀里。

"这花真好看!"

我转身进屋搬出一张凳子,爬上去,把那朵花摘了,又跳回到地上,把它送到她面前。

她接过那朵清香清香的栀子花,朝我一笑:"你是校长家的?"

我点点头。

她把花戴在了头上:"好看吗?"

我点点头。

"以后我每天摘一朵,行吗?"

我点点头。

她又朝我一笑,走了。

过不一会儿,前面的屋子里传来了轻轻的、水一样的歌声。现在想起来,她并不会唱歌。我也从未听到过她真正地唱过歌。但,她的声音我却是永远忘记不了。那声音纯净而欢乐,像是从心的深处细细地流出,像是月光洒在夜晚的田野上。

她是在她的宿舍里唱的。后来,我常常听到她唱。她一唱,我就坐到门槛上去啃白薯干。啃着啃着,不知为什么停住了,待一串口涎"噗嗒"掉到手面上,才又拉回魂儿来继续啃。

后来,来了一个吹笛子的男人,我就只能听到笛子声了。

在她的宿舍与我们家之间,没有一堵高墙,只有一道矮矮的木栅栏。

那天,我从外婆家回来,就觉得在绿树中间忽然地有了一道闪光,定睛一看,发现那道木栅栏忽然都变成了白色。

是她从父亲那里要来了一桶白漆刷成的。

正是秋天,地上到处开着淡蓝色的野菊花,映衬得那道白栅栏更加好看……

二

当她站在讲台上,微微羞涩地朝我们笑时,我才知道,她现在是我们的语文老师。

一年级小学生最难管教,一个个都是不安分的猴子,坐没坐样,站没站相,凳子没有被屁股焐热,就刺闹闹地难受。这时,就会做些小动作。记得小时候做作文,做到心中油然升起一股痛改前非的情感时,每每总要来这么一句:"我以后一定不做小动作。"其他孩子几乎也是千篇一律地有这么一句。这次的作文里有这么一句,下一次的作文里依然还会有这么一句,可见小动作是那个年纪最容易犯的毛病。只有那么十分钟的安静,就开始捏鼻头,扭身体,抓耳挠腮,像是满屋里蚊蚋横行。要不就交头接耳,或在桌肚里玩玻璃球和从家中箱底里盗出的铜板。老师说些什么,干脆全没听见。小时还尤其善于流鼻涕,一走神,那鼻涕就双双"过河"了。不知是谁"嗤"的一声,于是大家都忽然想起了鼻涕,教室里便"飒飒"有声,像夜风掠过林梢。这时再抬头看,讲台上的老师正把目光从眼镜上方射出来,狠狠地。我们屏住呼吸,把眼睛瞪得灯盏一般,意思是说:我们在听呢!过一会儿,教室里就又开始动作起来,起先声音如蚕食桑叶,最后就如同雨滴纷纷打在芭蕉叶上,盛时,教室里"轰轰嗡嗡",像远处传来的山洪声。

谁也不愿教一年级。

她来了，并且还微笑。过去的几个老师大概都不会笑，因为我们就没瞧见他们笑过。她头上戴着栀子花，不一会儿，教室里就飘起淡雅的清香。我们没有做小动作，以后一直也没有做。几十双眼睛全神贯注地看着她。看她的眼睛，看她说话时弯曲的嘴形，看她捏着粉笔的手——她用三根手指捏粉笔，无名指和小拇指像兰花的花瓣儿开着。我们只看见她，却听不见她的声音——不，听见她的声音了，仅仅是声音而已，但不知她说了些什么。

当时，我们傻乎乎的样子一定非常可笑。

而且，我们竟然没有鼻涕了。其实鼻涕还是有的，只是不愿让她看见，用劲把它憋住罢了。

只要她一进教室，教室就像秋天的池塘那么安静。

可是期中考试，我们考得糟不可言，及格的才四五个人。父亲把她找了去，态度和蔼地问了情况。晚上，隔着那道白色的栅栏，我听见她在宿舍里哭了。

她再进教室时，不笑了。她从前排第一个孩子问起：

"为什么没有考好？"

那孩子叫大国。他只顾看着她的眼睛，却不回答。

"问你哪！为什么没有考好？"她生气了。她生起气来时，我们就会觉得她更好看。

大国结结巴巴："我……我上课看你……"

"看我？看我什么？"

"看你眼睛了！"

她想笑，但却用洁白的牙齿咬住了嘴唇。她挨个问下去，回答如出一辙：

"我看你的眼睛了！"

当我低着头也这么回答时，我听见了她急促的喘气声。过了一会儿，她骂了一句："你们是群坏蛋！我不教你们了！"我们抬起头来时，她已经跑出了教室。

我们坐在那里半天没动，心里感到非常害臊和难过，一个个像罪犯似的耷拉着脑袋。我们来到她的房间门口，靠着墙壁，一个挨一个地站着往她的门口挤。被挤到门口的，转身又挤进来，实在挤不进来的，就跑到队伍的尾巴上再拼命往门口挤。有几个女孩把耳朵贴到门上听，然后小声说："她哭了。"于是一个传一个，像传口令似的传下去，"她哭了。""她哭了。""她哭了。"……

门打开了，她走了出来。

我们赶紧像一群小耗子闪到一边。

她轻声问："以后上课，你们还看我的眼睛吗？"

我们全体立直了身子，几乎同时像呼口号一样："不——看——了——！"

三

她既文静又活泼，常和我们一起玩。玩起来，她纯粹是一个孩子，混在我们中间，她忘了她是老师。她有时把我们带到空旷的田野上，我们就像一群麻雀"叽叽喳喳"地围绕着她。她跑到哪儿，我们就呼呼地跟到哪儿。有时，她忽然跑起来，我们就欢叫着追赶她。见我们追不上了，她又回过头来望望。待快要追上她了，她又跑了。那回我去东北，在森林里追一头小鹿，就又想起她这副形象来。那小鹿伶俐可爱，用温柔而淘气的眼睛望着我。我向它走去，它又活活泼泼地跑了，像股轻风，像团柔云。可是跑了一阵，它又停住，回头望着我，那样子很让人怜爱。

她喜欢我们，尤其是我。

据母亲讲，我小时候长得很体面，十分讨人喜欢。两岁之前，我就很少在家喝母亲的奶，因为总是被邻居家抱了去玩，然后从这家传到那家，能顺着河边传出去一里多地。饿了，就喝也正在奶孩子的其他母亲的奶。母亲自己的奶水将衣服洇湿了，胀得受不了时，就沿着河边去找我，总要找半天才能把我找回家。七岁时，我很懂事了，说话很甜，品行不恶，不会骂人，很少做讨人嫌的坏事。大概是因为这些因素，所以她很喜欢我。

也正是这份喜欢，她让我生了一场病——

她家离这儿有十里地。每个星期六下午，她差不多都要回家去。她又要回去了，忽动了念头，将手放在我的肩上，对我母亲说："我带他去我家，行吗？"

母亲同意。

她又低头问我："去吗？"

我连忙点点头。

我跟着她，高高兴兴地走了十里路。

她也很高兴，一路上老轻声唱歌，还不时地顺手掐一两根已经枯萎了的狗尾巴草。

那时候没有电视，晚饭后洗洗脚，嗑嗑瓜子，就得睡觉。她家不穷，可也不能为我一个八岁的小孩专支一张铺，再说农村也没有这个习惯，来个人，都是与别人挤一挤。

"我要睡在谁的脚底下呢？"我心里在想。

"跟我睡。"她说。

我站着不动。

她端着油灯往里屋走去："跟着我呀。"

我磨磨蹭蹭地跟着。

她把油灯挂在墙上："你睡那头，我睡这头。"

我还是站着不动。

"脱衣服呀。"

我记得我脱得极慢，脱一件衣服像是足足花了一年时间。不像是脱衣服，倒有点儿像剥皮。

"快脱了钻被窝呀，冷。"

当时的农村孩子睡觉都没有衬衣衬裤，赤条条，一丝不挂，像个浪里白条。我终于剥光了上身。我低下头，很害羞地看着自己赤裸着的扁平的瘦胸脯，从未觉得光身子有那么难看，有那么别扭，情不自禁地用胳膊搂抱着自己。下面的裤子，我是无论如何也不肯脱了。

"把裤子脱了呀。"

我低头望着床上一条已经放开的花被子。

我窘极了，一点儿也不知道该怎么对付这个难堪的场面，额上竟汗津津的。我真想逃进黑暗里去。她却毫不在意，去外屋取东西去了。趁这当儿，我立即扒光了裤子。像一只被穷追的野猫忽然瞥见一方洞口，我爬上床，仓皇钻入被窝——啊，她终于看不见了！

"怎么这样快呀？"她说了这么一句，先摘下了头上的发卡，解掉了头绳，甩了甩头发，那些头发就一下子飞扬起来，仿佛被捆绑了一整天，现在终于得到了自由。然后，她就开始脱衣服。

我像巢中小鸟忽然看见了人，立即将脑袋缩进了被窝。什么也看不见了，但我还是把双眼紧闭，仿佛一睁了眼，还是能看到什么魔鬼似的。但我的耳朵和鼻子却是无法设防、堵住的。我听见了她脱衣服时的窸窣声，闻见了她脱去衣服后身体散发出的那种温暖、新鲜、带着某种特别气息的味道。那气味永远流散在了我的记忆里。现在想起来，当时我心里似乎是有点喜欢听那声音和闻那气味的，虽然战战兢兢地像一只被人缚住了的小猎物。

大概是她用手掀起了被子的一角，因为我感觉到有一股凉气从被子的那头过来了。

她进了被窝。她的脚伸过来了。当碰到我的身体时，我如同被电猛击了一下，随即，一股温热的暖流，刹那间流遍全身，一直流到我的胸腔里，使心突突地剧跳起来。除了母亲和奶奶，这是我出生以来第一次在同一个被窝里接触一个成年女性。我有点儿发抖了，像是一只小鸡雏掉进了冰窟。

"冷吗？"她问。

"不……不冷。"我感觉到我的身体在打颤。

"把被头压紧。"

由于我的胆怯,我不敢把被头掖得很紧。

"压紧呀。"她用脚背轻轻地摩擦着我的身子,脚背有点儿凉。

灯还未熄灭,在掖被子的时候,一束灯光照进被窝,我一眼瞧见了她赤裸的脚。脚弓弯弯的,脚趾头像一枚枚鲜嫩的新蒜。我赶紧把被子压住。

我不敢靠她。我只觉得她的身体很烫很烫,而且柔嫩得使我不好意思。我被一种八岁孩子所有的害臊弄得浑身紧张,一阵阵发热。于是,我就往墙壁那边靠、靠……

"冷。"她说了一声,却将身体往我这边紧紧地靠了过来。

我已经抵着墙了,毫无退路,再也无法躲让她的身体。

她仿佛真有点儿冷似的,欲从我身上取得一些温暖,便将身体紧紧地贴着我光光的后背。

在那个时刻,我最大的希望就是自己的身上能有一层布。我再也无法挣扎了。我只有闭起眼睛。我想起了自己一次抚弄刚出壳的毛茸茸的小鸭。我把它放在手上,它想跑,可是它跑不了。它试了几次,见根本没有可能了,也就死心了,老老实实、温温顺顺地由着我了。

现在,我就是那只小鸭。

我对她身体的感觉,起初很不清楚,只是觉得烫。不像是睡在被窝里,倒更像是沐浴于流动的温水里。后来,才慢慢有了一些其他的感觉。随着长大,经验的日益丰富,那些感觉便有了细微的层次,并且还在不断地增加着印象。我发现,有些感觉是不会消失的,会一辈子存活在你的灵魂里,并且会不时地复活生长,反而将当初还很朦胧的感觉丰满起来，明晰起来。她的身体特别光滑，像春风吹绿的油亮亮的白杨树叶那么光滑，像平静的湖水那么光滑，像大理石那么光滑。非常柔软，像水那么柔软，像柳絮那么柔软。渐渐地，我不再觉得她的身体烫人了，反而觉得她的身体有点凉阴阴的，像雪，像晨风，像月光，像深秋时的雨，像从阴凉的深水处刚刚取出的一支象牙色的藕，又像是从林间深处飘来的略带悲凉的箫声。

我睁开眼睛，望着天窗。

天上有一枚月亮，很纤弱，只淡淡地亮，像涂了一层薄薄的霜。天很蓝，河水那样的蓝。

或许是出于好奇，或许因为空气清冷而一时难有睡意，她开始用手指抚弄我的脚趾。她的柔指是温暖的。我的脚微微有点发痒，但我坚持着没有动弹。像是怀疑我脚趾的总数可能不对似的，她一个一个地核实着。数了一遍又一遍，最后好像终于弄清楚了脚趾的数量，一个也不少，就放下心来，不再数了。但，她的手并没有离去。她开始用手指捏我的脚。捏了左脚捏右脚，捏了右脚又捏左脚。先是轻轻地捏，然后就逐步加大了力量。有时捏得狠了点，让我生疼，可我不叫唤，随她捏去。奇怪的是，我的注意力并不都在脚上，我想到了我的那群鸽子，想到了在田野尽头的水塘里抓鱼，想到了妈妈、妈妈的手镯、妈妈的耳环，想到了院子里的那些栀子花……

夜风从门和窗的缝隙里溜了进来。夜越深，那风越凉。

她想暖得更为充足，欲往被窝深处来，而又似乎不怎么容易往深处来，于是就用双手抱住我脚踝处，稍微用劲一拉，她便往下来了一点，而我因为身体比她轻了许多，像一根从雪坡上滑下的木头，往深处滑了一大截。我的脚碰到了什么,浑身一激灵,立即想要缩回来,却被她用力拖住,使我根本无法拔出。我的脚,我的腿,我的全身,像是一盆火。我知道,那就是一盆火,奶奶在冬天就喜欢我睡在她的脚下。奶奶对那些老人说:"孙子在脚下像一盆火。"

她的身体被夜风吹得寒颤颤的,像一片叶子。她忘我地拥抱着我。有一阵,我感到我快要死了。

我慢慢清醒了些,知道自己的脚现在贴在她的什么地方。

我一动也不敢动。

在这样一个寒冷夜晚的被窝里,由于有了一个八岁的小男孩的体温,使她感到了无比的惬意。她要静静地、牢牢地守着这份温暖。

我觉得自己的脚在一团颤动的面坨上。许多年后,我再一次苏醒了当时的感觉时,觉得那儿似乎是一个温馨的家园。

我的脚渐渐变得敏感,像根导线一样。我感到了她的心跳:均匀、柔和而又异常纯净。我想起屋檐口的淡蓝色的冰凌,被阳光照晒后,一滴一滴地往下滴那亮晶晶的水珠。她的心跳,就像那水滴。

我有点儿迷迷糊糊了。不知过了多久,我觉得她的手越来越软了。再过了一会儿,她的手像凋谢的花瓣松脱了,我的脚从她的胸前慢慢滑落了下来——她睡着了。

我小心翼翼地把脚拉回来,并把身体一点一点往上挪。每挪一寸,我都觉得花了一个世纪。最后,我的脑袋钻出了被窝。我蜷起身子,像一只小虾米。我的身体正在一点点与她的躯体脱离。渐渐地,在我们之间有了一个很大的空隙。凉风飕飕,沿着我的后脑勺、后脊梁钻进了被窝。不一会儿,我深深地打了个寒噤,身体微微哆嗦起来。

她睡得很安静，细细的鼾声，又柔又匀，像轻轻的小夜风吹过月下桑田。

困意袭上身来，不一会儿我就睡着了。但我睡得极不踏实，惊惊乍乍。因为我心里老惦记着必须在她醒来之前穿好衣服。

深夜，她在睡梦里仿佛丢失了什么，就用手在被窝里下意识地搜索，当终于摸到了我的身体时，就会重新将我的双腿抱住，并且又再一次将我拽向被窝的深处。

不久，她的手再一次如凋谢的花瓣，将我松开。我就又再一次将脑袋慢慢地钻出被窝……

朦胧里，从远处隐隐约约地传来了鸡鸣声。我用力睁眼一看，屋里已白白的。我不能再睡了，便爬出被窝，穿好衣服。然后就可怜巴巴地袖着手，像一个饿瘪了肚皮、无家可归的小乞丐那样蜷缩在墙角里。其实离天亮还早着呢，屋里白白的，是因为月光变得皎洁了。我等呀等呀，总等不到天亮，天反而越来越黑了。后来就又睡着了。等再醒来时，真的天亮了。

惊乍、出汗、受风，我病了。下午跟她往回走时，脑袋昏昏沉沉。走了三分之二的路，她见我晃晃悠悠地走不动，又见我的脸红得火烧一样，连忙伸过手来摸我的额头，一摸吓了她一跳，没道理地四下里张望，也不知寻找什么。后来，她蹲了下来。

我站着不动。

她就将我拉到她的背上，将我背了起来。

我用胳膊勾着她的脖子，把头埋在她松软的、微带汗香的头发里。

四

来了一个男人,是找她的。

在我以后漫长的生活中,我见到过许多漂亮的男人,但没有一个能与他的那种不可言说的气韵、神气相媲美。他不属于剽悍雄健的那种人,也无矜持、傲慢、目空一切的绅士遗风。他是属于清雅、潇洒那一类,但又脱尽了白面书生的文弱和油头粉面的恶俗。他在这个世界上只一个。

他会吹笛子。

他来,好像就是专门为她吹笛子来的。他到达不久,我就能听到笛子声。而笛子声停了不久,我就又很快听到他离去的足音。他总是黄昏时到。校园前面,是一片足有几十公顷的荷田。他从不进她的宿舍,而是邀她到荷田边上。我曾几次借着月光看到他们的姿态。他倚着一棵大树,她静静地坐在田边,并不看他,而是托着下巴,朝荷田的远方望。荷叶田田,被风翻动着。远处仿佛有一个美丽的小精灵在飘游,在召唤着她。

我至今还觉得,世界上最好听的乐器是笛子。

他的笛子吹得很好。声音一会儿像蓝晶晶的冰雹在蓝晶晶的冰上跳着,一会儿像一束细长的金色的光线,划过荷田的上空,一会儿又像有人往清潭里丢了几枚石子。笛声一响,似乎万籁俱寂。那高阔神秘的夜空下,也只有这一缕笛声了。

销魂的笛声，常常把我的魂儿也勾走了。它使我的童年变得异常纯美，充满幻想。在以后的岁月里，当我的心起了什么俗念，当我的灵魂染上什么污渍，耳畔总能响起那清澈如大谷深潭的笛声。

有时，我在心里会对那个男人生出一丝莫名的嫉恨……

五

我长到十岁。

十岁是一个荒唐的年龄。

我变得非常可笑，竟那么乐于在她面前表现自己。这一年里，我所做的蠢事，比我这一辈子所做的蠢事还要多。

我是男孩子，但我天性怯懦，毫无男子气概。我容易红脸，羞于见人。我还害怕夜晚，夜里不敢起床撒尿，憋急了就闭着眼睛喊母亲点灯。而常常是还未把母亲从酣睡中唤醒，那尿就宛如一线瀑布，急急地冲了出来。我家门口的树枝上老挂着被子，上面有许多奇形怪状的淡黄色印痕，很像抽象派绘画。那是我的杰作。自从她来到父亲的学校，这种事就少多了，只是偶尔为之。那种时候，我总是央求母亲别在门前搞我的画展，我不想让她看见。到了九岁，这种羞事就杜绝了，但胆子依然小如绿豆。而到了十岁，忽然地，我就胆大包天了。漆黑的夜，风阴森森地呼号，荒野一派神出鬼没的恶样，我竟敢独自一人到路口去迎接辅导其他孩子学习的她。

"你胆真大。"她说。

"我才不怕呢！我什么也不怕，我小时候胆就很大。"我感到非常得意，并不知害臊地撒谎吹牛。而黑暗里，我的腿却像两根秋风中的芦苇在使劲摇颤。

在我童年的历史里，最荣耀的一页莫过于那次骑牛——

村里有条蛮牛，比我在《海牛》中写到的那头还要雄壮许多，还多一层阴恶。如今电视上经常播放西班牙人斗牛的场景。那场景令人魂飞魄散。每当我看见那些勾首颠臀、扭曲身体、像抽风一样狂奔乱跳的凶顽刁钻的牛时，我就会自然想到那头畜生。它曾撞倒一座泥墙小屋，差点儿压死小屋的主人。一次它野性发作，竟把牛桩从地里拔起，一路旋风，跑出几十里地去，一路撞伤三人，其中一个差点儿没被它用犄角挑死。至今，它的背上，还从未有过一个人敢问津。

那天，它的主人把它拴在学校门前的树上让它吃草。

小学校的老师和学生们都远远地围观着。

不知是谁说了一声："谁敢骑上去？"于是，就有很多人问："谁敢骑上去？"

我总觉得那些男老师有点儿嫉妒我，总有让我在她面前出出洋相的念头，尽管我才十岁。现在我才明白，十岁、二十岁、三十岁，反正都是男的。女老师们也是这样，有一个女老师，简直完全忘记了我的年龄，死劲抓住我的手，把我拉到前面，把我的手举起，大声地向众人宣布，说我就敢骑。

我赶紧埋下屁股。

那些男老师和孩子们就都嗷嗷地叫起来。

这时我一眼瞥见了她——她站在那里脸色微微发红地微笑着。

那个时候，我觉得整个世界都在嫉妒我，都想让我丢丑。当他们还要兴致勃勃地把玩笑往大里开时，我冲出了人群，朝蛮牛一步一步地走过去……我感到我的身后，死一般寂静，他们好像全都中风了。当我离蛮牛还剩几步远时，那个女老师首先惊慌地叫起来：

"回来！"

"回来！"他们一片恐惧。

我听见了她几乎绝望一般的喊叫："别——去——！"

而我置若罔闻，继续朝它走去。

蛮牛抬起了它硕大无朋的脑袋，我瞧见了那对琥珀色的阴沉沉的眼睛，听见了它的粗浊的喘息声。

身后又陷入死一般的寂静。

我抹了一把脸上的汗水，连连加速，猛地蹿上去，伸手抓住了它背上的鬃毛，然后纵身一跃，竟一下骑到了它的背上——这大概是我一生中第一次也是最后一次的英勇了。

那牛很怪，几乎没有动静。它大概做梦也没想到会有一个十岁的小屁孩子朝它背上爬。当它反应过来确实有人造次时，我已稳稳地骑在它的背上了。

在我向众人俯瞰的一刹那间，我觉得自己已经长大成人，并且非常伟大。

蛮牛立即狂颠起来。我紧紧揪住它的鬃毛。我觉得我的肠子要被颠断了，骨头也要散架了。热血直冲脑门，我闭起眼睛，觉得眼珠子就要一粒一粒地爆裂了。蛮牛挣脱了绳子，驮着我朝前奔突，我的屁股不断地被它颠得离开了它的脊背。

朝田野上冲去。

朝树林里冲去。

朝打谷场上冲去。

现在，这个世界上什么也没有，就只剩下了我与这头牛。而这头牛却横下心来要置我于死地。

我不敢想象我的结局。

日后，我无法理解自己在那样的时刻为什么竟然会想到在我家屋后的竹林里悬挂着的一个圆溜溜的黄雀窝、一条在月光下突然跃到空中的白跳鱼……

事情有点儿出人预料，我竟然获得了一个很体面的下场：在蛮牛冲向河边忽然发现自己没了出路而只好急拐弯时，我被甩到了水中。

蛮牛朝田野上跑了，人们都朝我跑过来。

我从水里爬上岸，英姿飒爽、威风凛凛地站在河堤上。

她拨开人群，扑到我跟前。她的眼睛里蒙着泪幕。她的双手抓住了我的手。我感觉她的手冰凉，浑身在发抖。

夜里，我的腰疼痛难熬，把一块枕巾咬烂了……

六

我十一岁那年,因为一件突然发生的事件,我们变得有点儿不大自然起来。

那是初夏的一个下午,我和一群孩子在草地上打仗,我的"金箍棒"被打折了,成了赤手空拳者。这时,我想起在她的门后有一根晾衣服的竹竿,便撒腿朝她的房间跑去。

她房间的门关着,我冒冒失失,猛地一推,门开了(事后我想,她本来是把门插了的,但没有插牢)。眼前的情景立即使我变成了一块传说中因偶然回头一望而顿时变成的石头!

我似乎听见她"呀"地惊叫了一声,又似乎看见她用双臂护住胸前,目光里充满惊慌和羞怯。

"快出去!"她跺着脚,水从洗澡盆里溅出,溅了一地。

我似乎还有一点印象:她当时的样子有点儿像我小时候跟母亲发脾气。

而我已经完全吓傻了,竟然站在门口动也不动。

"快出去呀!"她使劲地连连跺脚,并把身体转过去,"快出去……"

我这才猛然醒来,像一名被追赶的逃犯,转身就跑。我也不知跑出了多远,最后跑到了一片寂无一人的草地上,浑身发软地扑到上面,久久地把脸埋在茂密、湿润的草丛里。

其实，我并没有看见什么，只觉得屋里闪着一团亮光。这种经验，在后来的生活中又多次被唤醒过，那是在我有一次走进一座幽静的大山，看见绿荫深处倾泻下来一道雪白的瀑布的时候；那是在我有一次去草原，看见一个年轻姑娘把一桶鲜洁的牛奶往一只更大的木桶里倾倒的时候；那是在我有一次去北方一座城市，看见一座少女形象的晶莹剔透的冰雕的时候……

天黑了，母亲在呼唤我回家。

我坐在荒野里，没有回应母亲。

一直挨到月亮爬上田野尽头的树梢，我才回家。

我不敢看白栅栏那边微黄的灯光。第二天上课，我一直不敢抬头看她。那天，她的课讲得似乎也有点儿乱，声音有点儿过于平静。在以后的十多天时间里，我一见了她，总是低头贴着墙根溜，没有必要地把一块老大的空地让给她。我们的目光偶尔相遇时，她虽然还像以往一样微笑着，但脸上分明淡淡泛起羞涩的红晕。许多次，她力图要摆出她是我的老师的样子来，并且想使我相信，我在她心目中纯粹是一个孩子，并且永远是一个孩子。

打破这种僵局，是在一个月以后。

那个吹笛人有一个星期不来了。我看出，她的眼睛里含着一种焦急，一种惶然和担忧。一天下午，她把我叫到她的宿舍，一把抓住我的手："替我送封信给他，能吗？"

我点点头。

我拿了信就跑。我现在太乐意为她做事情了。我觉得现在为她做点儿事，绝对是一种无与伦比的享受。我并为她给予我的信任而深深

《忧郁的田园》

感动。我几乎是一口气跑完十里路,来到了镇上学校——他就在那里任教。然而,当我跨进校门,想到马上就要把她的信交到他手上时,刚才的兴致勃勃顿时消失了。

我没有把她的信送到——他已在三天前调离那所学校,回三百里外东海边他的老家去了。

我痛恨起他来,并在心里狠狠地骂他。

走在回家的路上,我却又觉得自己走得很轻松,双脚极有弹性,仿佛踩在了云彩上。我好几次从高高的大堤上冲下去,冲到大河边上玩水漂漂。记得有一个水漂,在水面上像一只调皮的小鸟欢跳了十八次……

七

后来,我从父母亲的谈话中得知:那个吹笛人要带她远走,而她却希望他调到我父亲的学校,他不干,丢下她,坚决地回到了他的母亲身边去了。

她还是认真地给我们讲课,微笑着,把日子一寸一寸地打发走。我十二岁那年,当栀子花开了的时候,我和我的同学由于她精心的教育,全部考上了初中。当我们簇拥着她,把喜讯告诉她时,她转身哭了。

发榜后的第三天,我从外面玩儿回来,母亲对我说:"她要走了。"

"上哪儿?"

"海边。"

"什么时候走?"

"就在这两天。"

我走了出去。

晚上,我收拾着一个行李。母亲问:"干什么?"

"二舅下芦荡割芦苇,我帮他看船去。"

"你不是已对二舅说不去了吗?"

"我去。"

"你这孩子,也没有个准主意。"

第二天一早,我夹着小小的行李卷,望着白栅栏那边的屋子发一阵愣,跑到了二舅家。

当天,我们就开船,向二百里外的芦荡去了。

日夜兼程,两日后,我们的船已抵达芦荡。

密密匝匝的芦苇,像满地长出的一根根金条,一望无际。这里的水绿得发蓝,天空格外高阔。水泊里,我不时看到一种又一种我从未见过的鸟,有的叫得非常好听。二舅去看芦苇,还发现一窝小鸟,给我带了回来。那鸟是绿色的,十分可爱。

我很喜欢这个地方,愉快地给二舅看船,帮他捆芦苇。

我在芦荡很有兴致地生活了三天。到了第四天早上,我却向二舅提出:"我要回家了。"

"这怎么行?我的芦苇才割了三分之一呀。"

"不,我要回家。"

"你这不是胡来吗?!"

"我就是要回家!"

"不行!"二舅生气地丢下我,独自一人去割芦苇了。

到了下午,我把船系在树上系紧,从二舅口袋里偷了几块钱,终于逃掉了。我跑了三十里路,天黑时来到长途汽车站。在光椅上躺了一夜,第二天一早就上了汽车。下了汽车,又跑了三十里地,太阳还剩一竹竿高的时候,我满身尘埃地站在了家门口。

母亲惊讶地说:"你怎么回来了?"

我却用眼睛慌慌张张看着白栅栏那边的屋子。

"她走了。"

"……"

"她等了你五天时间,前天才走的。"

"……"

"我给她掐了几十枝栀子花骨朵,找了只瓶子,装上清水,把它养着……她舍不得离开这儿……"母亲絮絮叨叨地说。

我坐在门槛上,觉得前面那间过去看着总是感到暖烘烘的房子,有点儿荒凉。我有点儿不想看它,就侧过身去。太阳在西边褐色的树林里漂游着。它像丢了魂儿,在枝丫间慌慌张张地寻觅着。大概觉得没有指望了,就慢慢地沉了下去。

八

第二年，栀子树没有开花。它旱死了。

她一走，从此我就再也没有见过她。

芦荻秋

LU DI QIU

一

　　这里,沟河水汊,纵横交错,横七竖八,好似人的血脉经络。这里的人开门见水,见船,见桥,更见水边到处长着的芦荻。水源丰富,土地肥沃,那芦荻长得蓬勃旺盛,轰轰隆隆。细者为芦,粗者为荻,常常混长在一起,其用途大同小异。

　　这地方上的人,生路与这里的芦荻有割不断的关系。每年端午节前夕,家家户户、老老小小,一起出动剥芦叶,然后扎成把运到城里,卖给城里人裹粽子。这里的芦叶宽大且长,裹出的粽子,绿如翡翠,那米粒晶莹透明，味道也好。秋后，这芦荻一片金黄，或丈量面积后由外地人交钱自割去盖房，或自己留下，在这芦荻上闹出各式各样的钱路来：男人们用手扶着一根拉在两树间的草绳，脚下来回蹬动着石磙，把芦荻碾破，女人们便用它编成席子、篮子、斗笠……五花八门，然后则不分男女老少，四处卖去。这里的芦花鞋（用草和芦花编成），方圆百十里很有名气。

这地方上的人，都指望着这些到处乱长着的芦荻，并因这份得天独厚而自得其乐。

然而，现在有一位叫卢德富的，却很有点儿看不起它们了。他端着一只擦得锃亮的黄铜水烟壶，睥睨着院外的一切：都是些没见过世面的蠢货！心窝子也太容易满！指望着这片烂芦荻发大财？去它的鬼吧！我卢德富才不指望挣这些芦荻钱呢，我卢德富要么不挣，要挣就挣个沈万山（这一带过去的百万富翁）。

卢家就坐落在一片浓荫匝地的芦荻丛中。

卢德富正品着烟，院外五丫头喊起来：

"机器回来啦！"

卢家人闻声，倾巢出动，涌到河边。卢德富的三儿子野满落帆倒桅，匆匆跑到船艄一扳舵，大船便慢慢靠近了码头。一家人，眼睛一律熠熠发亮：船头上，稳稳立着一台机器！

这是一台缝制覆盖粮囤、货车、货船油布的旧机器，乍看上去只是一堆生满锈斑的废铁而已。可不管怎么说，它是机器！这是野满通过门子买来的。别看不起眼，一千多块钱票子贴在上面了。这地方上过小日子的庄稼人，一般是不敢这样大胆作为的。本来，当把这些同样也是靠野满的路子运回来的旧油布上的裂口破洞缀上补好,涂抹些桐油,再运回海滨农场时,一笔收入也就足以使本地人垂涎、动心了,可卢家人眼眶大,心路宽,有"鸿鹄之志",他们想用机器缝制新的油布赚更大的钱,反正有原料,有人手,也有大好的销路。

私人拥有机器,使这里的庄稼人感到太惊愕,太突然,太刺激了!试想,当它一旦轰鸣运转起来,这户人家将会怎样呢?

"一个个木鸡似的待着干什么?抬呀!"卢德富激动地发了个小脾气。

于是,结实的麻绳、粗硕的杠子、儿女们强健的肩膀和双手,使这台机器离开了大船。不知是因为它的笨重,还是这家人因为心情亢奋、欢愉,竟煞有介事地打起号子:"嗨哟!嗨哟!"用劲呼喊着。

这带着几丝挑逗意味的呼声,痒痒地、不可遏制地撩拨着大河两岸的人心。

黑狗赤着脚,肩扛渔网,背着鱼篓,头戴一顶破烂得露出顶发的斗笠,见人就说俏皮话:"卢家这回是老太太踩电门——抖起来了!"

卢德富袖手一旁,粗长的灰白眉毛下,那一双眯缝着的老眼,透出几分泰然、自得和傲慢。他板着脸。他是一家之主,主人就得有主人的威严。

儿女们抬着机器,沿着台阶,弓着脊背,艰难地向上登着。

卢德富抬起头来,偶然一瞥,看到河东被芦荻遮掩着的水码头上站着一个提着水桶的女人。灰白的眉毛在他高高的眉棱上抖动了一下。他连吸了几口水烟,掉头冲着儿女们:"别一个个病猫哼哼!几天没吃饭啦?声音大点儿!大点儿!!"他把烟壶交给五丫头,往粗糙的大手上"噗"地啐了一口唾沫,弯下身去,用手托着机器:"哎唷嗬——!"

"哎唷嗬——!"

一家人狠劲用着力,脸红脖子粗地打着号子。那声音足以使所有人感到震动。水码头上,那个女人在声浪里低下头去,提着空水桶慢慢地转回家去了……

二

这是大队书记杨槐青的住宅:

房屋四周青枝翠蔓,蒙络摇缀,参差披覆;穿过一片竹林,见一高高的门楼;跨过门槛,便见一方深院;站到院中,可见四间青砖小瓦房。屋脊两头翘起,比一般人家翘得要更高些。

杨槐青躺在竹椅上,身边的矮桌上大包小包地放着一堆药。他用手指掐着太阳穴——他脑袋疼。打那年苦夏他疼得晕倒在水田里,至今药物没断。这疼痛时重时轻,断断续续,并且似乎在逐渐加重。

这是一位身材瘦小的人。这里的人形容:"一把抓起来,可以从河东扔到河西。"可这位,在过去却是有名的硬茬子。身高一米六零,可一举手一投足,却有那么一股世人不及的魄力和狠劲,他将他的天下整治得铁桶一般。黑狗曾经笑嘻嘻地跟他开玩笑:"狗见了你都不敢大声汪汪。"

单从谁家婚丧喜事请客,老太爷、舅太公也得将首席让出由他来坐这一件事,就足见他在这里的至高无上的地位。每逢这种时刻,他照例要谦让一下,但这只是一种姿态而已,主人家说"这哪能呢",他也就坐下了。他有他的身份,他知道他应当坐在什么席位上。纵然十八张八仙桌一起摆开,他也能根据这地方上有关桌缝、方位等关目,一眼看出首席何在,然后,一边向客人们点头打招呼,一边从容不迫地走上去。主人也是不会让他丢面子的,早私下里给厨师包上一个红包,让他去暗示了。那厨师擦着桌子,见他来了,擦着擦着,把抹布往那儿一拍。他心里便有数了,知道了属于他的位置在哪里。

可是这世道说变,突然一下子就变了,都没有一点儿迹象。

百姓们立即换了另样的嘴脸。他们不再奉承他了——凭什么奉承他? 还一个个站出来指责他,话说得很刺耳:"都快折腾得我们卖棺材板了!"一盆子屎全都扣在了他头上。他心里颇冤屈:就说把芦苇挖了改稻田吧,就说不准人编篮子、编芦席卖吧,也不是我杨槐青的主张呀! 百姓们管不了八竿子打不着的,他们只认眼睛挨着鼻子的他。忽地又是一阵风,包产了,磨豆腐、开染坊、大河小河支渔网……他的天下像断了铁箍的木盆,"稀里哗啦",说散就散了。地还是那片地,然而,他已不能披着衣服脚下生风地走在田埂上,手一挥:"这块地种'珍珠矮'!"再一挥:"那块地种'菲律宾杂交二号'!"也不再有人三天两日厚皮赖脸地往他门上跑,跟他磨救济了。那时,他总是弹弹烟灰说:"先回去吧,等研究研究。"现在,也不用他费心研究了。

更使他无法忍受的是原先在他跟前不敢大声喘气的卢德富之流,竟也不再"规规矩矩",并且,越发有恃无恐! ……

随着空洞的水桶声,他的女人走进来了。

"河西在吆喝什么哪?"他问。

"卢家弄回一台机器。"女人说。

"机器?"

"吃药吧。"

他歪头看着矮桌上一堆药,脸上渐渐生出一副黯然神伤的情绪。

河西的声音更响了。

"把院门关上!"

女人照此办理。可声音还是从窗子里一阵一阵地执拗地涌进来,尤其是卢德富那苍哑浑沉的声音。

"我有点儿凉,把窗子关上吧。"

女人疑惑地望着他。

"我说把窗子关上,听见吗?"

女人不愿意惹病人生气,就又赶紧照此办理。

"黑翠呢?"

"上河西去了。"

"我说过不让她上河西去的,聋啦?!"

"我又不能用绳子拴住她。"女人嘟哝着,"人家老子,不也摘了帽子。"

"摘了帽子?"他显出一副"慢慢走着瞧"的脸相来。

"你还能把人家怎么样吗?"

"我当然不能!我能把他怎么样?我就没想过要把他怎么样!"

三

机器虽然老掉了牙,但一旦"轰隆隆"地运转起来,仍有人力不及的威力,照样能使卢家上下忙得脚后跟打着屁股。

五丫头已不止一次地躺在油布上发出怨言:"把人腰累断啦!"

这天,大脚老婆也累得实在够呛了,让五丫头关了机器,嘟嘟哝哝地从屋里走出来:"嘴大喉咙小,别吞不了卡在嗓眼里,上不来下不去的。"

卢德富看了一眼老婆:"别他妈怨声连天的!我知道要请几个帮工。"

请谁?请谁都可以,如今不缺闲人。但,这其中有一个人,他是很费心思考虑过的。他抽着烟,水在烟壶里"呼噜呼噜"地跳动着。抽完一袋,他又重装上,"噗"的一口吹燃了手中的纸芒,沉默了半天:"请河东那家子。"

"谁?你……你说谁?"

"河东那家子。"

大脚老婆直愣愣地瞪着卢德富,突然,她一跺大脚,几乎用呐喊的声音叫起来:"钱叫蛀虫蛀啦?天下人死绝啦?让她来?你杀我一刀!"

卢德富掉过头来,轻蔑地乜了老婆一眼:真是个娘们!

大脚老婆一下被勾起往事,清水鼻涕早堵了两鼻孔。她擤了一把鼻涕,眼泪汩汩涌出来:"被人家骑在脖子上几十年,三天饱饭一吃,就忘在脑勺后头了……"

卢德富将头沉沉地垂下去……

卢德富年轻时,家境十分贫穷。

他只身一人到外闯荡去了,一去好些年。去时还是个身体单薄的孩子,回来时,已是一个体格健壮的汉子,还带回个大脚老婆。他回家不出三天,老叔叔走路走得好好的,脚底下被什么绊了一下,跌倒了就没有爬起来,被人发现时,已只剩一口气了,人们赶紧给他穿上衣服,送到高铺上。他额上已经放光,可他突然把眼睛睁开了,垂死的目光一动不动地落在卢德富的头发上。老人们立即明白了:老守财奴尽管有一片田地、两幢青砖瓦房,可膝下无小,他想侄儿能割下一绺头发,在他封棺时塞钉。老人们赶紧去对卢德富的父亲说,可卢德富的父亲就是不开口:这兄弟好着时,心黑着呢,哪怕侄子出去要饭都不肯给一点儿帮扶。

老叔叔的目光从卢德富的头发上,慢慢移到他的眼睛上。卢德富浪迹天涯,在船上做过水手,在码头上扛过活,在上海滩拉过黄包车,吃过苦,交过朋友,人也渐渐变得豁达、豪爽、仗义,变得比这地方上的一般庄稼人要重感情。他避开了老叔叔的目光,走到父亲身边:"他说话就要走了,别记恨他了。"父亲没有吭声。当着老守财奴的面,卢德富用剪子铰下一绺头发来……

不曾想,就这一绺轻飘飘的头发,压得他日后几十年都不能抬起头来。

没等地里的庄稼成熟,土改开始了。按照这地方上的规矩,卢德富便理所当然是叔叔产业的继承人。划成分时，他被划为富农。如果卢德富目光远大，料到那顶帽子在日后会给他带来什么，闹腾几下，当时或许就能甩掉那顶帽子。但他仗着在外见过世面，就什么事都不在乎。等他意识到这顶帽子有多重的分量而再想开脱时，已晚了。

而他最大的疏忽却是常常公然地冒犯杨槐青。他竟敢当着那么多人的面耍笑杨槐青个头矮小，说他只有裤裆里那个东西长。没想到杨槐青借势，三下两下就将他整趴在了地上。几乎每年的大年初一，他都要被罚到人流如鲫的桥边担土垫桥头。那天，人都不在屋里待着，来来往往地打桥上过，他脸上挂不住，要不是想到屁股后边还有一趟老小，他很可能会一头撞在桥墩上。

现在，卢德富只指望几个孩子日后能站起来。他领着老婆和两个大孩子拼命干活，一心想着挣钱供几个小的上学读书。那天，他白天干了一整天，夜里又接着赶牛打场。半夜里，实在困乏，抓着牛的缰绳跟着石磙竟然睡着了，一头倒在铺开的稻子上。水牛依旧不紧不慢地跑过来，一脚踩在他的小腿上，疼得他满场滚动，血将稻子染红了。他在家躺了一个月。后来伤虽好了，但还是留下残疾，至今走路，还微微有点儿跛……

大脚老婆把鼻涕甩得很响："野满在家待不下去，十五岁就跟人家学手艺，在外头九年……"

卢德富的脸上泛着清冽的光："去请河东那家！"

儿女们坚决站在母亲一边。

卢德富把水烟壶往桌上一搁："老子说的，请河东那家！"

一家人谁也不敢言语了。

五丫头低声说:"我去。"

"你是个丫头家!"他看了一眼大儿子,挥了挥手,"儿子去!"

老大顺从地走了。

"回来!"卢德富又喝住了大儿子。他把衣服扣一一系好,走出院子——他要亲自出马。

老婆和儿女们都拥到门口。

卢德富双手倒背,迈着微跛的腿,发出"踢笃踢笃"的脚步声……

四

当卢德富走到杨槐青的大墙下,望着高高的门槛和深深的大院时,那气壮如牛的架势却顿减三分。他甚至感到几分气虚、几分胆怯,差点儿要去倚靠一下墙壁。

即使他卢德富,后来也不得不承认,矮小不起眼的杨槐青,确实是一个十分强悍有力的人物。卢德富记得,那年刨苇造田,百姓们都袖手不干,杨槐青二话没说,自己找把最沉的耙子,先把自家的自留苇翻了。他女人站在一旁落泪,他用手指着:"婊子养的,再流猫尿,我就一耙子将你耙死!"接着,他又去翻集体的苇子。太阳炎炎,他光头赤背。黑翠给他送水,他一扬手,把水壶打翻在地。脚被苇根几乎戳穿了,血流如注,他包也不包,还是不停地挥耙子,喉咙里"呼哧呼哧"地响。先是有几个人拿了耙子下了苇田,接着众人就都下了苇田。

这矮子的形象,像钉子一样钉在了这一带人的心里。

卢德富又看了一眼深深的大院。至今,他从没跨过这个门槛,只是在院门外低头等过杨槐青两回。

传来一阵杨槐青的浊重的咳嗽声。

卢德富张了一下嘴,竟掉头朝原路走了。走到桥头,他突然对自己生起气来:"呸!"往河里啐了一口。他看到,立即就有几条小鱼来吃他的唾沫。

对岸,机器在他的茅屋里"轰隆隆"地响着。那声音毕竟是雄壮的。

他点了一支烟,一口接一口地抽完,把烟蒂往地上一扔,系紧裤带,掉头又走回到杨槐青的大门前:

"书记在家吗?"

杨槐青的女人走出屋。

卢德富得体地点点头:"书记在家吗?"

"在。"

卢德富拂了拂衣袖,提了一下衣领,举步跨进院子。

杨槐青闻声,迅捷地从躺椅上起来,把手边一堆药通通撸进抽屉,然后披上衣服,用手抹一把疲惫憔悴的脸,重又正襟危坐在椅子上。

"书记。"卢德富不等主人招呼,便大大方方地踏进来。

"有什么事吗?"

卢德富拔出一支烟递过来:"我能有什么大事。"

杨槐青头也不抬地用手推了两下,无奈卢德富执拗地要将烟塞过来,只好接住,却又不屑一顾地将烟放在了水迹斑斑的桌上。

卢德富自己给自己点上烟后,甩了甩火柴,往地上一丢:"老三从外面拉了根线,不断从外面搞回几块油布来,前些日子又弄回一台机器,这您是知道的。"

"恭喜你发大财呀。"

"书记不要见笑,一家人忙得屁滚尿流,也忙不赢。我想请几位乡亲帮忙。"

"现在也不用批准了。"

"允许雇工,上头早传下话了,书记当然会给我圆场子的。"他吹了吹烟灰,"我来只给书记一句话:如果书记您能看着这不算得罪人的话,我想请您家里到河西去。"

杨槐青的脸色顿时铁青。

屋里静得令人窒息。远远地,传来黑狗的小调声:"月亮呀一出是十五,两条赌棍呀把个钱来赌……"

"书记您肯给我个面子吗?"

杨槐青的两只手分别放在躺椅左右的扶手上。这是一双瘦小干瘪而黝黑的手,左手的食指和中指被烟熏得焦黄。这双透出一股野性的手微微有点儿颤抖。过了一阵,它才又平静下来,开始在扶手上弹动起来,屋子里就只有"笃笃笃"的声音。

卢德富不由自主地恐慌了,立即起身:"书记,您忙着。"说罢抬腿就走。走到院门口,见到太阳和一片天空,他喘了一口气,掉头留下一句话:"我留一空缺。至于工资,都是老乡亲,好说。再说,书记娘子我能亏了吗?说多了不敢,给双份,穷不死我卢德富。"

杨槐青无言地看着卢德富颠颠远去的背影。

黑翠从河西回来了,在镜子面前撩着纷乱的头发。

黑翠和卢德富家的老三野满从小一个河东,一个河西,喝一河水长大。夏日下河洗澡,秋天到芦荻丛里捡野鸭蛋,捉迷藏,过家家,俨然像一对天真的犬仔,随时随地地嬉逗。后来,两个人一起考上离这里八里路的中学,又一路去一路来。再后来,野满离乡独自去了,黑翠则把她一颗心紧紧缚在这个远去的少年身上。如今,黑翠已出落成一个真正的大姑娘。按这地方上的审美标准,算得上是一个体面姑娘:个大,眼睛水灵有神,脸红得滴血一般,头发多而黑,有手劲。这里的人特别讲究女人臀大身肥。而这一切,黑翠都具备,就只是黑了一点儿。野满在外漂泊九年,身上具有这地方上的一般年轻男人所没有的气质。他像当年的父亲一样豪爽、豁达、大度、讲义气和尊严,但却没有父亲的狂傲与阴冷。

黑翠梳着她二十三岁大姑娘的粗辫子。

杨槐青冲着她的后背:"你再去河西,小心砸断你的腿!"

黑翠把粗辫子往后一甩,将自己的房门关上了。

夕阳西下,微弱的余晖从西窗投进屋里,照在杨槐青苍白而阴郁的脸上……

五

过了几日,杨槐青的女人走进了卢家院子。

当消息一经证实,这一带人被大大地震撼了。田头、场头、船头、院落……人们一个个滴溜溜地转动着眼睛,神情异样地在嘀咕。

当杨槐青的女人站在这台破旧的机器前,耳边响着"轰隆隆"的机器声时,她突然感到了一阵前所未有的心慌意乱。

主人丝毫也没有轻慢、鄙夷的意思,一腔热情,甚至仍然显出几分好意:"黑翠她妈,你来,就给了我们好大的面子。多多歇着。五丫头,给你婶子端碗糖水!"

儿女们早得到卢德富"以礼相待"的指令,因此,一个个和颜悦色,婶子长婶子短地叫着。

她是背着杨槐青来卢家的。当杨槐青从三丫头嘴里得知她的去向时,气得将一桌子药都撸到了地上。他并没有派三丫头去把她叫回,而是纹丝不动地坐在椅子上。

中午,女人回来了,迎接她的是一记清脆的耳光。

"婊子养的,没骨相,贱坯子!还回来干吗?滚出去!"衣服从杨槐青瘦削的肩上滑落下来。

三丫头吓哭了。其余孩子都受了惊,挤到墙角里。

这女人最大的能耐就是甩鼻涕抹眼泪。她一边哭,一边哀哀地诉说着:

"那二亩八分地,耕耙点播,哪样不靠自己?你跑了几十年的田埂,手一舞,是让人下地的。让你站到地里,你拉不下脸来。这么些年,我也没下过地,啥也不谙,家里又缺人手。人家地里,稻穗肥得像狗尾巴,看咱地里,鱼刺一样竖着几根根。你三天两日跑医院,一撒手十块八块。往日,还断不了有人上门,临走撂下些东西。现在,门前清清爽爽。逢年过节,人情乡礼,手头常短。日子愁人,你甩手不管,我也不管吗?……"

杨槐青头疼得直出冷汗。

絮絮叨叨的女人抹去眼泪,把他扶到床上。

夜间,他疼痛难熬,在床上辗转反侧,呻吟不止。黑翠拉小三做伴,把大队医生叫来,给他打了一针止痛药水,疼痛才稍微缓和些。

夜风习习,从窗口吹进屋里。他睡不着,眯缝着眼睛,轻声喘息着。夜,黑沉沉的。树上的鹁鸪,半夜里叫起来,声音里透着哀怨。天要刮风下雨。

女人用手抚摸着他松弛无力的小腿肚,愁日子,愁男人的病。

杨槐青为白天打她一记耳光,而在心里感到负疚:"睡吧。"

西房里的黑翠,在梦中发出叹息。

"啥时天亮呢?"杨槐青巴望着。

"还早。"

"我说脑子里不自在有多长时间啦?"

"有些日子了。"

对岸传来卢家院子里的机器声:活多,正加班加点。

翌日,他不等天晴,从大队五金厂取出一笔款子,让在大队跑腿的三呆子陪着他，直发苏州城，看病去了。

过了几日，女人惦记着他借的三百块钱，"这口坑用啥填？"又默默走进卢家小院。

主人依旧笑脸相迎，十分诚恳。

六

盛夏，是此地田园风光最佳季节。这时，河两岸的芦荻绿得发黑，傍水农家，掩映在一片绿荫里。家家门前搭起小敞棚，上面爬满豆荚、丝瓜，翠蔓上开着紫的、白的、黄的小花。池塘中，菱角、鸡头、藕，把水面严严盖满，偶漏一空，水深而蓝，使人感到凉爽，沁人肺腑。

有人说，有好几天看不到杨槐青了，就有更多的人说，是有好些日子见不到杨槐青了。这里的人有点儿想念他。

他终于在一个黄昏里归来了。在地里干活和在河里搅水草的人，凡看见的，都走到他面前。他格外清瘦、苍老，颧骨突出，嘴瘪了，眼圈发黑，眼神黯淡，一头黑发，全都白了，仿佛落了一层霜。

人们问："是什么病呀？"

"没大病，吃点儿药，就好了。"他笑声朗朗，将一把糖果分给两三个光腚的小孩。

第二天，当人们还在床上赖着时，就听杨槐青在喇叭里喊开了："大家注意了……"人们已有很长时间没从喇叭里听到杨槐青拖着长音的讲话了，都感到新奇。

黑狗一边刹裤子，一边往外跑，放开嗓门："各位听众注意了！……"说完，用手拍了拍光光的胸脯，像城里人早晨起来那样伸伸胳膊，又难看地打了个哈欠。

杨槐青腰杆笔直地走在河东河西。五金厂、粉坊、学校、小商店、化肥、农药、计划生育……他一把揽过，他脸上显出一种冷淡、镇定和坚决。

杨槐青还下令各生产队不得将农船借予卢家装运油布，并亲自向卢德富宣布，卢家必须每年向生产队缴纳一千五百元公益金，一个子儿不得少给……

卢德富不吐一个"不"字，只是常常独自一人蹲在河边上，盯着杨家院子，一蹲几个钟头。

卢家的儿女们，把机器弄得格外响。

这天，大脚老婆不知被杨槐青的什么新精神弄急了，趿拉着鞋，四五件衣领一律敞开，站到河边上，不指名道姓，骂骂咧咧："断子绝孙的，没你个好死！……"

杨槐青正吃饭，听到了骂声，筷子从手中落在了桌上。

女人惊慌地扶住他。

杨槐青把碗推到一边，披起衣服，烦恼地走出院子。

黑翠回来了。

"你哪儿去了？"杨槐青问。

黑翠继续往家走。

"我问你哪儿去了？"

黑翠不怕："去河西了。"

杨槐青顺手抄起倚在院墙上的扁担，向黑翠的腰部打过来。

黑翠跌倒了，半天起不来。过了一会儿，她扭头朝杨槐青看了一眼，挣扎着爬起来，一手扶着腰，一手扶着墙，哭着，慢慢走进院子。

这天黄昏，黑翠，挎着个包袱出了门。

"黑翠——！"杨槐青的女人急急追去。

杨槐青怒吼着，喝住了女人……

好事嘴馋的媒婆们，听说杨槐青死活不肯将闺女嫁给卢德富家老三，把闺女都打跑了，便乘虚而入，把卢家门槛踏去一截。

大脚老婆把清水鼻涕甩得更响："谁稀罕他家丫头！黑得锅底似的！"

不想，卢德富却抱拳向媒人们一一作揖，施九十度大礼，再三谢她们一番好意。等媒人们悻悻而去，大脚老婆嚷开了："你疯啦？干吗回绝人家！"

卢德富丢女人一个白眼，只抽烟不吱声。

这地方上的乡风淳朴，人都好客，喜欢朋友，喜欢热闹。单说过年，腊月头上就开始忙碌了：杀猪、舂米、刨茨菇、淘干鱼塘取鱼……以后各家互请，直吃到正月十五，看看天已转暖，方才惦记起收拾农具春耕。这地方上的乡风又很刁钻强悍，人人好胜，凡事爱端架子，爱摆谱，爱抢上风，杀他一刀也绝不肯丢下气。谁丢下气，就矮人三分，满脸无光，一辈子让人背后笑话。因此这里的日常生活里总有点钩心斗角的意味。某人屋前的邻居盖新房,若是房屋高度超过他家一寸,觉得压了他家,很可能全家人就会卷袖而上,动手就打,上房揭瓦。就为这高出的一寸,能几代人一直打下去。两条接新娘子的船碰巧行到一条河里,则一定一个不让一个,玩命抢先,最后那些撑新娘船的汉子,往往总是免不了挥舞竹篙,互相打将起来,弄得满河溅着水花,淋得舱中新娘一身水,如同落汤鸡。两岸的人则助威呐喊,痛快不已。败下的那只船上的水手,以后就别再指望有人家请他们了。那筵席更是亮面子的地方,该坐首席而未得,碰上火气大点儿的主儿,必定掀翻筵席,骂骂咧咧,拂袖而去。主人若不重摆筵席赔礼,他就为丢脸的事而一辈子不宽恕你……

卢德富走南闯北,是人头里的人,越发崇尚这种精神。当大脚老婆不打算放弃喋喋不休的唠叨时,他把水烟壶往桌上一搁:"仙女公主不娶,偏要娶他家丫头做儿媳!"

黑翠在亲戚家住了几天,居然自己跑上卢家门来了。

卢德富立即七碗八盘地摆了一桌,请来两个能把死人说活的媒婆,劝黑翠立即与野满成婚。黑翠天性倔脾气,与她老子如出一辙。那一扁担又将她打急了,加上几个小姑子一亲热,心里说:"大不了,断了这份父女情!"

卢家藏着黑翠,不露半点儿风声地张罗开了。隔了三日,突然举行婚礼。这天晚上,卢家院子里高悬两盏耀眼的汽灯,七姑八姨、亲戚挚友,从四面八方纷纷赶来,河边上挤满了大大小小的船只。卢德富穿着大脚老婆新缝制的、不太合身的衣服,站在门口笑容可掬地迎接客人。时辰到了,鞭炮声在夜空中"噼里啪啦"地乱响,四只喇叭"呜呜哇哇"一齐鸣奏……

当小两口放下新房的红门帘时,河那边,杨槐青昏厥了过去……

七

黑翠来到医院,要看父亲,母亲说:"你想让他早死,你就去看。"黑翠抱着廊下柱子,一边哭,一边顺着柱子滑跌在地上。

病室的后窗下蹲着野满。

黑狗到屋后小解,见到野满,一边抖他的"小老爷",一边骂:"浑蛋!"

"骂谁?!"

黑狗低头看了看:"骂它。不能骂吗?"刹了刹裤子,走了。

卢家暂时没有了机器声。卢德富默默地蹲在河边上。

对岸的码头上,传来小孩的哭声。

卢德富抬头望去,只见杨槐青十岁的三丫头抱着五岁的四小子正坐在码头上,朝河上眼巴巴地望——杨槐青是黑狗用船送到医院的。两个孩子都哭过,瘦巴巴的小脸脏乎乎的。四小子饿了,哭着要吃的,要妈妈。三丫头一边用膝盖颠着他,一边哄:"小四乖呀,船快回来啦……"

卢德富转身进了院子,坐在凳上,闷头抽着烟。

院门被猛地推开了,三儿子野满立在门口。他用眼睛看着父亲。

卢德富突然站起来:"你个杂种,再这样看我!"

"人心不能太刻毒!"

卢德富的手哆嗦起来,举起水烟壶:"我……我砸死你!"

"你砸啊!你砸啊!"

卢德富气喘着,突然把烟壶砸了过去。

野满没有躲闪,烟壶击在额上,他晃荡了两下,又站住了,额上流出血来。

八

这是一个晴和的天气。

已经从医院回到了家中的杨槐青,觉得今天心情不错,让女人和孩子们把他扶到睡椅上。阳光从门里照到他脸上。多日不见阳光,他感到有点晃眼,闭了一会儿眼睛,才渐渐适应。秋后的阳光,显得很温和。他心里觉得熨帖、舒适。正是收获季节。杨槐青渴望到田埂上走一走,他想看看地,看看渠,看看水,看看庄稼。

"孩子他妈,你去后边把黑狗和三喜子叫来。"

"有事?"

他点点头。

黑狗和三喜子来了。

杨槐青笑笑说:"你们两个能扶我到田埂上走走吗?"

"能。"

秋天水盛,池塘满满当当,河面显得更加开阔。远处,有帆船。河湾里,鹅鸭成群。河堤上,几个顽童正躺在草丛里,身边是三两只啃草的羊。几个老翁坐在田埂上,看着自己那群鸡在刚刚收割的空茬地里寻食……

"你们有事先去吧,让我在这里坐一会儿。"

黑狗和三喜子不敢远走,到近处小沟里采菱角去了。

杨槐青坐在地上,望着太阳,想起他的一生……

突然,他把身子全部伏在地上,用手拼命抓着泥土,浑浊的眼泪一滴一滴地渗进泥土里。

黑狗和三喜子上岸来,一见此景,扔掉菱角,猛跑过来。

杨槐青抬起头,他的脸上是草屑和泥土。

黑狗望着他,突然咧开大嘴哭了。他想起每年除夕杨槐青念他是光棍一条,都把他叫到自己家里一起过年的事来了。

太阳在沉落。轻柔的夕照,使大地变得异常可爱。一株苍劲的老槐树的几根树枝正挡住那斜阳,使它的光变成放射状,十分壮观。几只大雁在以夕阳为背景的西天飞翔,形成微红的黑色剪影。芦苇的顶部闪着银光。

他坐在河堤上,看着夕阳一寸一寸地落到了一座大坟的背后。

西边天空呈现出透明的蔷薇色。黄昏温柔、平静而美丽。

夜里,他去世了。

他的全部遗嘱只一句话:"拆房子也要还公家的钱,不欠大家的。"

他被埋在一片芦荻丛里。

黑翠趴在他坟上,一边哭,一边用手将新坟抓出两个坑来。

人们很少看到卢德富了。听说,他得青年时代一位朋友的帮助,跟着一家建筑公司到外地打工去了。那活又脏又累,况且已那么大年纪,腿脚还不方便,又何必呢?

这天,黑狗钓鱼回来,路过杨槐青的墓前。他一只裤管卷到膝盖上,一只裤管耷拉在脚面上,手里抓着根鱼竿,呆呆地望着。望着望着,他觉得墓碑上缺了什么。仔细一研究,发现石碑上忘了刻上年月日了。他向村里人郑重地提出这一点。大家并不怎么理会。因为,人们都会记得,他死在深秋,那是一个收获的季节,也是一个飘零的季节,当时,水阴阴的,呆呆的,两岸的芦荻花在清冷、萧瑟的秋风中到处飘忽着……

六十六道弯

LIU SHI LIU DAO WAN

这个山村叫枫林口。

大大小小,一群孩子里头,有三个读小学的孩子,整天玩在一起,是形影不离的好朋友。他们的名字分别是:王树魁、金小尊、柳芽子。

这天,他们在村头玩一种叫"一睁眼就死定了"的游戏,那游戏虽然很土很土,但似乎并没有影响他们的情致。三人正玩得起劲,一辆中型轿车从城里方向开过来,在村前的公路边停住了。

原先,这条公路很繁忙,但几年前却废弃了。一条更宽,并且距离大大缩短了的新公路取代了它。但这条废弃了的公路,曾是一条质量很高的公路,即使现在还很光滑,几乎没有一点儿破损。只不过不再车来车去,但还会有一些牛车、马车、手扶拖拉机在上面开过,偶尔也会有一两辆汽车驶过。

车门打开,下来十几个城里的孩子,看上去与王树魁他们年纪差不多大小。

他们穿着一身紧身的运动衣,头戴五颜六色的安全帽,每人都有一块滑板,或抓在手上,或抱着怀里,或夹在腋下。

过了一会儿,那辆车又继续往前开去了。

不一会儿工夫,枫林口的孩子们都围了过来,甚至还过来了许多大人。这是枫林口的大人小孩从未见到过的情景。

有一个长得黑黑的年轻男老师,也穿一身紧身运动衣,头戴一顶安全帽。他把一块更大的滑板放在路面上,然后用右脚踩着。

在他和那群孩子的对话与呼唤声中,枫林口的孩子们知道了这个老师姓马——马老师。

马老师大声地对那群孩子们说:"从这里向前五十多公里,到一个叫海棠峪的地方,全程始终是在下坡状态。前些天,我、刘老师,还有米老师,前后驾车沿路考察了四次,觉得这条路简直是举世无双的进行滑板练习和比赛的场地——绝佳场地。这是一条废弃了公路,仿佛当初,并不是要把它做成一条路,就是为日后做一条滑板跑道。在上面滑起来,非常过瘾,痛快。为什么?一是,这路一直在下坡,二是,我们仔细数了一下,这五十多公里的路程,一共有六十六道弯。你们一个个去想象一下,当滑板飞行在弯道上时,是一种什么样的感觉!还有,也许是最重要的一点,这条路——我们从现在起,干脆直接称它为跑道好了,它的两侧,并无悬崖与峡谷,不是森林就是平缓的坡地。当然,你们一个个还是要特别注意安全的!万万不可掉以轻心、得意忘形……"

马老师又说了一通滑行要领与注意事项之后说:"刚才刘老师他们开车直接去了海棠峪,他们在那儿等着你们冲击终点线,给你们掐表计算成绩。好,仔细准备一下吧。"他看了一下手表,"一刻钟以后,冲击终点线,这是我和刘老师他们约定的时间,枪声一响,看谁第一个滑出去。"

那帮城里孩子,并没有去做什么准备,因为都已准备好了。在无数乡下孩子与大人的目光下,他们站在人群中间,仿佛是一些高贵的展品在展览,在接受观赏。城里孩子长得白,腿长,浑身上下都显得干干净净。他们的出现,仿佛满河的鸭子正游着,忽然游来一群没有一丝杂色的白鸭子。他们就是那群白鸭子,与周围这个世界分得清清楚楚的一群白鸭子。他们聚拢在一起,显然,他们都清楚自己是谁。他们目光明亮,微微仰头,目光向上看,透着自信、自得,还有一丝淡漠。

"各就各位!"马老师叫了一声。

城里的孩子,以非常迅捷的速度"一"字排开,一脚站在地上,一脚放在滑板上,抬起头,身体前倾。

一片寂静,只有风从树梢走过时的"沙沙"声和不远处的小溪流淌的水流声。

突然,一声枪响。

还未等枫林口的大人孩子反应过来,那些城里孩子就蹬着滑板迅疾地滑了出去。这里的坡度较大,那些小小的滑行者,身上的衣服被气流吹得颤颤抖抖，全都展开双臂以保持平衡，那样子，让几乎所有枫林口的孩子都想到了在天空滑翔的鹰：双翅展开，羽毛在气流中不住地颤动。前面就是一个弯道，当他们一个个侧身拐弯时，更像是滑翔的鹰。

已是深秋，满眼红透的枫叶。

当滑行者驶过那个弧度很大的弯道时，恰赶上一阵较大的秋风，就见枫叶从高处纷纷向弯道上空坠落，一时间，那些鹰是在枫叶的红雨中飞行了。

这情景只停留了片刻，就消失了——他们滑过弯道后被林子挡住了。

能看到的，只是开始稀落的枫叶。

王树魁、金小尊、柳芽子一直在最高处的一棵巨大的枫树下看着，眼睛里满是神往和痴迷。滑行者们明明已经消失，他们却依然凝神远眺，仿佛那些鹰一直在他们的视野里悠然滑翔。

那一刻，永远地烙在了他们的灵魂里。

不知何时，大人和小孩都已散去，只有秋风走过林子和田野的声音，在安静地响着。

他们三人再也无心去玩还没有玩完的游戏。那游戏简直无聊透顶。

他们，几乎是在同时，身子顺着那棵枫树的树干滑溜下去，双腿伸直，上身靠着树干，软绵绵地坐在树下。

远处，苍蓝的天空下，有两只鹰相隔遥远，寂寞地在云下翱翔。

他们在这棵枫树下直坐到天黑，分手时，各自伸出右手，叠在一起，发誓：我们一定要买一块滑板！

他们不再玩耍，而把所有的空闲时间都用在了攒钱上。他们不仅要买一块滑板，还要买一块稍微像样一点儿的滑板——像城里那些孩子玩的滑板。

星期天，他们一起去山上捡榛子，早晨上山，中午都不回家吃饭，随便捡些野果充饥，天黑了才回家。

没过几天，他们就捡了一百多斤榛子，然后一起去集市，将它卖了。

这是他们的第一笔钱，虽然距离购买滑板的钱数还很遥远，但他们有了希望。他们相信，他们是可以攒足这笔钱的。

这天傍晚，他们各自背着装满榛子的口袋下山时，柳芽子因天色暗淡，脚踩空摔倒了，骨碌碌从山坡上滚了下去。口袋被荆棘撕破，榛子撒了一路，胳膊被一块石头锋利的一角划破了，血流了一胳膊，痛得满额头冷汗，终于忍不住，哭了起来。

王树魁、金小尊急忙赶过来。

王树魁撕掉自己一只袖子，赶紧将柳芽子的伤口包扎起来。

柳芽子还在哭。

金小尊说："等买了滑板，先给你玩。"

柳芽子哭着点点头。

天已黑下来，三个人手拉手，摸索着下了山。一路上，都在胡吼乱叫地唱着一辈一辈传下来的歌。这些歌在王树魁、金小尊、柳芽子看来，很古怪，但却十分有趣——

《生长的季节》

大麦秸,小麦秸,
那里住个花姐姐。
十几咧?
十五咧,再过两年该嫁咧。
妈呀妈呀陪我啥?
大铜盆,小铜盆,
陪我姑娘出了门。
爹呀爹呀陪我啥?
叫木匠打柜箱,
叫裁缝做衣裳。
哥呀哥呀陪我啥?
金镯子,翠坠子,
尽心尽力陪妹子。
嫂呀嫂呀陪我啥?
破盆子,烂罐子,
打发丫头嫁汉子,
前门顶,后门拴,
永不让死丫头进我家……

他们唱得十分快活。

他们说不明白,为什么会那样迷恋上他们甚至连碰都没有碰过的滑板。

走到那条公路上时,他们停了下来,往下面的路看了看。那时月亮初上,清澈的月光洒在柏油路面上,那路像一条正向下淌流着的弯弯的河。

他们要乘滑板去远行……

他们决定打鱼。

村后有条长长的溪,或窄或宽,水流或急或缓,不知从哪里流来,也不知流到哪里去。

拿了网,拿了鱼篓,三个人来到溪边。小鱼网网有,但大鱼却总打不到一条。小鱼不值钱,只有打到大鱼,才能卖个大价钱。

大鱼在哪里呢?

三对眼睛盯着溪水看,水有深有浅,浅的地方,那鱼清清楚楚,连透明的尾巴都清清楚楚,但都是一些小鱼。深的地方才可能有大一点儿的鱼,但深的地方看不清楚。

只有撒网,让网告诉他们。

不撒浅水,专门撒深水。

一网又一网。

网在空中张开时,经阳光一照,银色的,很好看。

三个人很喜欢看,但,三个人更喜欢看的是大鱼。

十网二十网,也没能打到一条大鱼。

三个人不服气,样子很凶,还在嘴里骂骂咧咧。一网一网地撒,渐渐地,离村子越来越远了。

临近中午时,奇迹终于发生!

网还没有被拉出水面,就看见水中翻腾起熊熊的浪花,网绳紧绷绷的，不住地颤抖。他们一起拉着网，分明觉得，那网中有一颗力大无比的生命被网住了，正在竭力挣扎。

三个人兴奋得简直想咬自己一口。

鱼在网中拼命挣扎，网里仿佛有一只大车轱辘在滚动——来回有力地滚动。

网终于出水了，一片耀眼的银色在网中闪烁着。网子被搅成一团，一会儿低落下去，一会儿鼓胀起来。

好大的一条鱼，大得出乎他们的意料。

大鱼还没有完全拉到岸上时，他们三个人就情不自禁地扔下网绳，扑向了渔网，而就在这一刹那间，那大鱼一个蹦跶，又将网拖回水中，并终于撞开一个豁口逃跑了。

逃脱了的大鱼没有钻进深水处，而是箭一般顺着小溪向东逃窜而去。

三个孩子立即追赶过去。

向前看去，前面的小溪水虽然有深有浅，但基本上无大鱼藏身之处。

大鱼足有三尺长，它向前穿行时，水面像一块绸子，被一把巨大的剪刀，以超出想象的速度在剪开。它的身后，是一道长长的伤口——一时不能愈合的伤口。

他们拼命地跟随在它的后面，三双脚踩起的水花，在空中碎成无数的水珠。水珠在阳光下散开，坠落，五光十色。

他们曾在学校的操场上一起看过一部海战的电影。那疯狂逃窜的大鱼，使他们想起了从一艘舰船上发射出的在水上"嗖嗖"穿行的鱼雷。

他们一次又一次地跌倒,浑身上下早已湿淋淋的。体力在迅速被消耗,而那条鱼似乎还在以最初的速度向前逃窜。他们与鱼之间的距离在不住地拉长。那大鱼身后的水缝越来越细。然而,那条大鱼却还没有露出停止逃窜的迹象,仿佛要一直游到太阳升起的地方。

他们一个个先后跌倒在水中。他们挣扎着爬了起来。他们没有向前跑,已没有力气跑了。但他们不想放弃那条大鱼,手拉着手,眼睛盯着前方,向前走去。

他们显示出来的是同样的决心:一直走到太阳升起的地方!

不知是因为终于耗尽了全力,还是因为觉得已经逃出灾难性的追捕,大鱼终于在一片水草丛里停止了逃窜。

大鱼仿佛突然消失了,这使三个孩子感到无比失望,但却同时激起他们的活力。他们松开手,像三匹小马,朝大鱼消失的地方冲去——不是冲去,是冲刺。

气息奄奄的大鱼,听到了动静,又开始了逃窜。

三个孩子猛扑过去。

小溪忽然变宽,水一下浅了许多,大鱼一下处在了半搁浅的状态。

三个孩子大声喊叫着,最后一个冲刺完成后,一起扑到了大鱼的身上。

他们一直趴在水中,直到身体下的大鱼不再动弹。

当他们把这条沉重的大鱼抱上岸时,他们已经没有力气往回走了,只好躺在岸上层层叠叠、厚实而柔软的落叶上。

鱼躺着,他们也躺着,后来都在流水声中睡着了……

王树魁拿出了本来要买一双旅游鞋的钱，金小尊拿出了本来要买一条运动裤的钱，柳芽子呢？卖掉了他心爱的两对鸽子。

现在，他们共同拥有五百五十元钱。

他们可以进城买滑板去了。

一个晴朗的星期六，他们来到了城里。这是一座不大不小的城市。他们像三条鱼游进了一条陌生的大河，有点儿兴奋，又有点儿惶恐和不适。这是一座十分喧闹的城市。司机有事无事，都喜欢按喇叭，而那些骑自行车的人，仿佛感到十分寂寞，总是不住地按铃。骑自行车的又特别多，满街"叮铃铃"的声音。街上做买卖的，用一些很奇怪的腔调在不住地吆喝，非常投入，非常卖力。

长久生活在安静山村里的三个孩子，在这一片声音中，显出没有主张的样子。他们生硬而紧张地躲避着行人和车辆，即使这样，还是不停地撞到人身上。被撞到的，或是瞪一眼，或是说："小家伙，长眼睛了吗？"

他们用了一两个小时的时间，差不多才适应这座城市。又过了一阵，这才放松，并且开始变得自由自在起来。他们这里看看，那里看看，并不着急要去完成他们的事情，反正买滑板的钱都准备好了，剩下的问题就是选上一块。

比起王树魁和柳芽子来，金小尊玩得有点儿放不开。因为，买滑板的钱全都在他衣服里面的口袋放着呢。

又逛了一阵，他们决定不再逛了。赶紧去买滑板，买了滑板就回家，好几十里路呢。他们向路人打听到了一家卖滑板的店后，就按人家指引的方向走去。

三人正走着,就见路边有一大群人,里三层外三层地围成一圈,最里面,好像有什么特别的风景,在外面怎么看也看不清楚。

充满好奇心的三个孩子停住了脚步,他们想钻到里面看个究竟。

那个人群的中心好像很小,但引力极大。它将那么多人牢牢地吸引住,那人墙密不透风,仿佛被用力夯实过,炮弹都不能打穿的样子。

这就越发刺激了这三个孩子的好奇心。他们又暂且忘记了滑板,而只剩下一个念头:钻进去!钻进去!

他们像三只要进入鸡舍的狐狸,在人群外面寻找着可以钻入的缝隙。或许是因为他们机灵,或许是因为那人墙的紧密和牢固程度并没有想象的那么厉害,不知是在什么时候,他们分别从不同的地方,都钻了进去,并且还钻到了最里面。

现在终于看清楚里面的风景了:一个留着短胡须的小伙子蹲着,在他面前的地上,放了一只反扣着的碟子,碟子的旁边散落着一些葵花子;最里面的一圈,那些人也都蹲着,一个个手里紧紧地攥着一把钱,神色紧张、不安而又焦渴地在等待着那小伙子的什么动作。

小伙子看了看这些攥着钱的人,一手掀起碟子,一手从地上捡起两颗葵花子,说了一声:"诸位一个个都看清楚了!"随即,在众目睽睽之下,他把那两颗葵花子扔到了碟子下,并迅捷将碟子扣在了上面。

那些手中攥着钱的人,纷纷将钱放在了自己的面前,就听见他们在说:"有!""有!"……也有说"没有"的。

三个孩子都跟着喊:"有!""有!"

他们清清楚楚地看到了两颗葵花子被那小伙子扣在了碟子底下。

那小伙子并不着急揭开碟子："我再问一遍：你们一个个都认定了没有？"

"有！""有！""有！"……

小伙子指着那些押钱的人一一落实着："有！有！没有！有！……"落实完毕，他依然没有立即掀起碟子，而是先把喊"有"的那几个人面前的钱一一收入他的口袋，这才掀起碟子。

人群发出一片惊讶之声。

三个孩子立即傻掉了，那碟子底下空空的。

后来，他们就见大大小小、花花绿绿的钱，在小伙子与那些押钱人之间来来去去的。一忽儿赢了，一忽儿输了，看得人心惊肉跳。明明看见葵花子扔到了碟子底下，掀起碟子，却没有，而明明没有见到有葵花子飞到碟子底下，掀起碟子，却有。几次之后，三个孩子从心里反着来了，明明看见有葵花子飞到碟子底下，却说"没有"，可这一回碟子揭起来时，碟子底下却分明躺着那两颗葵花子。

情形永远与他们的判断相反。

他们终于从人群中挤了出来之后，一路还在琢磨着那人墙里面的情景，百思不解："明明看见他把葵花子扔到了碟子底下的，可掀起碟子来一看，愣是没有葵花子——葵花子哪里去了呢？"

他们说出了无数的猜想，但最终也没有一个肯定的答案。

他们来到一家滑板专卖店。

很大的一个店，五颜六色、长长短短的滑板看得人眼花缭乱。也有便宜的,不到一百块就能买一块,而贵的呢?三个孩子看了价格之后就只有吐舌头的份了:好几千元呢!

他们只能买一块五百元左右的滑板。

经过仔细挑选,三个人决定买下那块蓝色的滑板。那滑板看上去很灵巧,两头翘翘的,像一条瘦长的小船。那深蓝色也很好看,像傍晚天空的颜色。价格是五百一十元。

他们算了一下,进城的时候,路费花了十五元,回家还得十五元,总得吃点东西,剩下的十元钱可以买点儿面包和水。

"肯定买这一块滑板吗?"金小尊一边问王树魁和柳芽子,一边将手伸向怀里。

"就是它啦!"王树魁和柳芽子肯定地说。

他们回答金小尊时,只见金小尊刹那间脸色变得十分苍白。

金小尊的手在怀里不住地、极其慌乱地掏着。

"怎么啦?怎么啦?"王树魁和柳芽子问道。

"钱……钱没有了……"金小尊哭丧着脸说。

王树魁和柳芽子一听,两人同时把手伸进金小尊怀里:那里面的口袋空空的。

"是放在这……这个口袋里的吗?"王树魁问。

"是,是放在里面的口袋里的。你,你们不都看见我放的吗?"

王树魁和柳芽子不死心,还一个劲儿地在金小尊的怀里掏着,掏到后来,他们索性把那件衣服从金小尊的身上剥下来。明明是个空口袋——口袋都翻出来了,他们还不相信这是一个事实。到了后来,就恨不能把金小尊身上的衣服全部剥光了翻找。

金小尊像忽然没了命一般，木桩一般站在那儿，任由王树魁和柳芽子在他身上胡乱地翻找着。他没有用眼睛看王树魁和柳芽子，也没有看城市，而是望着天空。他看到天上有一群鸽子正在翱翔。

当他们终于承认了这一事实时，都垂头丧气地走出了滑板专卖店。

他们忽然想到了刚才街头的围观，立即认定那钱就是在那儿被人掏去的，便一起向那边猛跑过去——

那外三层里三层的人群已不复存在，甚至连一丝痕迹都没有留下，仿佛不久前根本就没有过什么围观一样。

他们四下寻找着那些人，眼前走过的没有一张面孔曾是他们看到过的。

他们有点儿明白了：这可能是一个圈套，那人群里一定有他们的人，这些人，就是趁拥挤和混乱，趁人的注意力完全集中在了那只碟子上而下手掏钱的贼。

他们感到浑身没有力气，成了一团团棉花，在马路牙上坐了下来……

下午四点多钟，太阳已经偏西时，王树魁说："我们回家吧。"

三个孩子脸色灰灰地往车站走去。他们走得很慢，脚有点沉重，抬不起来，总是在地面上拖着，发出摩擦声。不知走了多久，他们路过一个巨大的玻璃橱窗，人都走过去了，可又站住了，一起掉过头来看着。那又宽又高的玻璃橱窗里，什么也没有摆放，而只有一块滑板。这块滑板斜斜地悬吊在半空中，吊着它的四根尼龙绳是透明的，几乎看不见。在蓝色的背景下，这块白色的滑板明明是静止着的，但在三个孩子的眼里，它却在飘飘滑行。

他们在这个玻璃橱窗面前停留了很久，才慢慢离去。三个人谁也没有说不去车站，谁也没有说他们想要干什么，却都没有往车站方向走，而是走到了马路斜对面一棵大树下坐了下来。他们很容易就能看到那个橱窗，但却都不朝那橱窗看，而扭过身去坐着，朝毫不相干的地方看着。

天色渐渐暗淡下来。

他们起身去路边的一个小店买了面包和水，重新回到那棵大树下坐下。他们吃着面包喝着水，说一些与滑板毫无关系的话。仿佛，那让他们魂牵梦绕的滑板，早已从他们的心野上滑走了。

天黑了，路灯亮了。

他们只是坐在大树下，仿佛他们是大树的一部分，是大树露出地面的树根。茂密的枝叶遮去了路灯的灯光，不仔细看，都不能发现那大树下坐着三个孩子。

夜渐渐深了，车辆、行人开始稀落起来。到了后来，除了一两辆汽车以极快的速度从街上开过去外，街上几乎没有一个人了。

先是王树魁站了起来。他的腿脚都麻木了，差点儿摔倒，赶紧用手扶住树干。先后站起来的金小尊和柳芽子，同样也因为腿脚发麻而用手扶住了树干。

王树魁颤颤抖抖地问："你们害怕吗？"

金小尊和柳芽子颤颤抖抖地回答："不怕！"

过了一会儿，三个人走进黑暗，从一条用砖头铺的小路上，一人搬起一块沉甸甸的砖头。

他们又回到了那棵大树下。并没有奔跑,却已经开始喘气。他们在大树下歇了好一会儿,等终于不再急促地喘气,王树魁说:"上!"

三个人像三匹小狼,拿着砖头向那玻璃橱窗猛扑过去。

几乎是在同时,三块砖头猛地砸向了玻璃——

随即,他们却转身,拼命地逃进了黑暗,并一路往远处狂跑。那面巨大的玻璃所发出的可怕的粉碎声,远远超出了他们的想象。还有那玻璃粉碎后倾泻而下的样子,真的要把人的胆给吓破了。夜深人静,大街空空,这声音被大大地扩大了。不仅如此,那声音还大大地被延长了。那些粉碎的玻璃先后落下时,仿佛用了很长的时间,一粒粒的,灯光下,仿佛是一只只闪烁的眼睛。

他们没有再敢回去……

等再也跑不动时,他们发现,已经跑进了一个很大的公园。

月光清朗地照着一块面积很大的草地。

他们三个人都躺下了,望着城市上空的月亮。他们不再去想滑板的事了。他们现在只想歇一会儿,等有了力气,就往家走。早已没有去枫林口那边的车了,他们只能走着回去。也许走到天亮,就能到家了。

他们甚至睡着了,是树上一只大鸟受了惊动,扑棱棱飞了起来,惊醒了王树魁。他推醒了金小尊和柳芽子:"起来起来,我们该往家走了。"

三个人迷迷瞪瞪地穿越着公园——从另一个门出去,就是回家的路。

刚刚走了一会儿,三人几乎同时站住了:草坪上,安静地停着一块蓝色的滑板!

不知是谁,将这块滑板遗忘在了公园里。

又几乎是同时,他们扑了过去——三个人将整个身子扑在了地上,就像那天扑在那条大鱼的身上一般。

是一块足有八成新的滑板,而且还是他们喜欢的那样子和那种蓝色。

不知是在什么时候,天空下起了淡淡的雾。他们更觉得现在是在朦朦胧胧的梦里。

他们轮流抱着滑板,极其迅速地走出了公园。

一路上,他们欢快地唱着,并在月光下做着十分夸张的蹦跳和双臂挥舞的动作。

离村子只有两三里地时,他们疲倦不堪地倒在了路边的一个大草垛下睡着了。

第二天,太阳都已很高了,他们也没有醒来。他们头挨着头睡着,滑板放在他们的胸前,各自用双手抱着……

从此,他们除了上学,把所有的时间都用在了对滑板的玩耍上。

滑板是一种具有神奇魔力的玩意儿,一旦沾上,便着了魔一般,无法脱身。就听他们三人不停地嚷嚷着:"给我玩一会儿!""给我玩一会儿!""该轮到我了!""该轮到我了!"

滑倒了,撞倒了,摔倒了,咧咧嘴,龇龇牙,爬起来再玩。三个人都受了伤,而且不止一处受了伤,现在,三个人不是在脸上就是在胳膊上,要不就在下巴上,都包扎着纱布,就像是从前线撤下来的伤兵。

但鲜血与疼痛并没有使他们对滑板生畏、失去兴趣,相反,愈玩愈勇,愈玩愈有激情。当稍稍能够掌握它,飞一般向前滑行时,他们除了欢喜与大声喊叫之外,就再也不知道有什么其他事情值得去做了。他们根本没有想到,这世界上居然有这样一种让人神魂颠倒、让人感到全身心刺激而愉悦的玩具。

躬着腰,两眼看着前方,树木与山向后迅速倾倒,风在身边"唰唰"作响,也许只有在天堂才有这种感觉。

欲罢不能。

三个人很快不和了,都说自己玩少了,指责对方很自私,不停地发生争执,后来都不愿说话,而是冷冷地看着对方玩着滑板。终于吵了起来,并打了起来,不是两个打一个,一个打一个,一个打两个,而是互相打,直打得鼻青脸肿,鼻子和嘴角都流血,最后,一起滚落到路边的庄稼地里。

没有了主人的滑板,仿佛在说:"也该轮到我自己滑了!"

那滑板"嗖嗖"地向前滑去,直到在一个弯道处冲了出去,撞在路边一棵树上,跳到空中,翻了几个跟头之后,跌落在地,躺在了树下。

打累了,三个人一起去把滑板找回来,商量出一个公平的办法:轮流玩,一人玩三天;如果这三天里刮风下雨玩不成,活该;可以借用他人的时间,但一定要如数还上,不还上就是狗屁!

虽然,那一天是一个人独玩,但还没有轮上的另外两个人,并不会在家中待着,而是来观看与呐喊,并对那个玩板的人加以指点。不过这种指点,绝不是好话好说,而是挖苦、嘲笑和讽刺:"咳!咳!会不会玩呀?不会玩,就别占着了,让我们玩会儿呀!""咳!咳!吃了豹子胆啦?拐弯的时候不悠着点,还加速!甩出去,我们可不会伸手去拉你的!"

玩着,切磋着,细心体会着,三个人越玩越好,越玩越潇洒自如,也越玩越快乐了,是一种与刚玩时的快乐很不一样的快乐。

现在,三个孩子看对方乘滑板远去时,会说一句这样很有水平的话了:"滑得真好看!"

滑板吸引了全村的孩子,都来观看,甚至还有大人也来观看。那时,王树魁、金小尊、柳芽子就会生出表演的欲望,在滑板上做出一些优美的或惊险的动作来,令孩子们惊叫或是欢呼。

三个人的花样还不太一样,都是各自练出来的。

王树魁病了,但王树魁这几天滑得正来劲,心里不想跟金小尊或柳芽子换时间。

可能是发烧,脑袋很沉重,像顶了一块石头。但王树魁还是早早起来,勉强吃了点儿饭,夹着滑板来到了公路上。

天下着雨。

路的颜色变新了,变深了,亮闪闪的,像抹了一层油,很吸引人。

王树魁觉得,自己如果能在弯道那儿,更大胆一点儿倾斜着身体，会更快更好看。王树魁对自己说："你就不能胆大一点儿吗？也摔不死！真是的！"他对自己有点儿生气。"出息点儿！"他提醒自己。

当他横着身子，双脚站在滑板上向前滑行时，他感觉到今天的路面，阻力大大减小，滑行速度加快了很多。他又担心起来：越近弯道，速度会越快的，能控制得住吗？他觉得，今天的四肢好像锈住了似的，很不好使唤。

第一个弯道，眼见着就要到了——过了第一个弯道紧接着就是第二个弯道，两者之间的过渡只有很短的时间。

"身子怎么这么沉呢？"一时间，他感到对滑过弯道一点儿把握也没有。

弯道闪电般来到了滑板之下。速度之快，他之前从未经历过。而就在这时，他因发烧，加上紧张，眼前一阵发黑，滑板仿佛被人用力从他的脚下抽去，他人从滑板上飞起，重重地甩到了路边的荆棘丛里。

滑板随即也冲出了弯道。

王树魁用了很长的时间，才丛荆棘丛里挣扎起来。他的衣服多处被钩破，脸上手上，也被荆棘划破了。他找到了滑板，抱着它往回走去。回路都是上坡，加上他在生病，因此，在蹲在高处的金小尊、柳芽子看来，王树魁简直是蛤类动物在缓慢爬行。

王树魁爬上来了。他完全可以和金小尊或柳芽子商量，对调一天时间——他们两个正迫不及待呢！但王树魁舍不得，歇了歇，还是强打起来精神向下滑去。

金小尊和柳芽子看到，这一回，王树魁顺利地通过了弯道，一忽闪就被林子挡住了。他们想象着：王树魁又顺利地过了第二个弯道，正向第三个弯道滑行。

六十六道弯呢！

三个人说好了，万一滑倒，就一定抱着滑板往回走，走到上一个弯道处再接着滑。虽然，滑倒了也没有人看见，但三个人都相信，不管是他们中的哪一个，都会恪守诺言的。

滑完六十六道弯之后，这条路从此就一路向上了。

总有马车或拖拉机往枫林口方向走。今天玩滑板的那个，或是王树魁，或是金小尊、柳芽子，就会搭乘马车或拖拉机回到出发点。

没有轮到滑板的那两个，一定会守在高处的那棵枫树下等着。

他们是朋友。

等了很久很久，王树魁搭乘一辆马车回来了。

赶马车的看到金小尊和柳芽子说："你们赶紧过来帮忙，把这个孩子扶回家吧。他病了，倒在了路边。"

金小尊和柳芽子连忙从高处冲了下去。

王树魁像死人一样躺在车斗里，但双手却死死地抱着滑板。

金小尊和柳芽子扶着王树魁往家走时，烧得迷迷糊糊的王树魁颤颤抖抖地说："我……我滑完了六十六道弯……"

那辆中型轿车又停在了村前的公路边。

那时，金小尊的胳膊夹着滑板正从下面往上走。他滑了六十六道弯之后，搭乘一辆手扶拖拉机往回走，但那手扶拖拉机的目的地离枫林口还有五六里地。这五六里地，金小尊是走着回来的。

城里孩子，见金小尊夹着滑板走过来，眼光里透着新鲜和疑惑，有表示惊讶的，也有显出很不在意的样子。

还是上回见到的情景：那辆车继续往前开走了，城里的孩子们准备了一会儿，马老师喊了一声"各就各位"之后，一个个都站到各自的位子上；枪身一响，十几块滑板，飞一般窜了出去；马老师将枪塞进裤兜，也上了滑板，向孩子们追去。

王树魁、金小尊和柳芽子你望望我，我望望你，没有交换心中的念头，也没有喊一个统一口令，同时把右手藏到身后，又同时忽地伸了出来：王树魁和金小尊是手背，而柳芽子是手心。

"手心手背"——这是他们三个人进行抉择的一种方式，也是永恒的方式。

三个人互相击了一下掌，柳芽子接过金小尊递过来的滑板，放在路上，左脚踩在上面，右脚猛地连蹬了几脚，滑板飞快地滑行在了路上。那时，城里的孩子们乘滑板，已过两个弯道，正逼近第三个弯道。

柳芽子很沉着，并没有一下子把力气都拿出来追赶。他按他平常的方式滑行，略微多使点儿劲。在第十个弯道处，他追上了那些城里孩子。

当柳芽子"嗖"的一声从马老师身边滑过时，马老师一惊，差点儿从滑板上掉了下来。

柳芽子掉过头来朝马老师笑了笑。

接下来，柳芽子便开始一个又一个地超越城里的那些孩子。每超越一个，他都会在心里说一句："我又超了一个！"对被超越的和在他身旁滑行的孩子,他不做任何动作和表情,仿佛,这大道上只是他一人在滑行,与旁人毫无关系。

城里的孩子们发现了柳芽子,都感到惊愕。有两个孩子,看着柳芽子快速向前的背影,竟忘了自己的滑行,差点儿冲出公路。

柳芽子一边滑,一边还在嘴里小声地念着语文老师教给他们的儿歌——

> 墙顶开朵小红花,
> 墙下蜗牛去看花。
> 这条路程并不短,
> 背着壳儿向上爬。
> 小小壳儿好藏身,
> 不愁风吹和雨打。
> 爬一程,歇一会,
> 抬头不动好像傻。
> 爬爬歇歇三天半,
> 才到墙顶看到花。
> 许多花开朵朵红,
> 一齐笑脸欢迎它。
> ……

他根据他滑行的速度,改变了当初老师教他们这首儿歌的节奏。现在的节奏是:欢快,急促而有力。他先是小声地念,但越念声音越高，到了最后，几乎变成了喊叫。

城里的孩子们都好奇地看着他。

柳芽子是第二个滑完六十六道弯的。

那时，村前的枫树下，王树魁和金小尊在心里焦急地想着：柳芽子到了吗？他是第几个到的？

暑假到了。

秋后，六年级学生王树魁、金小尊、柳芽子将读初中了。学校在三十三道弯处的秋水镇。他们决定，这个暑假暂时不玩滑板了，而是集中精力去挣一笔钱，再买两块滑板。以后，就乘滑板一起去上学。

这天下午，有一辆小轿车停在了村前的路边，下来的是那个马老师。马老师下了车就打听柳芽子家住哪儿，他是来找柳芽子的。

有孩子说："柳芽子不在家。我知道他在哪——他跟着王树魁、金小尊去溪里抓鱼了。"

马老师就让那个孩子带路。找到柳芽子时，他们三个人刚刚抓到一条大鱼，正高兴着呢。

马老师见到那条大鱼，很惊讶："好大的一条鱼呀！"

马老师把柳芽子叫到了一边，对他说了一通话。柳芽子听着听着，懵了。但大体上，他听明白了：

马老师所在的学校，是一所特色学校，而特色就是这所学校有一支水平很高的滑板队。过些天，全省将会举行一次中小学生滑板比赛，他们学校本来是有实力去争取拿第一名的，没想到，恰恰在这个关键时期，一个核心队员去美国读书了——这孩子的母亲早在美国了，那边等着他呢。学校想让柳芽子从今以后到城里读书，住校，学费全免。

柳芽子回头看了一眼王树魁和金小尊："可是，我们三个人呢！"

马老师也回头看了一眼王树魁和金小尊："可我们只能增加一个招生名额。就这一个名额还是争取到的呢。"

柳芽子为难了，支支吾吾地不知道该怎么决定。

马老师说："这也没有什么难决定的。你滑板滑得好呀！"

柳芽子说："王树魁、金小尊滑得和我一样好。"

马老师满脸的疑问。

"真的，他们和我滑得一样好。"柳芽子说。

"可我们真的只争取到了一个招生名额。"马老师也感到为难了。

柳芽子走回到王树魁和金小尊跟前，把马老师的话说了一遍。

王树魁和金小尊听了，高兴得蹦跳起来，但那份高兴随即又像鸟一样飞走了。

三个人你看我，我看你，不知道究竟该如何对待这个既让他们高度兴奋又让他们感到十分为难的消息了。三个人的心，轱辘一样转动着，一时无法停顿下来。

马老师没有走过来，在一旁等着他们的决定。

三个孩子坐在地上，都双手抱着双腿。

小溪在淙淙淌。远处山上，有只鸟叫得特别好听。因为离得远，反而听得清清楚楚。而正是因为听得清清楚楚，世界就显得特别安静。

三个孩子心里却好像有几个人在喊叫，在争辩。

马老师走了过来,但他没有说话。

不知道在什么时候,王树魁叹息了一声,站了起来。

随即,金小尊和柳芽子也站了起来。他们三个,先是将头碰在一起,接着各自往后退了一步,把右手藏到了身后,三双眼睛互相看着,忽地伸出右手:金小尊和柳芽子是手心,王树魁是手背。

但王树魁并没有高兴,在嘴里小声嘀咕了一句:"要么,再来一遍。"

没有得到金小尊和柳芽子的响应。好几年了,也不知有过多少次的"手心手背"了,可从来也没有重新来一次的。

柳芽子告诉马老师:"我们定下来了,是王树魁。"他指了指王树魁。不知为什么,王树魁往后退了一步。

金小尊和柳芽子过来,一起将王树魁推到了马老师的面前。

"你们三个是好朋友!"马老师点了点头,心里一阵感动。

但过了一会,马老师说:"我只知道你……"他指了一下柳芽子,"滑板滑得好,可不知道你……"他指了指王树魁,"滑得怎么样。"

金小尊和柳芽子说:"他滑得好。"

"可我没有见过。"马老师说,"这样吧,过几天,我还要带滑板队过来训练,王树魁,你就滑给我看吧。我看你能滑第几名。"

马老师走后,三个孩子再也没心情打鱼了,各自回家了……

过几天,那辆中型轿车再次停在了村前的公路边上。

几天过去,三个孩子的心情都已平静下来。金小尊和柳芽子都为王树魁能有进城读书的机会而高兴。而王树魁也不再心里纠结,一心一意地准备着,好让马老师看他的滑板功夫。

这一天,差不多全村人都来到了村前的公路边。

枫树下,不知为什么拴着金小尊家的那匹黑马。

现在,王树魁与城里孩子站在了同一起跑线上。

一声枪响,城里的孩子同时滑了出去,而王树魁却愣在那里。

金小尊和柳芽子同时大叫一声:"王树魁!"

王树魁一惊,"唰"地滑了出去,不一会儿就追上了前面的孩子。

等王树魁消失在第一个弯道那边时,早已把缰绳握在手中的金小尊爬上了马背,随即一弯腰一伸手,将柳芽子也拉上了马背。还未等柳芽子坐好,金小尊一收缰绳,再用脚后跟猛敲一下马的肚子,黑马就"得得得"地向前跑去。

滑板比马的速度还要快,不过这没关系,金小尊可以骑马抄近路抢在滑板队前头到达六十六道弯。

在那条公路上跑了几十道弯后,金小尊收紧右手边的缰绳,马很快拐上了一条已经荒废的野道。

今天的天气特别晴朗,阳光明亮,但不灼人。处处是秋天的景色,斑斓多彩。

蜿蜒向前的公路上,十几个乘着滑板的孩子,看上去飘飘欲飞。

金小尊和柳芽子骑着马至少早十几分钟到达了终点。他们下了马,坐在路边等着。

远远地,公路仿佛是从高高的天空飘下的黑绸,飘动着垂挂到大地。

过了一会儿,黑绸上出现了更黑的点点。看上去这些点点既好像在移动,又好像停在了那儿。但仔细看,还是看到了移动。

点点越来越大。

金小尊和柳芽子慢慢站起来,并走向公路中央。

"哪一个是王树魁?"

"最前面的那一个是王树魁。"

"不像。"

"像!"

"就一点儿像!"

"就是王树魁!"

……

过了最后一道弯,再往下,坡度是一路上最大的。

"王树魁!"

金小尊和柳芽子各自把一只胳膊放在对方的肩上,一个劲地蹦跳着。

王树魁弓着身子,双臂张开,纯粹就是一只飞翔的鹰。

王树魁把后面的孩子甩得远远的。见到金小尊和柳芽子,滑板刚刚冲过终点线,他突然起跳,脱离滑板,飞跑过来,和金小尊、柳芽子紧紧拥抱着。

滑板还在急速地向前滑行着,直到坡度向上,它才慢慢停住。

三个人流着眼泪,把三颗脑袋死死地抵在一起……

送走王树魁的第二天,金小尊和柳芽子也开学了。他们一人一块滑板。他们三个人共有的那块滑板在"手心手背"之后,属于王树魁了。

他们的这两块滑板,是马老师他们学校送的,都是名牌,而且都还有八成新。

金小尊和柳芽子背着书包,乘着滑板向秋水镇滑行着。

现在,只有他们两个人一路了。只不过少了王树魁一人,却觉得路是那么的空,又是那么的长。

相隔着六七道弯,王树魁背着书包,乘着滑板,正一个劲地追赶着金小尊和柳芽子……

2013年9月15日晚9点30分改定于北京大学蓝旗营住宅

黑魂灵

一

HEI HUN LING

傻子男孩饿倒了,从河岸上滚落到水边时,恰巧赶上放鱼鹰的爷爷驾着小船路过这里,就将他救起,并收留了他。他虽然是个傻子,但爷爷却很喜欢他。

傻子男孩在这只小船上经历了许多故事,其中包括黑水手的死亡。

◇◇◇◇◇◇◇◇
一
◇◇◇◇◇◇◇◇

"黑水手"是一只鱼鹰的名字,现在,它正很快地衰老着。

它的游动显得越来越吃力，越来越跟不上行驶的小船和鱼鹰的队伍了。

它几乎再也抓不到鱼了。即使在鱼多的狭小水域，它也常常毫无收获。它吃力地扎着猛子。也不知道它是因为老眼昏花在水下根本看不到鱼，还是因为游动的速度太慢，猎物轻易就跑掉了，总而言之，那些猛子，几乎是毫无意义的。偶尔叼着一条拇指粗细的小鱼，它就会显出一副尴尬的样子，不知道是游向小船让爷爷将鱼取走呢，还是自己吃掉——拴在脖子上的草绳，并未拴死，是留下一定的空隙的，鱼鹰们可以把一些小鱼吞进肚里。

这时，就会有一两只鱼鹰游过来，趁黑水手不备，一口夺去它嘴上的小鱼，立即吞进肚里。

看到这副景象，爷爷心里会泛起一丝悲哀，并对那些"不要脸的家伙"十分生气。他会举起竹篙，突然劈下，吓得那些"不要脸的家伙"拍着翅膀慌忙逃窜。爷爷只好经常把它捞到船上，让它歇着。爷爷安慰它："你老了，你不比它们了。你就歇着吧，不要心里过意不去。谁都有这个时候，人也一样。"爷爷想到了自己，心里有淡淡的酸痛。

所有的鱼鹰都不再把黑水手放在眼里，它们甚至经常欺负它，而当它们看到爷爷从一堆杂鱼中挑出最好的鱼喂它时，会感到十分生气，甚至是愤怒。它们不住地叫唤着，好像在责问：凭什么？它一条鱼都没有抓住，凭什么还喂它最好的鱼？

那时，黑水手显得很不好意思，并不肯再将爷爷送到它嘴边的鱼吞下去。

爷爷说："别听它们的。它们这群小畜生，早晚要遭报应的。……"

黑水手要尽一只鱼鹰的本分,一旦下水,就用尽全身力气去抓鱼。但是,它的猛子总是扎得很浅,无论它怎么用力,就是无法将自己的身子扎到水的深处。以前,它一旦进入深水,反而觉得深水世界比水面上的世界还要清澈明亮,可是现在,深水世界是那么的阴暗与模糊,几乎看不见什么。它蹬动双腿,收紧身子,不住地向前钻去,直到身体消耗掉所有的力气,再也憋不住了,才缓缓浮到水面上。那时,它已经头昏脑涨,只觉得身子随着水波在晃动,整个世界一片虚幻。

要过很久,它才能缓过来,而那时,小船与其他鱼鹰已远远在前。接下来的时间里,它只能用力追赶了,已再也不可能扎猛子抓鱼去。

这一天,它终于又抓到了一条小鱼。

鱼是小了点儿,但它毕竟也是一条鱼。它要把这条鱼交给主人。它叼着小鱼往小船游去。

小鱼在阳光下扭动着身子,招引了其他鱼鹰。它们纷纷向黑水手游过来。

黑水手知道它们是冲它嘴上那条小鱼而来的,便拼命向小船游去。

但是,很快有几只鱼鹰截住了它。它们围成一圈,向黑水手紧逼过来。

小船上的爷爷看到了,一跺脚:"你傻呀?吃掉就是了!"

黑水手却还是叼着那只小鱼。

很快,就有几只鱼鹰游到了黑水手的身边,它们拍着翅膀,伸长脖子去抢夺那条小鱼。

黑水手吃力地躲避着。

终于，有一只鱼鹰——正是那只身强力壮的小鱼鹰，一口啄下去，把那条小鱼啄成了两截，并一伸脖子，把啄得的半截鱼吞进了肚里。

黑水手口一松，剩下的半截鱼落进水中。

转眼间，那半截鱼就不知被哪只鱼鹰吃掉了。

爷爷的小船快速往这边赶来。

黑水手终于愤怒了，拍着翅膀，向那些掠夺者开始了反击。它叫唤着，用坚硬的嘴向它们啄去。

鱼鹰们群起而攻之。它们啄黑水手的脑袋，啄它的身子，顿时，水面上漂起许多黑褐色的羽毛。

黑水手再也没有一丝力气，它只好缩成一团，任由它们啄去。那时，它像一团破布，在水面上漂浮着。

爷爷驾船赶到了，他挥舞竹篙，在水面上激起一团团水花，并不停地吼叫与怒骂。

鱼鹰们像炸了窝一般，纷纷逃窜，水面上留下了一道道水花。

爷爷把船靠近黑水手。

傻子男孩趴在船帮上，将黑水手捞到船上。

黑水手被啄去许多羽毛，样子显得十分丑陋。

爷爷蹲在它身旁，不住地说着："你怎么这样傻呀？你怎么这样傻呀？……"

黑水手的目光里是无助和一望无际的悲哀……

二

这天下午三点钟的光景，傻子男孩突然向爷爷叫了起来："它……它……没……没了……"

爷爷疑惑地看着他。

"黑……黑……黑水手……"

爷爷仔细清点鱼鹰，发现黑水手不见了。他回头向水面上望去，除了有几只鸭子在缓缓地游动，不见黑水手的踪影。

傻子男孩用手指着来路，让爷爷掉转船头寻找黑水手去。

爷爷点了点头，将河里的鱼鹰全都捞到枝形架上，然后掉转船头，迅速往来路撑去。一路上，爷爷不住地呼唤着黑水手。

傻子男孩站在船头，身体随小船的摇摆而摇摆，也在不住地呼唤着黑水手。

他们一直找到天黑，也没有找到黑水手。

爷爷已没有力气再撑船了，放下竹篙，坐了下来，一边喘息，一边在嘴中不住喃喃自语："去了哪儿了呢？去了哪儿了呢？……"

傻子男孩一声不吭地坐在船头上，转动着脑袋，目光不屈不挠地在水面上搜寻着。

大河已一片安静，并且已经模糊一片。

爷爷忙着做饭时，对傻子男孩说："它老了，也许像当年那样，被渔网缠住挣不脱了，也许它觉得自己实在太老了，不想麻烦我们了，自己游到一边去了……"

这顿晚饭，傻子男孩没有吃，爷爷怎么劝他都不吃。明明什么也看不见，他还在用目光固执地往黑暗里寻找着。

爷爷睡不着，心里总是想着黑水手，多少年过去了，跟黑水手差不多年龄的鱼鹰都一只只离开了这个世界，只有黑水手还在陪伴着他，而如今，它也不见了。它只不过是只水禽，可是，爷爷却一直把它当个人看。一幕幕的情景，在他脑里接连不断地闪过。

五更天，他才睡着。

而那时，傻子男孩却忽然醒来了。他醒来，是因为他听见了黑水手的叫声。那叫声十分遥远，但却又十分真切。他分不清这是梦还是事实，坐在黑暗里，屏住呼吸继续听着。

只有黑夜的声音。

傻子男孩起来了。他悄悄从爷爷身边爬过，尽量不让手腕上的铃铛发出响声。

他爬出了篷子，那时，有半轮月亮快要掉到西边的水里。

他轻轻拿起竹篙，将船撑向黑水手的声音传来的方向。他不管这是一个梦还是一个事实。

在爷爷手把手的教导下，傻子男孩早已会用竹篙撑船了。他撑船的样子很好看，细长的身子，配上细节的竹篙，让爷爷觉得，这小子本来就是一个撑船的。他将竹篙紧紧地挨着船帮，插到河底，然后身子下蹲，圆圆的结结实实的小屁股撅着，用力撑着，小船贴着水面，"泼剌泼剌"地往前行驶着。

天色在小船的行进中变亮，大河与天空本为一色，现在慢慢区别开来了,河是河,天是天,只是远处还融为一色。转眼间,河水开始转为暗红——太阳露出了一点儿。

早飞的鸟儿,在小船的上空滑动着。

傻子男孩已经汗淋淋的。他撑着小船,朝着叫声传来的方向。他觉得黑水手就在那儿等着他和爷爷搭救它。

爷爷醒来后问道:"小子,你要把船撑到哪儿?"他发现,小船已驶出大河,进入一条支流了。

虽说是支流,也是一条有模有样的河。

傻子男孩用手指着前方:"那儿!我……听……听见它叫……叫了……"

爷爷一脸疑惑:"你听见它叫了?"

傻子男孩点点头。

在爷爷看来,傻子男孩总有些古怪而神秘的行动。明明天空什么也没有,他偏用手指给爷爷看:"鸟!"根本没有鸟。但爷爷正在否决傻子男孩的发现时,一只鸟莫明其妙地飞翔在了天空。而爷爷刚才察看天空时,明明没有见到任何鸟的踪迹。

爷爷只能将信将疑地由着傻子男孩将船向前撑去。

一个多小时后,傻子男孩还在一个劲地将船往前撑着,爷爷终于阻止他了:"小子,停下吧!这根本不可能。一只鱼鹰的叫声,哪能传这么远?!掉头吧,回到大河里。"

但傻子男孩不听,依然一板一眼地将小船撑向前去。

爷爷只好由着傻子男孩。

又撑了个把钟头,傻子男孩没有力气了,放下竹篙,躺在了船上。

爷爷要拿竹篙,将小船撑回大河,傻子男孩却双手死死抓住竹篙不让爷爷动,而自己又没有力气再将小船撑向前去。

爷爷哭笑不得:"就让船这么漂着不成?"

傻子男孩却回答了一个"嗯"字。

爷爷只好暂时坐在了那里。

小船在向前漂去,过不一会儿,就漂向了岸边,然后,小船就沿着岸边,一忽慢一忽快地漂去。

傻子男孩忽地坐了起来,先是快速转动脑袋,接着慢慢转动脑袋,仿佛在慢慢地调准耳朵要冲着某一个方向。

小船好像也在聆听什么,居然停在了那里,而那时,河上明明有风。

傻子男孩的脑袋终于固定在那里。过了一会儿,他用手一指芦苇丛,却没有说话。

爷爷也侧身听去,却什么也没有听见。

傻子男孩忽地跳下河去,"哗啦哗啦"地拨开芦苇,向深处走去。

爷爷操起竹篙,尾随傻子男孩,用力将小船撑进芦苇丛里。

傻子男孩突然向前猛跑,身后是一处水花。

小船紧随其后。

芦苇开始变得稀疏,傻子男孩"嗷嗷"叫唤,转过身来,望着爷爷,而手却指着前方。

爷爷也跳下了小船,向傻子男孩跑去。他很快看到,不远处的水面上,有个银光闪闪的东西,又有一个黑乎乎的东西。等爷爷赶到时,傻子男孩早已经蹲在那两个东西的身边。

那银闪闪的东西是一条大鱼，那黑乎乎的东西，正是丢失了的黑水手。

鱼似乎还有生命的气息，而黑水手却好像已经死了，但它带钩的嘴，却还嵌在大鱼的身体里。

爷爷两眼一阵发黑，差点儿跌倒在水中。

傻子男孩想将黑水手抱起，但却一时无法让黑水手的钩嘴脱离大鱼的身体，抱了几次，都未成功。

爷爷踉跄地赶过来，帮着傻子男孩，好不容易才将黑水手的钩嘴与大鱼的身体分离开来。

傻子男孩将黑水手抱在怀里，眼泪不住地流淌下来。但那是欢喜的眼泪：黑水手没死，它在傻子男孩怀里微微地颤抖着，还挣扎着抬起头来，用那对黑豆大小的眼睛看了他一眼，看了爷爷一眼。

那条大鱼好像在摆动尾巴，显出要逃脱的样子，傻子男孩把黑水手交给爷爷，一头扑向那条大鱼。

大鱼倒也没有挣扎。

傻子男孩几次要将大鱼抱起来，都没有成功。最后一次，他总算将它抱了起来，但很快跌倒了。

爷爷把黑水手送回船舱，拿了一根绳子，将绳子从大鱼嘴里穿进去，再从腮里穿出，系了一个扣，然后将绳子交给傻子男孩。

傻子男孩用绳子拖着鱼，一步步向小船走去。

爷爷让傻子男孩帮忙，称了大鱼的重量：三十二斤！

爷爷说："比它上回抓的那条大鱼，还重五两呢！"他望着瘫痪在船舱里的黑鱼鹰,"你何苦呢?你这么大年纪了,逞什么能呀!你抓不到鱼就抓不到鱼嘛,我也没有责怪你呀!"

那时,黑水手的双眼半眯缝,一副困倦的样子。

它身上的羽毛又少了许多,到处露出难看的肉身。

爷爷向傻子男孩感叹着:"当年,它抓了一条三十一斤五两的鱼,它还年轻呢!这一回,它居然抓了条三十二斤的!可是,它已经老到快要死啦!……"

爷爷用僵硬的手抹了一把眼泪……

三

黑水手一直瘫痪着,它无数次地想站立起来,都失败了。

爷爷说:"你把一生的力气都用光了,你哪儿还能站起来呀!"

小船依然沿着那条大河向前行进着。

不久,爷爷病了,一病就很重,一连好几天都不能起床,最多也就只能将身子靠着船舱的横挡板上,看着傻子男孩放鱼鹰、忙着做饭。

傻子男孩不免有点生疏与慌乱,但有爷爷的指导,一切,马马虎虎,也都做成了。爷爷高兴,傻子男孩也高兴。

小船总是往前行驶着。

那河变得越宽，水流就越平稳，小船的行进变得越顺利。

爷爷的身体似乎在一天一天地好起来，日子看上去很不错，但不知为什么，看上去身体开始转好的爷爷却在将鱼鹰一只一只地卖掉。卖了钱，爷爷并没有用它来治病，而是都收在腰间的钱包里，只是拿出一部分买吃的，买杂鱼喂黑水手。傻子男孩毕竟不像爷爷那样会放鱼鹰，一天下来，那些鱼鹰只能将就着将自己喂饱，而黑水手就得买杂鱼来喂它。

黑水手至今也没有能够站立起来，只能整天蹲在一只早先就准备下的草窝窝里。一天里，大部分时间它的双眼是闭着的，仿佛在回忆它一生的时光。

食量倒还可以。

"能吃不能做，人老了也这样。"爷爷说。

接下来的几天时间里，爷爷从钱包里掏钱买杂鱼时，毫不犹豫，出手大方，将黑水手整天喂得饱饱的。

黑水手也不拒绝。

不住地卖掉鱼鹰，一个劲地喂黑水手，傻子男孩并不明白爷爷的心思。

爷爷自己心里十分清楚，他活在这个世界上的时间也已经不多了，别看这几天他看上去精神好了一些，甚至能起身上岸走走，但他实际感觉到的是，他的身体还只剩一些气力，现在，这些气力聚焦在一起，在支撑着他。

爷爷的生命像一盏油灯。这盏油灯的油马上就要见底。这火苗还亮着，但忽地就会熄灭。

爷爷必须在一切黑暗下来之前，把所有的一切都安排好。此时的爷爷，平静而沉着。他甚至还不时地微笑一下。

深夜，当傻子男孩在他身边酣睡时，他却睁着眼睛看着船篷外的天色。那些被他看了数十年的天空、月亮和无数星星，不久都将远去，而他将沉没于深不见底的黑暗，倒也不怕，活了这么久，也该走了。现在，让他牵挂的，就是黑水手和傻子男孩。其他几只鱼鹰，都还能抓鱼，他走后，也许它们就成了野鱼鹰，也许被另外的养鱼鹰的收留。他不打算再卖了，他希望他走时，能有鱼鹰相随，直把他送到去天堂的路口。

他已从过路船上给傻子男孩买下一只大大的背包，并装上路上行走的若干用品。他悄悄地将钱放在了背包里面的夹层里。

"该送它上路了。"这天，爷爷对傻子男孩说完，眼睛一直看着黑水手。

傻子男孩不明"上路"是什么意思。

爷爷从货船上买了一瓶酒，几支蜡烛。他特地叮嘱，他要的不是红蜡烛，而是白蜡烛。"不是我喝。"爷爷说，在傻子男孩面前晃了晃酒瓶。

傍晚，爷爷从船的尾部取出一把短柄铁锹交给傻子男孩，把白蜡烛和一盒火柴放在衣服口袋里，弯腰抱黑水手，让傻子男孩将他扶到了河滩上。

这是一片很大的河滩。

爷爷让傻子男孩一直把他搀到离船几十步远的地方。那里有棵大树。

爷爷对傻子男孩说:"挖吧,挖个坑。"

傻子男孩疑惑地望着爷爷。

爷爷打开酒瓶,扒开黑水手的嘴,将酒"咕嘟咕嘟"地倒进它的嘴里。

傻子男孩觉得今晚爷爷很有趣:自己不喝酒,倒让黑水手喝酒。

爷爷几乎将一瓶酒都灌到了黑水手的嘴里。其间,黑水手几次挣扎,要躲闪爷爷的酒瓶,却被爷爷牢牢抓住,使它无法躲闪。

"喝吧喝吧……"爷爷对它说,"你老了,要上路了。就高高兴兴地走吧。这是你的命,命是躲不了的。我也躲不了,我会跟着来的。你只是先走一步。我要是先走了,你就上不了路了……"

爷爷尽说些莫名其妙的话。

爷爷对傻子男孩说:"挖呀!怎不挖呢?挖得深一些。"他把黑水手轻轻放在树下。

黑水手拍了拍翅膀,想站起身来往水边小船方向跑,但根本站不起来。它的双翅耷拉在地上,不一会儿,脑袋也垂了下来。

"正醉着呢!"爷爷对它说,"这是传下来的规矩,上百年上千年了,一只鱼鹰老得实在不行了,就用酒把它灌醉,然后埋到土里。你也是知道的。你也看到过我埋其他的鱼鹰。这回,该轮到你了……"

傻子男孩似懂非懂。他抓着铁锹,却始终没有动手。

爷爷拿过铁锹:"不是爷爷心肠狠,孩子!"他开始吃力地挖土。

爷爷挖了好一阵,才挖了浅浅一个坑,只好又把铁锹送到傻子男孩手上:"挖吧,给它挖个深坑。"

傻子男孩接过铁锹,"吭哧吭哧"地挖了起来,泥土不停地飞到一边。

爷爷坐在黑水手身边。

黑水手好像睡着了。月光下,它颈上的毛,闪烁着微弱的蓝光。

泥土还在飞扬。傻子男孩已脱掉了上衣,光溜溜的身上,流着一道又一道的汗水。

爷爷轻轻用手抚摸着已经一动不动的黑水手:"去吧,用不了多久,我俩又会见面的……"他看了看傻子男孩挖的坑,说:"孩子,别挖了,够深的了。"

但傻子男孩不听,一个劲地挖着,像一只不知疲倦的土拨鼠。

月亮来到大树顶上,是个大月亮。

爷爷抓住了傻子男孩手上的铁锹,这才使傻子男孩停了下来。

"看它一眼吧。"爷爷对傻子男孩说。

傻子男孩却把脑袋转到一边。

爷爷摇了摇头,抱起看似已没有一丝生命的黑水手,轻轻放到了坑里。然后,他跪在那里,用手将坑外的泥不住地推进坑里。

不一会儿工夫,黑水手就被细土覆盖了。

不知是什么时候,傻子男孩也跪在了坑边,与爷爷一道,用双手将泥土不住地推到坑里。

坑渐渐满了。

两人歇了一会儿,接着又开始填土。

坑填满之后,外面还有不少土。

爷爷拿起铁锹,轻轻拍了拍,往上加了些土,再轻轻拍拍,又加了一些土,最后,把土全堆在了上面,堆成了一个坟墓。爷爷围着这堆土,用铁锹细心地拍,哪边多一些,就铲下一些,哪边少一些,就补上一些,仿佛那是一件很重要的活儿,很有讲究的活儿。

终于觉得,这小小的坟墓已做得很好看了,爷爷才放下铁锹。

周围尽是杂草野花。

爷爷采了很多野花,抛撒在黑水手的坟上。

傻子男孩学着爷爷的样子,采了更多的花,全都抛撒在了黑水手的坟上。

爷爷从口袋里取出那些白蜡烛,一共五支。

他将它们一根根立在地上,然后,擦着火柴,把它们一支支点亮。

亮光下的蜡烛,是半透明状,像温润的玉。

爷爷坐了下来,拍了拍身边的地,让傻子男孩也坐了下来。

蜡烛一点一点地矮了下来。

爷爷把胳膊放在傻子男孩的肩上,哼唱起来。

蜡烛熄灭之后,他们还坐在大树下。

小船上,不知是哪一只鱼鹰叫了一声……

四

已是深夜,爷爷终于说:"回吧。"他随手抓了一把细土,抛撒在黑水手小小的坟上。

他试了几次,都没有能够站起来,还是傻子男孩用双手抓住他的胳膊,才将他从地上拉起。

在往小船走去时,他们走得很慢。爷爷的步伐很小,并且每挪一步都要花费很长时间。

傻子男孩一手搀扶着爷爷,一手拖着铁锹。

铁锹有时摩擦到河滩上的石头,就会在这万籁俱寂的深夜发出"当当当"的金属声。

月亮走得很远了,像一个要赶回家去的孩子。

回到船上躺下后,爷爷开始断断续续、没完没了地对傻子男孩说话。声音有些微弱,但平静而镇定。他把双手交叉着放在胸口上,在黑暗里睁着眼睛。因为极度的消瘦,若放在白天来看,那双眼睛很深很大。

"爷爷快要走了……"

爷爷知道傻子男孩已懂得"走"是什么意思。

"爷爷说走就走了。爷爷自小就没有家,爷爷这一辈子就在水上漂,到那时,你只需为爷爷做一件事:解开小船的缆绳。随风飘,飘到哪儿,哪儿就是爷爷的家。这小船上,也没有什么值得你拿的,那个背包可一定得背上。那里面,有爷爷给你的钱,爷爷用不着那些钱了……"

有很长时间,爷爷没有说话。他把手慢慢地挪移到傻子男孩的身上,从肚皮那儿慢慢地抚摸到脸上,然后停留在傻子男孩的头发里。

"你也要走了……"爷爷说,"孩子,爷爷遇到你,这是爷爷的造化。爷爷一辈子也没想到过,爷爷走时能有人为爷爷送行……"

接下来,爷爷一连三天不吃不喝,就那样安静地躺在船舱里。

傻子男孩驾船,放鱼鹰,其余的时间,或是坐在爷爷身旁,或是睡在爷爷身旁。

爷爷很少说话,爷爷已没有说话的力气了。他的眼睛总那么睁着,看天空,看天空的飞鸟与流云。

这天傍晚,忙碌了一天的傻子男孩坐在爷爷身边时,爷爷吃力地举起手,用手指在傻子男孩的脑门上顶了几下,声音很小,但却是很清楚地说了一句话:"你不傻……"

傻子男孩用手指戳了戳自己的胸脯:"我……不傻……"他先是无声地笑起来,接着"咯咯咯"地大笑起来。

爷爷也笑了起来,是无声的。

天色变了。

傻子男孩爬出船舱,仰脸看了看天空,将白天揭开的船篷合上了。

一夜,风雨就未停歇,风倒也不大,雨也不是暴雨,就那样吹着下着,四周都是风声雨声,还有小船与河水相撞的水声。

傻子男孩醒来了。

傻子男孩醒来,并不是因为风雨停歇了,而是因为他觉得船舱里很冷——他被冻醒了。

他摸了摸爷爷的身子。

爷爷的身子已经变得冰凉。

他没有害怕，依然睡着，还往爷爷身边靠了靠。

那时，天在拂晓时分，天地间还是一片灰色。

傻子男孩一动不动地躺着，直躺到天大亮，岸边的树上，小鸟"叽叽喳喳"闹成一片。

傻子男孩起来后就像爷爷总是给他掖被子一样，给爷爷掖了掖被子。

他做了早饭，吃得饱饱的。

他没有叫爷爷吃早饭，因为，他知道，爷爷永远不会再吃早饭了。

他把剩下的几只鱼鹰脖子上拴的绳子统统解掉扔到了河里，然后，把昨天它们抓来的鱼统统喂给了它们，它们直吃得脖子直直的不能打弯。

他又坐到了爷爷的身边。

他发现爷爷的眼角有眼屎，就拿毛巾在河里涮了涮，十分细心地给爷爷洗了脸，直洗到爷爷的脸上干干净净的没有一星点儿污迹。

天说晴就晴，一轮太阳带着大河的水珠，升了起来。

傻子男孩背起背包，跳上岸，解掉了拴在树上的缆绳，将小船的船头扳向河心，然后用力将小船推向河心方向。

因小船速度很快，鱼鹰们都展开了翅膀，以保持平衡。

傻子男孩没有立即上路，而是坐在高高的岸上，一直望着爷爷的小船，直到它飘远，无影无踪。

他站了起来，冲着小船消失的方向："我……我不傻……"他"咯咯咯"笑了起来。

他向远去的小船挥着手。
他始终未掉一滴眼泪,
在他看来,也许哪一天,他还会遇上爷爷的……

2012年11月9日凌晨

初稿于南京江苏省软件园42号楼8108室

2013年1月5日上午改定于北京大学蓝旗营住宅

第五只轮子

DI WU ZHI LUN ZI

一

这是十一年前的情景。

秋天。青羊村，无论是平地还是山坡，都色彩斑斓。深黄，淡黄，淡淡的黄；深棕，浅棕，浅浅的棕；深红，浅红，浅浅的红……一道道，一抹抹，一块块，一团团，一点点。没有规则，却似乎又有规则，随意，却又像是精心的布置。但不管怎样，都只有一个词：自然。

青羊村的秋天，静得让人不敢大声说话。

却在这天下午的三点钟光景，这满地满谷满村满人心的静被打破了。

四五个警察，加上四五个身强力壮的山民，正在追一个人贩子。

那人贩子偷了一个不足一岁的男孩,不久被发现了。当警察和山民追过来时,他居然舍不得丢下怀里的男孩,拼命逃窜。追与被追,已不知持续多久了,等追到青羊村时,双方都已经筋疲力尽。

青羊村的村民们听到了吼叫声:"站住!"

但那贼胆不小的人贩子居然还是没有被喝住,抱着孩子,穿过村后的一片高粱地,逃到了村后一座不高不矮的山上。

山上有山楂树、核桃树、海棠树、李子树、苹果树,满山都是树,人一跑进去,转眼就不见了。

人贩子的消失,丝毫没有影响警察和山民们追下孩子并抓获人贩子的决心。警察们一边追,一边号召青羊村的村民们加入他们的捉拿行动。

秋天的天空下一片喧哗声,还有杂乱的脚步声。

数不清的人,一会儿在山坡上显现出来,一会儿又消失得无影无踪。只有此起彼伏的叫喊声一直在山坡上回荡。

终于有人再次看到了人贩子的身影:他往后山跑去了。

"那边!那边!"有人高声叫喊。

很多人看到了人贩子的身影。

人们继续追赶着,呐喊声渐渐远去。

大约过了两个多钟头,参与追赶的几个青羊村的村民,疲惫不堪地回到了青羊村。

"追到了吗?"

"没有。那人贩子脚底下可有功夫了,跑得比兔子还快。"

"就见远远地有他的身影,可怎么追也追不上。"

"那些人，那些警察，还在追。看样子，怕要一直追到天边了。"

青羊村的平地和山坡又安静了下来，就像一块大石头扔进平静的河水，激起水花和波纹，过了一会儿，那水又恢复了平静，好像什么事情也没有发生过。

人们虽然还在心里惦记着那件事，但该干什么干什么去了。

在山坡上放羊的村民吴贵，在人们追赶人贩子时，他正在一棵巨大的黑桃树下睡觉。他放羊时，身边都要带一瓶酒，一边放羊，一边喝酒。喝多了，迷糊了，就倒下来睡。那时，羊们也不远走，就在他身边吃草，或者干脆也都卧在地上休息。他一觉都要睡很久，常常要睡到太阳落山，山风已凉飕飕的。

吴贵今天醒来还算早，那太阳才刚刚碰到远处的山头。

他呼吸了几口山上特有的空气，又把浓浓的酒气吐向空中，伸了伸懒腰，一甩手中的鞭子，对他的羊们说："回家了！"

羊们很听话，将脑袋都冲着山下，开始不急不忙地下山。

吴贵的一天马上就要过去。晚上如果再喝一顿，这一天就美好地结束了。他心情很好，缓缓地跟着他的羊，一路上哼着小曲。

不知为什么，本来一直前进的羊群突然停住了，并且一只只显出吃惊的样子，"咩咩"叫起来，甚至有掉头往回跑的。

"看见鬼了不成！"

吴贵用鞭杆拨开羊群，身子后倾，晃晃荡荡却速度很快地向前走去。

孩子!

一个孩子在草丛中爬着。

吴贵就像看到了鬼,不由得倒退了几步。

孩子不爬了,抬起头来看着吴贵,还冲吴贵笑了笑,然后坐在了那里。

吴贵向四周寻找着,却不见一个人影。

吴贵从未见到过这个孩子,显然不是青羊村的。

"谁的孩子?"

吴贵大声地问着,向东问,向西问,向南问,向北问。

"谁把孩子扔在这山上了?"

他听见的,只是远远的山脚下,青羊村的狗叫。

他四处寻找着,只有满山的树和草。

那孩子也知道天晚了,坐在那里哭了起来,并且声音越哭越大。

吴贵心都乱了。他走过来抱起孩子,那孩子立即用双手抱住了他的脖子。

就这会儿工夫,太阳落尽了,天色很快暗下来。

吴贵必须要赶着羊群下山了。他抱着这个孩子,一边和他的羊群往山下走,一边还在不停地大声问着:"这是谁的孩子,谁把孩子扔在了山上?"

只有越来越大的山风呼呼响着。

"也不怕这孩子被狼吃掉,这山上是有狼的。"吴贵见过狼。

吴贵抱着孩子走进村巷时,村里人问他这孩子是哪里来的,他说是在山上捡到的。村民们一下子就明白了:那人贩子其实是扔下孩子之后跑掉的，山上树多草多，追赶的人竟然没有发现。

吴贵问村里人："这可怎么办？"

"你捡到的，你就先养着吧。"

后来，一连几天过去了，也不见有人来寻找孩子。那些警察，那些山民是哪里的人，无人知道。他们的身影再也没出现，可能是从另外一条道上返回了。这孩子究竟是哪里的，没有一点儿线索。

"怎么办呢？"吴贵问村里人。

有人说："吴贵呀，你就不觉得这是天意吗？你整天喝酒，喝得东倒西歪，分不清南北，不会有女人愿意做你老婆的。可你现在白得了一个孩子。是男娃对吗？吴贵，你这个喝不死的酒鬼，不费劲就有了一个儿子！"

吴贵觉得很幸福。他收下了这个孩子，取名磨子。

吴贵将羊奶挤到碗里，然后用勺舀，一勺勺地喂磨子。

磨子喝着这绝对新鲜的羊奶，一天一天地长大了。等他能跑能跳时，就不用吴贵用勺喂他羊奶了，而是自己端着碗喝。碗很大，有时两只小手捧不住，就会掉在地上。那羊奶突然就像一朵白色的花开放在地上。磨子摔了碗，洒了奶，却一点也不害怕，还朝吴贵笑。他知道，吴贵不会骂他，更不会打他。吴贵只是用鞭杆轻轻地敲敲他的脑袋："小子，这么白的奶，糟蹋了！"

两三岁之前，磨子基本上整天跟着吴贵。吴贵走到哪儿，他就跟到哪儿。吴贵每天都会喝醉，倒下时，磨子照样玩他的，但并不走远，就在距离吴贵十几米的范围里玩。有时也会走远，但一旦自己觉察到走远了，就惊着了一般，会立即跑回来。

长到四五岁时，磨子再也不满足跟着吴贵，早上一醒来，就往村里跑。

吴贵的屋子在村子后面，离村子有一小段路，因为他养着一群羊，羊的气味很骚，难闻得很，村里人很讨厌这种气味，吴贵只好带着他的羊，在距离村子有一段路的地方住着。

村里有很多大大小小的孩子。

磨子很想与他们玩，可是那些孩子总不愿意与他一起玩。在他们眼里，磨子好像不是他们村里的孩子。他身上总有一股羊骚味，十几米远就能闻到。闻到了，就会皱起鼻子，或者干脆当着磨子的面，用手捏着自己的鼻子，把厌恶直接而明了地写在脸上。还有，他们都知道他爸爸是个酒鬼。吴贵走过来了，他们不说"吴贵来了"，而说"酒鬼来了"。对于青羊村的孩子们而言，看到吴贵喝醉了倒在地上的情景，简直就是家常便饭。看他倒在路边或倒在随便一个什么地方，他们甚至没有半点惊讶，看也不看地就走开了。

村里的大人都用冷淡的目光看吴贵，而看磨子时，目光里也有点儿冷淡。

大人们的目光，孩子们都看到了。

他们总是做各种各样稀奇古怪的游戏，磨子很想参与，可是孩子们都没有让他参与的意思。磨子只好在一旁呆看着。此后的许多年里，磨子总是这样：一旁待着看。

孩子们玩得兴奋时，会又蹦又跳，还大呼小叫。

磨子有时也会跟在他们屁股后面，又蹦又跳，大呼小叫。

孩子们侧过脸来看他，觉得他很奇怪：你又没有参加我们的游戏！

像得到了统一命令似的，孩子们都不蹦不跳，不呼不叫了。可磨子却还在又蹦又跳，又呼又叫，仿佛就他一个人没有得到停止的命令。他终于觉察到孩子们已不蹦不跳，不喊不叫了，这才停下来——不是立即停下来，就像一团烧到最后的火，慢慢地熄灭。

孩子们"呼"地如旋风一般，又转到别处去玩了。

留下磨子独自一人站在那里。他用手不住地挠着腮帮子，看着孩子们蜂群一般远去。然后，他蹲在地上，看着搬家的蚂蚁们。小家伙们用嘴衔着什么白色的东西，匆匆忙忙地爬行着，很有趣。

远处，传来孩子们快乐的叫喊声。

没过一会儿，他又站起来，蹦跳着，喊叫着，追孩子们去了……

磨子在这个世界上，好像是多余的，处处。

即使孩子们不是存心不要他，也常常多出他一个。比如分拨打仗，一边十个人，两边二十个人。现在加上磨子，一共是二十一个人，磨子自然就是多余的那一个。

那次，村里用船送一群孩子去镇上看电影，孩子们争先恐后地往船上爬，驾船的大人一看船吃水的情况，说："不能再上人了，上一个都不行。"而那时站在岸上的，还剩一个孩子——磨子。磨子要往船上爬，那大人大声地阻止着："不行了不行了，只要再爬上来一个，船立马就要沉掉！"看那样子，这事是真的，不像是那个大人存心不让磨子上船。磨子只好站在码头上。船以一副很危险的样子，缓缓地走了。

磨子一人在岸上跑着。那大人心里有点儿不过意，很想将船靠到岸上，让磨子上来，但看了看一船的孩子都紧张着脸，只好对磨子叫道："磨子，真的不能让你上来，水眼见着就要漫进船舱了。"

磨子上学了。

教室里放着二十张课桌。

两个人一张课桌。

谁和谁一张课桌呢？

老师采取了孩子们自己组合与老师分配相结合的方式。

最后发现全班有四十一个孩子，其中一个孩子没有课桌。

孩子们都坐定了，磨子却还站在那儿。

老师想让磨子与其中两个孩子挤一挤，但孩子们都不愿意。那课桌也确实太小了一点儿，三个人合用一张，不免有点儿紧张，没办法，老师领着磨子去找林校长。

学校是个穷学校，不能单为磨子专门去买一张或做一张课桌，但林校长是一个有办法的校长。他对磨子说："林校长给磨子单独做张桌子。"

林校长亲自动手，用砖头和水泥给磨子在教室的最后面砌了一张课桌。林校长为了让桌面光滑一些，抹上水泥之后，找来了几块碎碗片，像熨衣服一样，在没有干的水泥上非常细致地抹着。林校长一边抹，一边对磨子说："磨子呀，你的这张课桌，比他们的任何一张课桌都结实。"

教室的最后面，就一张课桌，是磨子的，并且由始至终都是磨子的。

夏天。

青羊村的孩子们终于又可以玩他们最喜欢玩的游戏了：鱼鹰抓鱼。

人分两拨，一拨为鱼鹰，一拨为鱼。鱼鹰若是抓不到鱼，角色就掉个个儿，鱼成了鱼鹰，而鱼鹰则成了被抓的鱼。

磨子很想参加，无论是让他当鱼鹰还是鱼，他都愿意。可是，孩子们依然没有这个意思。

公路边是一条河，水是从东边的山沟里流出来的，流到西边山沟里去了。流到青羊村时，水面变得开阔起来，水流也不再湍急。这是孩子们的河。尤其是在夏天，他们喜欢整天泡在河里，玩各种各样的与河水有关的游戏。即使不玩游戏，光在这清凉的水里泡着，也已经是一件很惬意的事情了。

玩鱼鹰抓鱼的游戏，很紧张，很刺激。鱼在那儿，鱼鹰就追过去，或一只，或几只。那鱼有弱有强，弱的，三下两下就被鱼鹰抓住了，强的，还会挑衅鱼鹰："来呀！抓我呀！"鱼鹰猛地游过去时，鱼却不慌不忙地潜到水中。鱼鹰判断着鱼露出水面的地方，可是，十有八九，判断是不准确的。以为是在东面露头，赶紧游过去等着，但结果发现，鱼从西边露出了湿淋淋的脑袋。有时，既没有在东面露头，也没有在西边露头，那鱼则是潜入深水，根本没有往别处潜去，估摸着鱼鹰游远了，又从原地冒出来。也有不上当的鱼鹰，就在原处浮着，那鱼刚一露出水面，就被死死地揪住了脑袋。

这游戏玩起来，总是风云变幻，涛声四起。

磨子对野树说："带我一个吧。"

野树说:"人够了。"

磨子对山田说:"带我一个吧。"

山田说:"不缺人。"

磨子说:"你们都带瓦菊玩了,她可是一个女孩,就不能带我玩吗?我是男孩!"

野树想了想,说:"你先帮我们看会儿衣服吧。"

山田说:"过一会儿,看谁不玩了,就让你玩。"

磨子坐在一堆堆衣服旁看着。

河上,形势变化无常。不时地水花四溅,其情形比真鱼鹰逮着真鱼还让人热血沸腾。惊叫声、欢呼声,此起彼伏。有时,水面上一片安静,只有一对对敌对的目光互相对望。也有鱼和鱼鹰同时潜入水中的情形,那时,在岸上看着的人就只能在心里想象水下的情形了。

河里的孩子玩得痴迷,没有一个人再记得磨子还在帮他们看衣服。

磨子在岸上心急火燎地等了很久很久,也没有得到下河游戏的机会。他终于生气,站起身来走了。离开时,他还在一堆衣服上重重地踩了一脚。

现在,他很讨厌河里的欢叫声,头也不回地往本村后面走去。后面是他的家,还有山。

吴贵和羊群都不在家。

磨子就往山那边走。刚走了几步,就看到了吴贵。

吴贵又喝醉了,死人一般倒在杂草丛中。不远处,是一只歪倒在地上的酒瓶。

磨子在吴贵的身旁坐下。

羊们正在吃草，见了磨子，有几只羊"咩咩"地叫了起来。

一只小羊羔甩着短短的尾巴走过来，一直走到磨子的身旁，并把身子埋在了磨子的怀里。

磨子先用手给小羊羔梳理它的毛，过了一会儿，双手抱住羊羔的脖子，眼泪扑簌簌地掉在了羊羔的毛丛里。

河里的喧闹声随着从河边那边吹来的风，传到了磨子的耳朵里。

磨子轻轻推开了羊羔，扭头看了一眼露着肚脐眼的吴贵，起身回到家中，双手提了一桶凉水，摇摇晃晃地走了过来。

走到吴贵身边时，磨子把水桶放在地上歇了一会儿，然后用双手高高举起水桶，将桶里的水"哗啦啦"冲浇着吴贵的脸上……

来了一阵大风，把野树和山田的背心吹到了河里。

游戏正处在高潮，没有孩子注意到两件背心随风飘向了远处。

游戏终于结束，野树和山田发现背心不见了，再找磨子，根本不见他人影，都很生气。后来，再见到磨子，理都不理他。

野树和山田还告诫其他大大小小的孩子："不要和他说话！"

有个五六岁的孩子问："为什么？"

野树说："你没有鼻子吗？闻不到他身上的羊屎蛋子味吗？"

山田补充说："他是个小酒鬼！"

那个五六岁的孩子不明白："磨子不喝酒。"

山田说："他爸是个老酒鬼！老酒鬼的儿子，就是小酒鬼！"

在野树和山田看来，让磨子给他们看衣服就已经很不错了，他居然还跑掉了！跑就跑呗，看谁以后还理你。

磨子很快就感觉到，青羊村的孩子们在一个早上都变成了瞎子和聋子。他明明就站在他们面前，可他们一个一个装着看不见。他叫他们，没有一个答应的。有几个孩子在玩玻璃球，一个玻璃球骨碌碌滚到了他的脚下，他连忙捡起来，讨好地送了过去，却被一个孩子一把将玻璃球夺了过去："狗拿耗子！"然后把玻璃球放在鼻子底下闻了闻，鼻子上立即皱出好多道皱褶。然后把球放在地上，用鞋底在泥地上来回搓擦，仿佛那玻璃球沾满了肮脏的东西。

反抗的代价是：磨子从此只能更远地看着孩子们玩耍，他彻底成了一个人。

许多天过去了，这天，野树他们在村前的一块平地上玩"瞎子抓贼"的游戏，磨子就在远处看着。他虽然不能参加游戏，但却看得津津有味。

作为瞎子，一个孩子被一块布蒙住双眼；作为贼，其他孩子在不同的地方站住。瞎子摸索着过来时，贼不可移动脚步。如果哪一个贼被瞎子碰到了——哪怕碰到了一点点，他就要去做瞎子，而瞎子就揭掉蒙在眼睛上的布而成为贼。磨子在一旁，一会儿为瞎子着急：往左！往左！再往左一点儿就抓住贼啦！瞎子终于没有再往左一点儿，却摸索着往右去了。一会儿又为贼着急：身子使劲向右偏！使劲向右偏呀！他把两只拳头捏得紧紧的，甚至还往空中蹦跶了几下。

瓦菊跑了过来："磨子，野树他们叫你！"

磨子十分疑惑地望着瓦菊：叫我？

"他们叫你过去玩瞎子抓贼。"

磨子站着不动。

"不骗你！骗你，我就是小狗。"

磨子疑惑了一阵，立即向野树他们跑去。

见磨子一路跑来，野树向山田挤了挤眼睛，转过身去问磨子："你愿意当瞎子吗？"

磨子点点头。

野树从山田手上拿过一块已经脏兮兮的布，向磨子勾了勾手指，让他走过去。

磨子走到了野树面前，然后转过身去。

野树在用那块布给磨子蒙上眼睛之前，又诡异地向山田等几个孩子笑了笑。

磨子的双眼被布蒙住了，刚才还很明亮的世界，顿时变得一片黑暗。不知是因为突然地从光明跌入黑暗，还是因为野树把那块布扎得太紧，磨子有天晕地转的感觉。

游戏开始了。

磨子听到了一阵"吃通吃通"的脚步声，然后，很快就静了下来。

磨子猜测着：那些贼已经一个一个地站定了。

野树说："我们都已经站好了！"

磨子伸开双臂向贼摸索过去。他摸呀摸呀，却怎么也摸不到一个贼。他只好不停地改变方向。

四周静悄悄的，没有一声人语。远处，不知是谁家的狗叫了两声。河里好像有鸭子游过，公鸭的叫声传进了磨子的耳朵。好像是来到了一棵大树下，因为，他听到了树叶在风中发出的"沙沙"声。他怕自己一头撞在树干上,便掉转头去。

他的双臂始终展开着,两只手始终张开着,像一只要飞未飞的鸟。

不一会儿,他就晕头转向了。他很想扒掉蒙在眼睛上的布看一看,但他不能。这是游戏。这是野树他们好心,才让他参加的游戏。他要做得很认真,并且要特别守规矩。

他走呀走呀,摸呀摸呀……

他在心里说着:"你们可不准耍赖皮挪动脚步!"

他不停地走呀走呀,摸呀摸呀,不知走了多久,摸了多久。四周只有空气,空气里没有贼,没有一个贼。

他心里疑惑着:这是怎么一回事?摸了这么久,总会摸着一个的呀!

他有点儿晕,并有点儿恶心。他的身体开始摇摆,并且越来越激烈。他的双脚不时地互相别着,几次要把自己别倒。他踉跄着,伸开的双臂开始发沉,已经不能再保持平衡,渐渐耷拉下来,像折断的翅膀。

他踉踉跄跄地走着。他甚至忘记了游戏,忘记了自己是在扮演一个抓贼的瞎子。蒙着双眼,往前走,好像是他一生的事情。

他突然摔倒了,并且身子控制不住地骨碌骨碌地滚动起来。他感觉到自己的身子好像滚动在一个斜坡上。未等他明白为什么会这样,就听"扑通"一声,随即连呛了好几口水。他从水中拼命挣扎出来,用手使劲扯掉蒙在眼睛上的布,发现自己已滚到了河里。

他有点儿发懵。

他吃力地爬上了岸，向前看去，眼前的平地上空空的，没有一个人影。

他看了很久。这世界上好像一个人也没有了，只有他。他转过身去，湿漉漉地坐在河边，"呜呜呜"地哭了起来……

从此，磨子除了默不作声地坐在那张水泥课桌前上课，再也不想和青羊村的孩子们待在一起。他远离他们，并且不想再看到他们。他们的嬉闹、他们的欢呼再也不能让他的心涌起浪花。他对他们一点儿也不感兴趣，就像石头对风不感兴趣一样。

现在，他最喜欢去的地方是路边的一个露天汽车修理厂。

这条经过青羊村的公路，还是一条比较繁忙的公路，白天黑夜，总有车辆驶过，没有人知道这些车从哪儿来，又驶向何方。几年前，一个外乡人在路边的一块荒地上开了一家露天汽车修理厂。这是一个中年人，会修理汽车，原先在另外的地方开过一家汽车修理厂，生意不好，就把修理厂开到了这儿。从这里往东五十里，往西五十里，都没有汽车修理厂。在这儿开了修理厂之后，黑天白夜的，总有生意。车总有坏的时候，而且常常是坏在半路上。

这个中年人不久便和青羊村的人混熟了，青羊村的人都叫他老高。

虽然叫修理厂，但除了老高，就是他的妻子，再也没有一个工人。活就这么多。

老高干活的时候，磨子就在一边看。这个外乡人和他的妻子并不讨厌磨子，他们甚至还有点儿喜欢磨子，因为他从不多嘴多事，他只是静静地看。

磨子一有空就往这儿跑,仿佛这儿是他的家。

他看着老高拆卸轮胎、修补轮胎、安装轮胎,一连串麻利的动作,很好看,很迷人。

发动机死了。

老高掀起盖子,拿一把改锥,这里捅捅,那里捅捅,过不一会儿,发动机"突突突"地轰鸣了一阵,又能转动了,很神奇。

有时,老高会把机器大卸八块,稀里哗啦地摆了一地。磨子看了很担心:还能装回去吗?等老高把它们一件一件地又组装好,机器"突突突"地轰鸣起来时,他会长长地舒一口气,然后咧嘴笑着。那时老高也会朝磨子笑笑,那笑里有几分得意。

开始时,磨子看老高修车,总保持着一定的距离。一天一天过去,距离越来越短,到了后来,老高掀起盖子,趴在那里看发动机时,磨子也趴在那里看,好像要与老高一起共同解决问题。而老高呢,一边修车,一边给磨子讲解着,仿佛新收了一个徒弟。老高还会使唤磨子:"把那把扳子递给我。""去,给我到工具箱里找一把'十'字改锥。"

每天,天很黑了,磨子才回家。

这一天,对于磨子来说,是十分重要的一天。因为,从这一天开始,磨子找到了一种让他特别喜欢的游戏。这个游戏,只需他一个人,就可以玩得痛快淋漓。从此,他对这个游戏非常着迷,它使他忘记了一切。

这个游戏从此也成了青羊村的一道风景。

这一天,一辆中型卡车的轮胎坏了。这只轮胎是在离修理厂大约五公里的地方开始漏气的。司机坚持着,将车歪歪扭扭、摇摇晃晃、勉勉强强地开到了修理厂。

老高把这只轮子卸下之后,推到了不远处的敞篷下。一个多小时之后,老高把它修好了。打足了气之后,就将它推向那辆卡车。

富有弹性的轮子在老高的一次一次的推动下,骨碌骨碌地滚动着。这一形象十分生动,磨子睁大了眼睛,禁不住走上前去。

老高从磨子的眼睛里看出了喜欢,示意磨子:你来吧!

磨子还疑惑着,老高却已不管那只轮子了。

轮子失去了推动力,滚动了一会儿,开始放慢速度,并开始摇摆。

磨子一见,立即冲上前去,用双手推了一把,那轮子得到了力量,又开始劲头十足地向前滚动。

磨子回头看了一眼老高。

老高向他示意:推吧推吧。

磨子紧跑几步,赶上了轮子。

他用双手不住地推着,越推越有感觉。

越推越快,轮子在那块平地转着圆圈。

不一会儿,磨子推得满头大汗。

老高叫道:"小子,好啦!我们该把它装上去啦!人家还要赶路呢!"

磨子又推了一圈,才把轮子推到那辆卡车旁。

修理厂有的是废弃的轮子，有带毂的，有不带毂的，大大小小，到处乱放着。现在，磨子小部分时间看老高修车，大部分时间用在了玩耍轮子上。老高夫妇并不阻止，任由他玩去。老高的妻子曾对老高说："村里那帮孩子，好像都不愿跟他玩。"

磨子推动着轮子，轮子就转动着，那时，轮子成了有生命的东西。磨子说不清楚是一种什么样的快乐，就是快乐，荡彻全身的快乐。轮子在前面滚动，他跟在后面，很像是一个孩子，在赶着一头牲口。可它不是牲口，是轮子，黑色的轮子。

推着推着，磨子忘了，那蹦蹦跳跳滚动着的只不过是一只轮子，他竟然把它当成了一辆车——他不是在滚动轮子，而是在开车呢！他不时会从嘴边里发出汽车的喇叭声："嘀！嘀嘀！……"

越推越熟练，越推花样越多。可以是两只手推，也可以是一只手推，还可以抱着胳膊，用脚一下一下蹬动那只轮子。

可以从轮子的后面推它，也可以站在它的侧面去推它。

玩累了，他就坐在躺倒的轮子上，或者躺在地上，将头舒舒服服地枕在轮子上。

一有了力气，他会马上起来继续他的玩耍。这是一种没完没了的玩耍，是一种兴趣永远不减——不仅不减，而且越来越上瘾的玩耍。他沉浸在、陶醉在与轮子的游戏之中，进入了他在青羊村生活的最快乐的时期。

玩着玩着，他不再满足在修理厂那块地上玩耍了。他要让轮子上路，去各种各样的地方。他应该带着它去各种各样的地方。如果能够周游世界，那就更好了。

老高夫妇由他去，反正都是一些没用的轮子。

他把轮子推到了公路上，推到了学校的操场上，推到了村巷里。

现在，轮到青羊村的孩子们看他玩耍了。

他知道他们在看他，但他装着他不知道他们在看他。

他一会儿跑动着，一会儿又摆出一副溜达的样子。他会做出不少奇怪的、惊险的、有趣的或潇洒的动作。

有一个动作最牛气哄哄：他走在一个很大的轮子的侧面，两肩端着，胸脯挺着，两腿不住地交叉着往前走，不时地，很有节奏地用手推一下轮子。当轮子以均匀的速度向前滚动时，他可能暂时停住不走了，在那里站着：端着双肩，双臂互抱，两腿交叉，挺直的身子微微后倾。见轮子马上就要停下了，他会恰到好处地赶上去，及时地给轮子一个力量。

大孩子们，比如野树、山田、瓦菊，站在一旁，侧目看着。而小小孩就会跟着磨子和轮子往前跑。

有小孩情不自禁地要去推轮子，磨子就会立即将他们与轮子隔开。

到处转到了，他就开始推着轮子回修理厂。

后面跟了不少孩子。

到了修理厂，他会突然发力，给轮子最后一个力量，只见轮子飞快地向前滚动——最后倒下的地方，正是磨子希望它倒下的地方。

紧接着，磨子一个转身，面对着孩子们，用他的神情告诉他们：这是修理厂，可不是你们玩耍的地方，去吧，到别的地方玩去吧！

孩子们看了看那些轮子,然后一个一个地走开了……

老高还允许磨子随便将哪一只轮子推回家去。

这些轮子,有时躺在修理厂的地上,有时则躺在磨子家的院子里。

磨子只要想玩轮子,随时都可以。

他不仅白天玩轮子,晚上也玩,并且好像更喜欢在夜晚玩,在有月光的夜晚玩。那时,道路隐隐约约,轮子也隐隐约约,很神秘。有时,都已深夜,他还在玩轮子。这种时候,他十有八九都是在村子里玩。他从孩子们夜晚捉迷藏开始玩起,一直玩到孩子们被大人一个个唤回家中,还不回去。

那时,他的身体其实已经很疲倦了,但他的兴致依然很高。

轮子骨碌骨碌地滚动在村巷里,地在震动,屋里的人听来,简直隆隆作响。轮子从南滚到北,再从北滚到南。月光洒在村巷里,他和轮子投照在地上的黑影,在不住地移动——更像是飘动。

整个村庄终于彻底睡去,他还要在村巷里推一会儿。在离开村子之前,他一定会有一个短时间的疯狂:他把轮子推得飞转,并把自己跑动的脚步声搞得很大,仿佛有战鼓响彻于村巷。

然后,他顶着一轮明月,迷迷瞪瞪地推着轮子,推出村庄,往村子后面的家推去。

那时,羊群都在安睡中。吴贵在他的酒乡里做着糊糊涂涂的梦,这些梦在他醒来后,就再也记不得了……

深秋,各种各样的叶子都落了,鸡呀,鸭呀,也都掉毛了。一夜秋风吹过,芦花也已飘尽,剩下光秃秃的杆。世界疏朗了,透光了,看得远了,看得清了,总在枝叶间欢唱的鸟,现在只能羞答答地暴露在人们的眼前欢唱了。

变得清瘦的磨子,这一天,居然推着一只巨大的轮子上山了。

青羊村的人,一辈子也没看过这样一个情景,也许全世界的人都没有看到过这样一个情景。

几乎全体青羊村的人——当然包括野树、山田他们,都在向山上望着。

青羊村的狗们和羊们、牛们也都在看。

巨大的轮子就在他的前面。

他用双手推着,胳膊绷得笔直。他的身体向前倾着,仿佛要用肩去顶沉重的轮子。

轮子的转动非常缓慢,转一圈,仿佛要用几年的时间。

有时,人们觉得那轮子是停在那儿的。也许,那一刻它确实是停在那儿的。

但,人们还是看到,轮子在不断地滚向山顶。

当磨子那样吃力但绝不罢休地将轮子向山顶推去时,在山下看着的人心里着急,会情不自禁地也伸出双臂,将身子向前倾去,做出推动轮子的样子。

轮子终于滚到了山顶。

磨子用手扶着那只巨大的轮子,站在它的身旁。

那时,是下午五点钟的光景,太阳已经低垂到山的那边,万丈光

《单行街》

芒从深处射到山顶上时,磨子和轮子成了黑色的影子,并且影子被大大地拉长了。

无数的目光在向山顶仰望。

到此,游戏并没有结束。大约过了半个钟头,人们看到,磨子走到了轮子的那一边,将脸冲着青羊村,突然猛一推,只见轮子快速从山头滚向了山坡。随即,磨子也跟着冲了下来。

轮子的滚动越来越快,并不时地弹跳到空中。

磨子紧紧地追赶着,最后跌倒了,但,他并没有爬起,而是顺势与他的轮子一起往下滚动着……

这是三天以后的事情。

一辆破旧的中型面包车,歪斜着开到了汽车修理厂。

车上是一些孩子,还有几位老师。

车门打开后,第一个走下车的是林校长。他大声问道:"老高在吗?"

老高的妻子走了出来:"老高进城了。"

"他啥时回来?"

"他去城里买零件,要买不少零件,要到明天才能回来。"

"这可完蛋了!"林校长说着,跺了跺脚。

"校长,咋啦?"老高的妻子问。

"这是跟乡里借的一辆破车,你看呀,左前轮没有气了!刚刚开出去不久,就发现了,这不,又开回来了,想请老高整一整,可他人……这可如何是好呀!"

"有急事呀?"

林校长懒得回答。他朝车里喊道:"还一个个坐在里面干什么?车又开不了!"

老师和孩子们都下了车。

这是学校文艺宣传队的孩子们。

不久前,由林校长导演的一出小戏去参加乡里的比赛,得了奖,选拔到县里去比赛,又得了奖。今晚上,得了奖的剧目要在城里剧场公开演出。

现在,一只轮子瘪了,去不了了。

有老师去路上拦车,那些车连停一下都不停,"嗖嗖"地开了过去。

林校长问老高的妻子:"你会修吗?"

老高的妻子说:"我哪里会修呀!"一副焦急的样子。

这时,公路上,磨子推着一只卡车的轮子,骨碌骨碌、呼啦啦一路玩过来了。

他马上看到了那辆面包车歪斜在那里,蹲下来看了看,不知为什么转身跑了。

他没有推走那只轮子。

几乎没有人注意到他。

看着磨子的背影,林校长想起了一张面孔——一张贴在活动室后玻璃窗上的面孔。

林校长领着孩子们在活动室排练节目时,磨子的面孔常常出现在后玻璃窗的背后,出神地朝里面看着。活动室的后面是阴森森的竹林,没有孩子会去那儿。

没有过多久,磨子却又回来了,还是推着轮子——另一只轮子。

依然没有人太注意他,因为,他总是推着轮子。

磨子一直将这只轮子推到修理厂,然后就在修理厂的那块空地,围绕着那辆无法动弹的面包车,一圈又一圈地转动着,有时慢,有时快,后来越推越快,看得老师和孩子们眼晕。

老高的妻子叫道:"磨子,你发什么疯呢?"

开车的是学校的丁老师。他看着看着,忽然激动地叫起来:"磨子!"

磨子没有应答,依然玩那只轮子。

丁老师指着磨子推着的轮子,兴奋得结结巴巴地对林校长说:"磨……磨子,推……推的那这只轮……子,与我们这辆车的轮……轮子,是……———个型号……"

磨子滚动的圈儿越来越大了。

林校长看着磨子推动的那只轮子,叫道:"磨子!"

磨子慢慢让轮子停下了。

"你推着那只轮子过来。"林校长说。

磨子没有过来。

丁老师见磨子不过来,就向磨子小跑过去。

磨子一见,却推起那只轮子,飞快地离开修理厂的空地,朝公路上滚过去。

"磨子!"林校长叫了一声,声音充满威严。

磨子双手一按那只轮子,在修理厂通往公路的道上停住了。

林校长把丁老师叫回头,看了看手表,对老师和孩子们说:"时间还很富余,你们且在这里耐心等着。"说完,走向磨子。

林校长没有立即让磨子推着那只轮子回到修理厂,而是和磨子一起,一边走,一边轻推着那只轮子,往河边去了。没过一会儿,他们和那只轮子,一起消失在了一片林子里。

不知过了多久,他们才又一起推着轮子出现在众人面前。

路上,磨子一直在抽泣,不时地用手背擦着漾出眼眶的眼泪。显然,这已经是被控制了的哭泣,在此之前,他在林校长面前一定有过大声的哭泣。

林校长不时地拍一拍磨子的头。

来到那辆面包车跟前时,磨子已经不哭了,但潮湿的泪痕依然还在鼻梁的两侧闪着亮光。

磨子把那只轮子推倒在坏了的车轮旁。

丁老师一脸欣喜:"正是同一型号。"

半个月前,一辆中型面包车与一辆卡车相撞之后,踉踉跄跄地开到修理厂大修,临走时,把一只备用的轮子遗落在了修理厂。老高对磨子说:"这只轮子,不大不小,你要是玩,它最合适。"从那一天起,这只轮子,就成了磨子玩耍的许多轮子中的一只。

磨子轻车熟路地,很快拿来了千斤顶和一把弯形扳手,交给了丁老师。

丁老师懂得一点修车的知识。他在车盘下找到了放置千斤顶的位置,然后将千斤顶放到下面,不断地加压,车慢慢被顶了起来。

车轮离地后,丁老师开始用那把弯形扳手卸轮子,可是怎么使劲也拧不动螺母。

看的人都很焦急。

这时,磨子走上前来,推开了丁老师,高高地抬起右脚,突然猛劲地蹬向扳子的弯把,只一下,螺母拧动了。

那个动作非常熟练、老道,目睹了这一瞬的人,都十分惊讶。

轮子换好了。

林校长对孩子们说:"大家一起说一声:谢谢磨子。"

"谢谢磨子!"

野树和山田都在文艺宣传队。

林校长说:"野树、山田,难道你们不应当对磨子再说一声谢谢吗?"

野树和山田满脸通红地说:"谢谢磨子!"

车马上就要开动时,本已上了车的林校长又从车上走下,走到磨子面前,把手放在他的肩上说:"我们刚才在河边说好了的,还要排一出小戏,也让你演一个角色。林校长知道磨子喜欢演戏。"

眼泪一下汪满了磨子的眼睛。

车越开越远。

磨子朦朦胧胧地望着远去的车子,泪水沿着刚刚被风吹干的泪痕,向嘴角流去……

2013年9月7日下午写于北京大学蓝旗营住宅

单行街

DAN XING JIE

一

"咣当咣当……"

一只空了的铁罐头,在小街深处的石头路上滚跳蹦跶着,发出单调、枯燥而空洞的声响。说是小街,实际也就是条巷子。很窄,是条单行街。车本就不多,加上是条单行街,只能从这头到那头,而不能从那头到这头,因此,一天里头这街上也就驶过几辆。行人也不多,大部分时候,都很安静。因此,那"咣当"声就显得很清晰。仿佛,这天底下,就只有这一声音。

一响起"咣当"声,正在写小说的史伯伯便会烦躁地搁下笔,心里同时泛起一股淡淡的忧伤和悲悯,并会走近西窗口,朝窗下的小街俯视下去:一个脸色黄黄、两眼呆滞而缺少神气的小男孩,把两只小手浅浅地插在裤子前兜里,好不无聊地踢着一个从垃圾桶里滚出来的铁罐头,踢过来,又踢过去……

他叫聪儿。

两年前,史伯伯的家从猫耳朵胡同的一个大杂院迁到这座护城河岸的楼房。大杂院可真杂,地皮紧,人口多,空间小,大家像在操场上集合那样都挤在一块儿,免不了常有摩擦。加上还有自私自利的和坏脾气、爱挑拨的人,咒骂、打架,成了家常便饭。史伯伯总想写小说,受不了这没完没了的嘈杂声,终于换得了楼房两间,离开了大杂院。人们说住楼房清静,门一关,谁也影响不了谁。

搬进新房三天,安定了,史伯伯开始坐到桌前,铺开稿纸,燃起一支烟来。阳光真好,穿窗而进,烟袅袅地飘散着,阳光下,蓝蓝的,很美丽。这里远离公路,又是住在五层楼上,爱人上班去了,小儿子南南被送到了乡下他爷爷那里,静呀,静得简直能听出静的声音来,正好写小说。他要的就是这份清静。

可是,很快地他就大大地失望了。

事情就出在这个小聪儿身上。

正当他兴致勃勃地准备动笔时,头顶上却传来震耳的"嗵嗵"声,好好的兴致顿时给打消了。他弹一弹烟灰想,这声音会很快过去的,就先抽着烟等一会吧!没想它连续不断,并且越来越急,越来越猛烈,后来直觉得有一双脚直接就在他头上乱蹦胡踩。他仰头望去,仿佛觉得薄薄的预制板直颤悠。他终于被没完没了的等待弄得不耐烦了,推开椅子,在屋里不安地走动起来,不时地朝上仰望:到底是谁呀?真是!

这种声音不断地响了大约一个半钟头,才渐渐平息下来,他写小说的好情绪一下子就没了。

下午,当他好不容易又有了好兴致,再一次拿起笔来时,"嗵嗵……"这声音又开始响彻全屋,这一回还有桌凳摇晃的尖利的"吱呀"声!

这以后,几乎天天如此。

因新搬来,怕伤了和气,他还不好意思跟楼上人家说去。又过了一个星期,他一个字也没写出,实在生气了,这才轻轻敲了敲从楼上贯通下来的暖气管,意思很清楚:请注意点儿!

可是,回答他的却是一样的"当当当"的敲铁管儿的声音,而且敲得比他要响得多,并一阵紧似一阵。

他只好上楼敲门。

开门的是一位三十多岁的女人,问:"找谁?"

"我是楼下的。你们楼上……声音太大了,嗵嗵的。"

她略带歉意地一笑:"噢,是我孩子在玩。"转而回头,"聪儿,轻点!"

史伯伯往里一看,只见一个五六岁的小男孩,脸上玩得红扑扑的,一绺黑发被汗沾在宽大的额头上。见了生人,他感到很新鲜,一个劲儿地要往外钻,却被他妈妈拦住了。

史伯伯只觉得那孩子的眼睛里闪耀着躁动不安的目光,很像一只要扑棱着翅膀挣出笼子的小鸟。

孩子的妈妈说了声"对不起",将门关上了。

史伯伯回到家里。这一天安安静静的,他刷刷地写了十张纸。可好景不长,第二天,"嘣嘣"声又照样响起来,连续不断地、不可阻挡地钻进了他的耳朵眼里。"这孩子——讨厌!"他在心里恼怒起来,想上去表示抗议,隔壁邻居老头知道了,摇摇手,一副无可奈何的样子:"没用!"

"岂有此理!"史伯伯愤然地说。

"那做妈妈的……"老头直摇头,"没法说!"他换了一种生气而同情的口吻,"她以为这是爱孩子,可我觉得那孩子还怪可怜的呢!"

老头看史伯伯不明白,就把聪儿蹦跶的原因告诉了他。

她总说:"如今就一个孩子,得讲究点儿质量!"也不知从哪儿学来的一套整治孩子的法儿,把那孩子管得死死的。"看着,扫地必须从东南角扫起,然后一路往西北。"如果那孩子从西南角扫起,她就命令他:"重扫!"吃饭时,孩子必须把两只小手平放在桌上,等大人把菜夹到盘里,他才能动筷子。这些,孩子还能勉勉强强地接受,而不让他出屋玩耍,可就受不了,憋急了,就嚷嚷着:"我要出去!""在家搭积木!尽想着跟那些野孩子在外面撒野!"她就训聪儿,唠唠叨叨,唠唠叨叨,简直像个老太婆。那孩子只好垂头丧气地去搭积木。搭着搭着又憋不住了:"我要出去嘛!""要出去可以,得由妈妈带着!去,认字!"最后,孩子实在憋不住了,便大声地喊:"妈!我想蹦!"你猜她怎么说?"蹦,行!就在屋里蹦!"那孩子就真的蹦开了,从南墙根蹦到北墙根,从北墙根再蹦到南墙根,从地上蹦到床上,又从床上蹦到地上。老蹦也怪没味的,自然总要闹点儿新花样,就反坐在小椅子上,双手抱着椅背,两脚和四条椅腿一起,一下一下地蹦……

"没法说!"邻居老头又摇头又摇手,叹息再三。

二

史伯伯只好将在室内椅上的构思换成室外漫步中的酝酿。

这天,他走在大楼下,偶然仰头一看,见聪儿趴在阳台上,用望远镜朝远处全神贯注地望着。望什么呢?他一会紧张,一会高兴,还不时地挥动小拳头喊着:"噢——!"

史伯伯转头望去,一座三层楼房完全挡住了他的视线,聪儿倒是可以越过它看到远处的。

"喂,小家伙,看什么呢?"

聪儿低头看见史伯伯,用小手一指:"草地!"

"那有什么好看的?"

"他们在踢球呢!"聪儿的目光馋极了,直发亮,像是一个饥饿了数日的孩子睁大双眼望着望得见却够不着的一只鲜红的大苹果。

史伯伯招了招手:"下来吧!"

聪儿缩着脖子回头看了一眼屋子,一边用指头戳了戳门,一边用亮晶晶的眼睛望着史伯伯:因为妈妈在屋里呢!

史伯伯久久地望着这个只能用望远镜远眺草地的孩子。

差不多过了一年,当史伯伯渐渐适应了"嗵嗵"声时,这声音却不再传来了。他忍不住去问邻居老头是什么缘故,老头推开窗子,用手一指:"呶!"

史伯伯顺着望去,只见聪儿在小街上正跟一群孩子玩耍呢!

老头见史伯伯一脸诧异,一笑:"那孩子总爱蹦呀蹦呀,他妈妈怀疑他得了多动症,带他看医生去了,却被医生好一顿数落:'你想憋死这孩子不成?赶紧把他放出囚笼吧!'哈哈哈,她一吓,把那聪儿赶紧放了。"

史伯伯再望去,只见聪儿混在一群踢足球的孩子中间手舞足蹈,大叫大嚷,玩得十分快活。当球滚过来时,他整个身体扑上去,弄得一身尘土。大孩子从他腹下把球掏走了,他欢叫着追去,不小心摔了一个大跟头。看来不轻呢,因为他趴着不动了,把小脏手往眼睛上抹去:跌出眼泪来了。大孩子一见,立即把球抱过来,放在他面前:"让你摸摸,让你摸摸。"他用手摸了摸球,抹了一把眼泪笑了,又爬起来欢叫着。

"孩子嘛,天性!不可不管,可又不能用双手扼住他!"老头见过世面,懂。

史伯伯喜欢孩子,为这位妈妈变得明白,聪儿获得他应有的自由而高兴。

可是,不久史伯伯便发现,这只小鸟看上去已展翅飞到空中,可是脚上却还拴着一根长长的无形的绳子呢——阳台上,他的妈妈很不放心地用眼睛监视着,严密遥控着离她百步以内的聪儿。她经常大声地喊:"别跑远了!""球过来了,躲开啊!""闪开他们,自己一边玩去!"……

聪儿常常被弄得手足无措,用惶惑的眼睛朝阳台上望着,不知道该怎么办了。他愣在那儿,不时地回头去看一眼那些玩得无拘无束、呐喊震天的孩子。

几个调皮的孩子,故意高喊:"聪儿,快来呀!"

他抬腿刚要跑过去,就听妈妈叫道:"球能踢伤你。听妈话,一边去!"

聪儿很不情愿地摆了摆身体:"我不!"

"不听话,就别指望我以后再放你出去!"妈妈态度严厉了。

聪儿只好怏怏地走到一边,倚在墙上。他不时用眼睛睥睨着阳台,一见妈妈返回屋里,便霍然一跃,像匹小马驹又冲入孩子群中。

而当聪儿因为和其他孩子在玩耍过程中偶尔发生碰撞和摩擦时,他妈妈一旦看到了,就会不分青红皂白地斥责那些孩子,甚至气冲冲地从楼上冲出来,冷着脸教训了那些孩子几句,然后将聪儿抓了回去。

其他大人几次见到这样的情景,就告诫自己的孩子:"离那个人家的孩子远远的。"

孩子们开始有意躲闪着聪儿。

当聪儿几次被他妈妈叫开而再要与其他孩子们玩耍时,便有孩子不愿意:"你走吧,你妈马上又要叫你了!"

聪儿就会急得满脸通红:"不叫的。"

"真的?"孩子们用手指着他问。

聪儿急急巴巴地说:"叫……我……我也不听!"

不叫,休想。聪儿不听,也枉然。

他害怕妈妈重让他待在闷罐儿般的屋子里,只好在众目睽睽之下,咕嘟着嘴又退到一边去。

于是,立即遭到孩子们的蔑视和嘲笑:"嘻嘻!"

聪儿就一旁很尴尬地呆呆地站着。

孩子们的正式足球场是那块草地。这天,史伯伯在小街上散步,听见他们正围成一团,商量傍晚到草地上分拨比赛去。史伯伯见聪儿也在,一种本能的关切,使他想知道他们带不带聪儿去。

"我也去!"聪儿显出极愿意参加的样子,那样子里甚至还含着巴结。

可是,孩子们只是看了他一眼,就转过头去,只顾商量他们自己的事了。

史伯伯看到聪儿很难过,眼泪在眼眶里直打转。当他看到聪儿的大眼睛里含着哀切的求援时,史伯伯决定帮助聪儿一下。他曾向这些孩子赠送过他写的书,与他们混得挺有交情。他拍了拍聪儿的头,对孩子们说:"也带聪儿去吧,啊?"

"他说话如放屁!"

"他是头牛,被他妈牵着鼻子!"

"我们可不敢,万一摔坏了呢?他家……"说话的孩子看了看四周,"那母老虎,可饶不了我们。"

有的孩子这样戏谑:"他是被他妈拴在裤带上的!"

"嘻嘻!"他们都笑了。

"别这样说。"史伯伯说,"带他去吧!"

孩子们犹豫了很久,最终同意了。但那个孩子头还是伸出了小拇指,走到聪儿面前:"敢勾手指吗?"

聪儿满面恼羞地看了孩子们一眼,使劲用小拇指勾了一下,掉头跑了。

傍晚,史伯伯走到西窗下,只见小街空空——孩子都到草地去了。

"聪儿没有失约吧?"他想,"孩子他已经去了吧?"

他没有想到,大约在半个月前,每天也就在这个时候,聪儿得在妈妈的带领下,去一个儿童提琴学习班去学习小提琴。

现在的聪儿被他妈妈精心打扮了:穿一套熨得十分服帖的小西装,拴一根鲜红的领带,头戴一顶簇新的棕色贝雷帽,小皮鞋擦得锃亮。

每次见到,史伯伯总觉得这种打扮死板、生硬、老成,缺少自然和活气,让他联想到了服装店橱窗里那些没有生命的模特儿。

聪儿总是哭丧着脸,显出极不愿意去的神态。虽然在往前走,感觉上,是被他妈妈押着的。

聪儿的眼睛总是瞅着在小街上滚来蹦去的球。

史伯伯总觉得,按聪儿的气质和爱好,是断然学不出提琴来的。

史伯伯下楼了。他要到草地,为聪儿解释。刚出大楼,就看见了聪儿和他妈。聪儿眼泪汪汪。妈妈拉长着脸,一副不容违抗的厉色。显然母子俩早在楼上就开始争执了。

"我跟人家说好去草地的!"聪儿死死记着自己的诺言。

妈妈心里的火一下子升腾起来,抓住聪儿的胳膊:"没见过这样不听话的孩子——我今天倒要看看呢!"

聪儿见了史伯伯,用眼睛又呼唤他解围。

史伯伯走上去对他的妈妈说:"就让他去草地吧。"

她摇摇头:"孩子不能不听话!"

"他已答应了那些孩子。"

"无所谓。我倒希望那些野孩子不理他呢。"

史伯伯一时无语。

"一个孩子应当有教养,懂音乐,懂美术,懂所有他应该懂的。"她看了史伯伯一眼,"你大概没有孩子吧?"说着,坚决地对聪儿说:"走吧!"

史伯伯还想说什么,她用话把他挡住了:"我自己的孩子,我完全知道如何管教!"

聪儿出人意料地反抗了。他猛地甩开了妈妈的胳膊,大声叫着:"我不去!我不去!!"他高昂着头,泪水夺眶而出,顺着小鼻梁往下直滚。

她的手在哆嗦,手中的小提琴盒在颤动。突然,她把盒子掷在了地上。

聪儿一下咬住了嘴唇,用惊恐的大眼睛望着妈妈,转而看着史伯伯。

史伯伯朝聪儿点点头,朝草地走去。他从聪儿的眼中看出,他希望他能去草地向孩子们做个解释……

三

聪儿终于被孩子们抛弃。他们捉迷藏时,聪儿也一本正经地跑开躲起来,钻到水泥管里。他探头探脑,警惕地瞅着,以为那个寻找的孩子定会来寻找他。可是,直等到这场游戏玩完了,也不见那个孩子过来,自己只好十分无趣地爬出管子。

分拨打仗了,他生怕自己不易被他们注意,便挤到孩子们中间。一个孩子却把他扒拉开了。他常发窘,露出一个孩子特有的难堪样儿:缩头缩颈,不停地屈着细小的指头,两腿叉开,左右摇摆着。他眼睛里含着讨好和乞怜。有时,孩子们怜悯他了,邀他一起参加他们的活动,而四面大楼就有许多窗子打开,或是妈妈,或是奶奶,在喊自己家的孩子:"回来!"

聪儿终于彻底被孤立。

在孩子们热汗蒸腾地玩耍时,他只能远远地蹲在墙根下观望。要不就独自一人玩着一根树枝或捡一个别的孩子玩扔的断了飘带的破风筝,在小街上乱奔。

不久,史伯伯的小儿子南南从乡下他爷爷那里回来了。没过几天,史伯伯正和南南在屋里玩小火车,听到了一阵轻轻的敲门声。这敲门声让人感觉敲门人是胆小而犹豫的。他猜不是一个手脚轻得像猫一样的女人,就是一个过于讲究礼貌的男子,却怎么也没有猜到这有可能是一个孩子。

然而,他开门一看,却是聪儿。

他抱着一个小布狗熊望着史伯伯,怯生生地说:"你们家南南要人玩吗?"

一时,史伯伯竟不知如何回答。

他的声音变小了,但企求的目光却紧紧盯着史伯伯的眼睛:"要人玩吗?"

"要!要!"史伯伯赶紧把他拉进屋里,"南南!"

南南蹦跳着出来了。

史伯伯连忙说:"叫小哥哥!"

"小哥哥!"南南的眼睛盯着聪儿手中的小狗熊。

聪儿连忙把它塞到南南手中:"给你玩吧。"

南南小,不免霸道些,聪儿总是让他,甚至十分情愿地听从南南的指挥。

史伯伯和爱人生怕聪儿玩得不惬意,在一旁不断地对南南说:"给小哥哥玩玩!"

南南倒也听话,聪儿自然玩得十分满足。

这以后,聪儿天天来,敲门声却依然那样轻。

可是,在把南南去幼儿园的时间往后拖延了两个星期、园方下了"再不送来就要取消名额"的通知之后,史伯伯不得不把他和聪儿分开,送他到幼儿园去了。

白天,这小街通常是空的。因为大孩子上学去了,小孩子则都进了幼儿园。

聪儿的妈妈总是嫌附近的幼儿园条件太差,孩子难以得到很好的教育，死活不肯送他进去。可又迟迟寻不到进入条件优越的幼儿园的门路，因此，那小街上常常就只有聪儿孤单单地一个人在玩耍。

俯瞰这寂寥的空街，这寂寥的空街里一个幽灵般的孩子，史伯伯的心也时常被一种孤独感所束缚。

笑容从聪儿稚气的脸上悄然逝去，乌亮的眼睛渐渐失去灵气和神采。他的个儿倒是像墙角里不见阳光的小草似的蹿高了，脸却似乎瘦削一圈，孩子特有的红润从脸颊消失，显出病态的苍黄。当这孩子实在无法忍受四周围裹着的沉寂时，便在小街上用脚踢起铁罐头，在这重复的声音里寻得一点乐趣……

四

史伯伯离开这座城市到遥远的乡村体验生活去了，一年以后才返回。他很快觉得他的生活里好像缺了点什么。当他把这个感觉告诉爱人时，她说："是那铁罐头的咣当声没了。"

"对。那声音怎没有了呢？那个聪儿呢？"

他爱人叹息了一声："住医院啦。"

"什么病？"

他爱人摇摇头。

史伯伯赶紧向邻居老头打听。老头说："那一阵，这孩子整天愁眉苦脸，日见消瘦。他妈妈赶紧带他上医院，可是查来查去也找不出毛病，就让住院观察。到了，也说不清楚病因。几天前，只好把聪儿又带回来了。"

"那为什么不见他下楼玩呢？"

老头苦笑了一下："玩？那孩子如今很孤僻，见人不喊不笑，呆头呆脑，看人目光发直，胆小得很。他妈妈刚把他送出楼来，他又很快溜回家里，闷在自己小屋里死活不肯出来。"

从此，当史伯伯走出这座大楼，走进长长的小街时，就觉得这小街空空的，却又装满了一小街沉重的寂寞……

1984年5月写于北京大学21号楼106室
2013年9月28日修改于北京大学蓝旗营住宅

板门神

BAN MEN SHEN

"板门神"是陈三的外号。我们老家的门,都为两扇,门板很高。因陈三个头十分高大,一副威风凛凛的样子,因此地方上的人都叫他"板门神"。

这人早死了。

我的印象中有他时,我大概也就七八岁。他家住东头的三王庄。去西头小镇上割肉或抱只老母鸡去集上卖,他总要从我家门前的田埂上过。那田野很空旷,田埂垫得又很高,在远处几株矮小的苦楝映衬下,那高大的形象就很生动,勾得我总是站在家门口久久地注视着他。

他不与人说话,总是那么沉默着独自一人走他的路。我甚至没有听到他咳嗽过一声。在我的记忆里，他只是一个巨大的无声的身影。

他的衰老很突然。在我十岁时，有一阵时间，我没有再看到他从田埂上走过。母亲说："板门神有好些日子见不着了。"口气里有些遗憾，仿佛他从田埂上那么默默地走，是一道风景。

我再见到他时，他已驼背了，并且是一下子就驼得那么厉害，几乎成了九十五度的弯曲，上身向前令人担忧地斜倾着。样子很像吃草的老牛。

母亲在菜园里拔草，望着他的身影，轻轻叹息了一声："人说老就老了。"

即使他驼成这样，但在我眼里，他似乎还是要比别人高大一些。

我父亲在当地号称"小说家"，非常善于叙事，言谈之中，就有了一串关于板门神的故事。这些故事我至今还一一记得。

据说，上天曾有过某种预示，这一带日后将要出个皇帝，而这位板门神则是皇帝的一员大将。可是后来这件好事被一个吃喝嫖赌的二流子一泡尿给破了。皇帝不会再出，于是，陈三也就只能永在这穷乡僻壤待着，只能给人家打打短工混口饭吃了。

陈三长到十六岁时，体格已经异常高大，很有一把力气了。然而他天性懒散，嘴馋好吃，吃得很多，却不肯干活。他很爱睡觉，睡的地方也很不讲究，或大树下，或草垛旁，或田埂上，或麦地里。有人看到他将腰搁在旋转的风车杠上，头与脚皆悬挂着还晃晃悠悠地睡到日落西山。醒着的时候，他不是找吃的，就是到处游荡，或者与那些从他胯下可以自由地钻来钻去的小孩们玩耍，样子很不等称，让人看了发笑。

他的父亲终于看不下去了:"吃饱了等天黑的东西!你也不小了,不能整天吃吃耍耍,耍耍睡睡,痴长那么个大个。明天,给我下地拉犁!"

陈三并未顶撞父亲,点头答应了。

这地方多水地,沤一冬天,来年开春犁一遍,然后耙平插秧。泥很烂,很深,一张犁(这地方,犁的量词是"张")需由四人拉,一人扶犁梢。拉犁的一般都得选身强力壮的。扶犁的似乎不用太大的力气,但这是一份功夫活,犁深犁浅,犁直犁弯,全在他扶着犁梢时的一摇一晃之中,因此一般都由一个多年种田的人去做。常是几张犁分别在几块地里同时进行。此时,大家就得憋着劲地去做这份活:四个汉子,身体微侧着前倾,脑袋向下死死勾着,像四条抵牾的牛,犁绳绷得结结实实,仿佛随时都能"咔嚓"一声断裂,那犁就像有了强健的生命,在水中勇往直前,一条条粗壮的闪动着的腿加上这张犁在水中的前行,把春天寂寞的水地搞出一片"哗哗"水声,从而造出一份让人心欢的喧闹。

小时候,我很喜欢坐在田埂上,痴呆呆地看这种情景。

陈三有两个哥哥。原先,陈家拉犁,或是从亲戚家请来一个汉子,或是从旁人家借来一个汉子,加上陈三的两个都也有一把力气的哥哥,由陈三的父亲扶犁,来完成一个组合。而陈三来到田边时说,他不要那个从舅舅家请来的表哥,两个哥哥也不全要,只要其中一个:"够了。"

父亲瞪了他一眼:"狗日的,逞能!"

来回拉了两趟,陈三嫌哥哥走得慢,嘴里就嘟嘟囔囔地不快活。

又拉了两趟，他一脚将哥哥的脚后跟踩疼了，哥哥恼了，就转身瞪了他一眼。他觉得从一开始，这活就做得不爽、不痛快，心里正不快，见哥哥朝他瞪眼，挥起一拳就把哥哥打倒在水中："你他妈的，死开去！"

哥哥从水里抓了两把烂泥，本想还击一下的，见陈三脸上写着：你敢！就双手一松，把烂泥重新放回水里，洗了洗手走上了田埂。

拉了小半块地，父亲招呼陈三："你停下吧，停下吧。"

他就停下了。

父亲喘着气，指了指田埂："你走吧，去耍吧，你不是犁地，你是要你老子的命。"

陈三又不干活了，家里没人敢要他干活。

他二十岁时，分了家，没有人再养活他了。他必须去干活。

三王庄的一个大户人家立风车，念他力大，便请他去做小工。吃午饭了，主人摆了一桌酒席招呼八个木匠进屋去，就没有叫他。他坐在地头上，望着五月天空的好太阳，心里却阴阴地不朗："老子没有比他们少花力气！"他看看四下无人，把刚做好的风车大转盘从河东扛到了河西，然后拍拍手上的灰尘走了。

这边木匠们吃完一桌好饭菜，一边用草棍剔着牙，一边与主人说着话来到地头，发现大转盘不见了："大转盘怎不见了？"互相望："大转盘怎不见了？"四处去找。在河西的水塘里找到了。那大转盘是木头做的，很重，得几个人才能抬得起。现在又浸了水，沉极。木匠们当然是不会放下架子来抬这东西的。主人没法，只好请来几个人吃了一顿糯米粥，把这东西又抬了回来。

人都说陈三这人很耿直。

一回他走三十几里路,到盐城城里去办事,办完事就在大街上闲走。地方上有句话:乡下人上街,不是吃饼就是发呆。炉里烙出的饼,他并没有吃,因为他穷,没有钱让他这样奢侈一下。但发呆是不用花钱的。所谓发呆,就是毫无目的地看,看那些与己无关的景观,并且是不计时间的。也可以说什么都没看,就只剩一对乡下人才有的带了几分呆滞,又带了几分不知如何应付现实的目光。陈三在登瀛桥(盐城的一座老桥)东的一爿布店门口已发呆了有一阵了。他看到一个与他一样不精明的乡下人犹犹豫豫地站在柜台前想买布。他想看个究竟:他到底是买还是不买?

店主决心要把这笔生意做成,用手推开店小二,走过来:"你想买布?"

乡下人依然犹豫着,仿佛要等个人来替他拿主意。

过去买布论捆。店主故意拿了三捆布放在柜台上,却说:"把这两捆布买下吧。"

乡下人一见两捆布下面还压了一捆,心里暗暗欢喜,吞吞吐吐地说:"好,我买。"连忙交了两捆布钱,抱了那三捆布就要走,店主却将他的手按住:"慢,我帮你用绳子捆一捆。"捆着时就来一个惊诧:"咦,怎么是三捆,多拿了。"说着,就把底下那一捆布抽出又扔回到货架上。

乡下人无话可说,怏怏地。

陈三认定店主是欺乡下人老实好耍,就不再发呆,山一样压过去,把门口的光差不多都遮住了,把店主遮在了阴影里:"这布,我看不够分量。"

店主仰头看了他一眼,道:"你量好了。"

论捆卖,不相信分量便可量,但并不用尺量,而是伸开双臂来量,一捆量十趟。

"你别着急走,我帮你量一量。"陈三对那个乡下人说。

当时是冬天,他的两只胳臂一直笼在袖子里,现在一拔出来,再一舒展,让店主人吃了一惊。

"一趟、两趟……"量下来的结果是,每捆布少两趟。

店主老大的不乐意,但却将刚才那一捆扔进货架上的布又拿来搁在了那乡下人的手上:"我多送你一捆。"

乡下人乐了。

陈三不走,对店主道:"掌柜的,我也要买。"

"多少?"

"量了再说。"

店主瞧他力大无比的样子,知道今天不是个好日子,一句话不说,把布捆搬上来。

陈三量了一捆又一捆,越量动作越洒脱。等量完十捆布时,店主弯腰一脸苦笑:"这位乡下大爷,先停一下,进里头喝点儿茶。"

陈三就停住了,朝店主憨厚地笑了笑:"我哪儿有钱买布。"说完,转身出了布店。

那店主追出来在他身后喊:"喝杯茶再走。"

因为力大,性格又刚直,陈三从未向人低过头。三王庄小学校校庆,搭了个彩门。但这彩门的高度是照一般人的高度算的,没考虑到陈三每天下地干活要从学校里穿过，必经这道门里走。陈三得弯腰低头才好通过，于是心中大不悦。通过彩门时，他停了停，身子一直，肩一耸，就把彩门给搞翻了。

陈三力大，但又无处不见陈三的机智。也就是在他把彩门搞翻的几天后，他父亲死了。于是，就有人开他的玩笑："你这一回总该跪下了吧？总该低头了吧？"他说："我们家不比你们家。我们家只有一个老子，不能不伤心。"

陈三的前一二十年过得还算自在，但后一二十年过得不算好。娶了一个妻子不能下地干活，光会生孩子，日子就很窘迫。但陈三不改乐观本性，把苦涩的日子一个一个很诙谐地打发着。这地方上的人老老少少都喜欢看到这个裤管、袖管都短得出奇（那时的布匹凭布票供应，但发布票时，是并不考虑他的身高的）的陈三出现在他们的面前和他们的谈话中。

他共有六个孩子。三年自然灾害时，饿死三个。后来，又是一场横贯乡里的瘟疫，又死掉了两个。只给他留下一个小女儿。到了此时，陈三就有了老样，话慢慢变少了，人也不太喜欢走动了，除了仍然下地干活，就在家里待着带那个唯一的小女儿。

不久，妻子又去了。

陈三就只剩下那个小女儿了。他不管走到哪儿，总要把小女儿带上。小女儿很瘦小，伏在他背上时，就显得更瘦小，但小女儿异常的乖巧。此时的陈三已不太愿与别人搭话了，但，他愿与小女儿说话，烧饭时跟她说，到菜园浇水时跟她说，给鸡喂食时跟她说，走在路上时，也是不停地跟她说。小女儿一步离不开他，一见他没影了，马上就哭。他一听见这哭声,就会连忙跑回来抱起她,用大手给她揩去眼泪,然后说:"我哪儿也没有去,你哭什么呢?"

大约是在我读小学六年级时,那年的春天非常暖和,只几天的工夫,春风就吹得绿柳缕缕,黄花满地。就在这样一个蛮好的季节里,陈三的小女儿又生病了。那天,陈三背着小女儿到了地头,照例将她放在田埂上,让她自己去玩耍,他下地干活去了。往常,小女儿会在田埂上走来走去,或去追一只蜻蜓,或蹲下来去采草丛里的花,是很快乐的。但今天发蔫,坐在田埂上竟不动弹。临近中午时,陈三朝田埂上望,见小女儿竟然在田埂上躺下了。他便丢下工具来看小女儿。他叫她,没有回答,伸手一摸她的额头,觉得她有点儿发热,但也不是热得很厉害。他想回到地里再去干活,又有点儿不放心,便向地里干活的人说:"丫头怕是生病了,我带她去医院。"地里的人说:"那你就快去吧。"他抱起小女儿,一气走到镇上医院。医生扒开小姑娘的眼睛看了看,又转动转动她似乎有点儿发僵的颈,一通检查之后,告诉陈三:"怕是得的脑膜炎。"陈三一听,双腿就软了,因为他以前得病死掉的两个孩子就是死在脑膜炎上,他心里很清楚这病的厉害。他抓住医生的手:"你得救救她,救救她,求求你,求求你。"眼睛却直勾勾地朝病床上似乎睡着了的小女儿看。

挂了一夜的吊瓶,陈三眼也不眨地守了一夜,第二天早上看,小女儿脸色已经苍白如纸了,两只小手紧攥拳头,双目紧闭,任怎么叫她,也没什么反应。

医生说:"得送到县城医院去,才有救。"

陈三对小女儿说:"我马上就来,我马上就来。"一边看着她,一边走出门去。

他要向人家借钱。到县城医院去,得花一大笔钱。他到处借,然而,他所认识的人都穷,怎么也凑不足钱。

有人说:"找刘书记,让大队里解决几个钱。"

陈三就去找刘书记。

刘书记态度颇冷淡。刘书记一直对陈三不快活。十多年前,刘要做书记时,陈三说了一句很蔑视人的话:"十三张牛屎饼子高,也能当书记?"刘书记是个矬子,陈三从来就没有将他当碗菜看。话传到刘书记耳朵里,就牢牢记住了。

陈三很无趣,得了一句"大队里没有钱",掉头就走了。

回到医院一看,小女儿嘴唇已经发紫,摸摸她的手,觉得凉丝丝的,陈三要哭了。看的人就催他:"还不快去想想办法。"小女儿好一副乖样子,乖得像一只猫儿似的静静地躺在那儿。陈三用手摸她的脸蛋,叫她的名字,但小女儿就是不肯答应他。

医生又说:"得赶快往城里送。"

陈三出了医院,大步直走,走到刘书记家门口时,双腿索索地抖。他低头走进屋去,看见刘书记正盘腿坐在椅子上抽烟,"扑通"一声跪下了:"救救我的孩子。"

刘书记大吃一惊,指着他:"你……你怎么能跪下?"

陈三低垂着头,口中讷讷:"救救我的孩子……"

刘书记连忙走进里屋,拿出三十块钱来塞在他手里:"快送孩子进城。"

小女儿三天后醒来了,但从此失去了从前充满灵性的目光,总是呆呆地看人,看他,看风中摇曳的树或啄食的鸡,并且不再说话。

我上初中二年级时,一天放学回到家中,母亲正和邻居们说话,就听见说:"陈三死了。"

陈三是跌在一个大缺口里死掉的。那个缺口很宽很深。原先上面有一块板,但被人偷走了。陈三大概想跳过去——这在从前,对他来说,只要稍微用点儿劲,一跨就能跨过去的。但他忘了——他老了。

第二天,我随母亲去看他,从此就永远记住了他最后的样子:他被平摆在一块门板上,那门板没有他的身体长,他的双腿就有一截伸在了门板的外边。

1997年5月3日于北京大学燕北园

诛 犬

ZHU QUAN

一

1994年春天,我在日本东京井之头的住宅中躺着翻看捷克流亡作家米兰·昆德拉的一部作品,无意中发现他说了这样一句话:世界上的许多暴力行动,是从打狗开始的。这一揭示,使我大吃一惊,并不由得想起1967年春天的一个故事。

那时我是高中二年级的学生。

但这个故事的主人公却并不是我,而是油麻地镇文化站的站长余佩璋。

这个余佩璋不太讨人喜欢，因为他有空洞性肺结核。他有两种行为，总令人不快。一是他天天要用几乎是沸腾的开水烫脚。他常组织班子演戏，那时，他就会跟油麻地中学商量，将我借出来拉胡琴。与他在一起时，总听到他半命令半央求我似的说："林冰，肯帮我弄一壶开水吗？"烫脚时，他并不把一壶开水都倒进盆中，而是先倒三分之一，其他三分之二分几次续进去，这样，就能保持盆中的水在很长的时间里都还是烫的。烫脚在他来说，实在是一种刻骨铭心舍得用生命换取的享受。他用一条小毛巾，拉成细细一股，浸了开水，两手各执一端，在脚丫之间来回地如拉锯似的牵、搓，然后歪咧着个大嘴，半眯着双眼，"哎呀哎呀"地叫唤，其间，夹有发自肺腑的呻吟："舒服得不要命啦！"一双脚烫得通红。杀痒之后，他苍白的脸上显出少有的健康神色，乌嘴唇也有点儿红润起来。他说："脚丫子痒，我就不怕。一旦脚丫子不痒了，我就得往医院抬了。"果真有几回脚丫子不痒了，他的病爆发了，口吐鲜血，抬进了医院。他的另一种行为，是让人更厌恶的。当大家团团围坐一张桌子共食时，他很不理会别人对他的病的疑虑与害怕，先将脸尽量垂到盛菜的盆子上嗅着那菜的味道，然后抓一双筷子，在嘴中很有声响地嘬一下，便朝盆里伸过去。叫人心中发堵的是，他并不就近在盆边小心地夹一块菜放入自己的碗中，不让人家有一盆菜都被污染了的感觉，而是用大幅度的动作，在盆中"哗哗"搅动起来，搅得盆中的菜全都运动起来，在盆中间形成一个小小的漩涡。这时，他再嘬一下筷头，再搅。嘬，搅；搅，嘬……那样子仿佛在说："我让你们大家也都吃一点结核菌，我让你们大家也都吃一点结核菌……"大家心中都梗了一块东西去吃那盆中的菜。吃完了，心里满是疑问,过好几天,才能淡忘。我理解他这一举动的心思:他是想说,他的病是不传染的,你们不用介意;他想制造出一种叫众人放心的轻松气氛来。

他也感觉到了别人的疑虑,平日里常戴一个口罩。他脸盘很大,那口罩却又很小,紧紧地罩在嘴上,总让人想起耕地的牛要偷吃田埂那边的青庄稼而被主人在它的嘴上套了一张网罩的情景。

他很想让自己的病好起来。他知道,得了这种病,吃很要紧。他穿衣服一点儿不讲究,家中也不去添置什么东西,拿的那些工资都用在了吃上。油麻地镇的人每天早上都能看见他挎一只小篮子去买鱼虾。他还吃胎盘,一个一个地吃,用水洗一洗,下锅煮一煮,然后蘸酱油吃。

油麻地镇上的人说:"余佩璋要不是这么吃,骨头早变成灰了。"

他决心把病治好,但没有那么多的钱去吃,于是就养了一群鸡。文化站有一个单独的院子,这儿既是文化站,又是他家的住宅。院子很大,几十只鸡在院子里跑跑闹闹,并不让人嫌烦。余佩璋要了镇委会食堂的残羹剩饭喂它们,喂得它们肥肥的。每隔一段时间,余佩璋就关了院门,满院子撵鸡,终于捉住一只,然后宰了,加些黄芪煨汤喝。

但这两年他很烦恼:老丢鸡。起初,他以为是黄鼠狼所为,但很快发现是被人偷的。油麻地镇很有几个偷鸡摸狗的人,八蛋就是其中一个。他守过几次夜,看到底是谁偷了他的鸡。但那几夜,油麻地镇却表现出一副"夜不闭户,道不拾遗"的文明样子来。而他一不守夜,就又丢鸡。他便站在文化站门口,朝镇上的人漫无目标地骂:"妈的,

《一只叫凤的鸽子》

偷鸡偷到我文化站来了！谁偷的，我晓得的！"

这一天，他一下儿丢了三只鸡。

他骂了一阵，没有力气了，就瘫坐在文化站的门口不住地咳嗽。

有几条公狗在追一条母狗，那母狗突然一回头，恶声恶气地叫了两声，那些公狗便无趣地站住了。可当母狗掉头又往前走时，那些公狗又厚皮赖脸地追了上去。母狗大怒，掉过头，龇着牙，在喉咙里呜咽了两声，朝一只公狗咬去，那只公狗赶紧逃窜了。

余佩璋看着，就觉得心一跳，爬起来，回到院子里找了一块木板，在上面写了八个大字：内有警犬，请勿入内。然后将木板挂在了院门口。他往后退了几步，见木板挂得很正，一笑。

一个消息便很快在油麻地镇传开了：文化站养了一条警犬。油麻地中学的学生也很快知道了，于是就有很多同学胆战心惊地在远离文化站大门处探头探脑地张望。谁也没有瞧见什么警犬，但谁都认定那院子里有条警犬。油麻地镇有很多狗，但油麻地镇的人只是在电影里见过警犬。因此文化站里的警犬是通过想象被描绘出来的："个头比土种狗大几倍，一站，像匹马驹。叫起来，声音'嗡嗡'的，光这声音就能把人吓瘫了。一纵一纵地要朝外扑呢，把拴它的那条铁链拉得紧绷绷的。"

那天我和我的几个同学在镇上小饭馆吃完猪头肉出来，遇着了余佩璋。我问："余站长，真有一条警犬吗？"

他朝我笑笑："你个小林冰，念你的书，拉你的胡琴，管我有没有警犬！"

街边一个卖鱼的老头说："这个余站长，绝人，不说他有狗，想让人上当呢。"

余佩璋再也没有丢鸡。

二

可余佩璋万万没有想到会有一场打狗运动。

打狗是人类将对人类实行残忍之前的预演、操练，还是因为其他什么？打之前，总得给狗罗织罪名，尽管它们是狗。这一回的罪名，似乎不太清楚。大概意思是：狗跟穷人是不对付的；养狗的全是恶霸地主，而他们养的狗又是专咬穷人的。人们脑子里总有富人放出恶狗来，冲出朱门，将乞讨的穷人咬得血肉模糊的情景。狗是帮凶，理应诛戮。这理由现在看来很荒唐，但在当时，却是一个很严肃的理由。上头定了期限，明文规定，凡狗，必诛，格杀勿论，在期限到达之前必须将其灭绝。油麻地镇接到通知，立即成立了一个指挥部，镇长杜长明指定管民兵的秃子秦启昌为头。考虑到抽调农民来打狗要付报酬，于是请油麻地中学的校长汪奇涵做副头，把打狗的任务交给了正不知将激情与残忍用于何处的油麻地中学的学生们。我们一人找了一根棍子，一个个皆露出杀气来。炊事员白麻子不再去镇上买菜，因为秦启昌说了，学生们打了狗，二分之一交镇上，二分之一留下自己吃狗肉。

油麻地一带人家爱养狗，总见着狗在镇上、田野上跑，天一黑，四周的狗吠声此起彼伏。这一带人家爱养狗，实在是因为这一带的人爱吃狗肉。油麻地镇上就有好几家狗肉铺子。到了秋末，便开始杀狗；冬天杀得更多。狗肉烀烂了，浇上鲜红的辣椒糊，一块一块地吃，这在数九寒冬的天气里，自然是件叫人满足的事情。这段时间，常见路边树上挂着一只只剥了皮的血淋淋的狗，凉丝丝的空气里总飘散着一股勾引人的血腥味。

油麻地中学的学生一想到吃狗肉，都把棍子抄了起来。大家来来回回地走，满眼都是棍子。

汪奇涵说："见着狗就打。"

我们组织了许多小组，走向指定的范围。狗们没有想到人居然要灭绝它们，还如往常一样在镇上、田野上跑。那些日子，天气分外晴朗，狗们差不多都来到户外嬉闹玩耍。阳光下，那白色的狗、黑色的狗、黄色的狗，闪着软缎一样的亮光——我们的视野里有的是猎物。几遭袭击之后，狗们突然意识到了那无数根棍子的意思，立即停止嬉闹，四下逃窜。我们便很勇猛地向它们追杀过去，踩倒了许多麦苗，踩趴了许多菜园的篱笆。镇子上，一片狗叫鸡鸣，不时地有鸡受了惊吓，飞到了房顶上。

镇上的老百姓说："油麻地中学的这群小狗日的，疯了！"

我拿了棍子，身体变得异常机敏。当被追赶的狗突然改变方向时，追赶的同学们因要突然改变方向而摔倒了许多，而我几乎能与狗同时同角度地拐弯。那一顷刻我觉得自己的动作真是潇洒优美。弹跳也极好，遇到水沟，一跃而过；遇到矮墙，一翻而过。

在油麻地镇的桥头,我们遇到了一只很凶的狮子狗。这狮子狗是灰色的,个头很大,像一只熊。它龇牙咧嘴地向我们咆哮着,样子很可怕。见我们朝它逼近,它不但不逃跑,还摆出一副随时扑咬我们的架势。

"女生靠后边站!"我拿着棍子一步一步地向狮子狗靠拢过去。

狮子狗朝我狂吠着。当我的棍子就要触及它时,它朝我猛地扑过来。我竟一下失去了英勇,丢了棍子,扭头就逃。

有个叫乔桉的同学笑了起来,笑得很夸张。

狮子狗抖动着一身长毛,一个劲地叫着。它的两只被毛遮掩着的模糊不清的眼睛,发着清冷的光焰。它的尖利牙齿全都露出乌唇,嘴角上流着晶亮的黏液。

乔桉不笑了。看样子,狗要扑过来了。

我急忙从地上捡起两块砖头,一手一块,不顾一切地朝狮子狗冲过去。当狮子狗扑上来时,我奋力砸出去一块,竟砸中了它。它尖厉地叫唤了一声,扭头朝河边跑去。我捡回我的棍子,朝它逼过去。它"呜呜"地叫着。它已无路可退,见我的棍子马上就要劈下来,突然一跃,竟然扑到我身上,并一口咬住了我的胳膊。一股钻心的疼痛,既使我感到恼怒,也增长了我的英勇。我扔掉棍子,用手中的另一块砖头猛力地敲打着它。其中一下,击中了它的脸,它惨叫一声,松开口,仓皇而逃。

我觉得自己有点儿残忍,但这残忍让人很激动。

我的白衬衫被狮子狗撕下两根布条,胳膊上流出的鲜血将它们染得红艳艳的,在风中飘动着。

三

血腥味飘散在春天温暖的空气里,与正在拔节的麦苗的清香以及各种草木的香气混合在一起,给这年的春季增添了异样的气氛。残忍使人们发抖,使人们振奋,使人们陷入了一种不能思索的迷瞪瞪的疯癫癫的状态。人们从未有过地领略着残忍所带来的灵与肉的快感。油麻地中学的学生们在几天时间里,一个个都变成了小兽物,把童年时代用尿溺死蚂蚁而后快的残忍扩大了,张扬了。许多往日面皮白净、神态羞赧的学生,手上也沾满了鲜血。

狗们终于彻底意识到了现在的人对它们来说意味着什么,看到人就非常的恐惧。余下的狗,再也不敢来到阳光里,它们躲藏了起来。我亲眼看到过一只狗,它见到一伙人过来了,居然钻到麦田间,像人一样匍匐着朝远处爬去。夜晚,几乎听不到狗吠了,乡村忽然变得像一潭死水,寂寞不堪。

镇委员会以为狗打得差不多了,早在灭狗期限到来之前就松劲了。

狗们又失去了警惕,竟然有一只狗在上面的检查团来临时,把其中的一个团员的脚踝给咬了。

杜长明骂了秦启昌和汪奇涵。

油麻地镇的打狗运动又重新发动起来。但,很快遭到了一些人的强烈抵制,如狗肉铺的张汉、镇东头的魏一堂、镇子外边住着的丁桥老头。反对灭狗，自然各有各的缘故。

张汉靠狗肉铺做营生，你们把狗灭尽了，他还开什么狗肉铺？不开狗肉铺，他、他老婆、他的一群孩子靠什么养活？魏一堂反对打狗是因为他养了一条狗，而他是必须要养这条狗的。油麻地镇的人都知道：那狗能帮他偷鸡摸狗。夜间，那狗在道上带路，瞧见前面有人，就会用嘴咬住主人的裤管往后拖；他爬窗进了人家，那狗就屋前屋后地转，一有动静，就会趴在窗台上，用爪子轻轻挠窗报信。镇上一些人总想捉他，终因那条狗，他屡屡抢先逃脱掉了。丁桥老头反对打狗的原因很简单：他只身一人，需要一条狗做伴儿。以他们三人为首，鼓动起一帮人来，使打狗运动严重受阻，甚至发生了镇民辱骂学生的事件。

秦启昌说："反了！"组织了十几个民兵帮着学生打狗。

那十几个民兵背了空枪在镇上晃，张汉他们心里有点儿发虚了，但很快又凶了起来："要打我们的狗也行，先把文化站的狗打了！"突然间，理在他们一边了。

秦启昌这才想起余佩璋来，是听说他养了一条狗。

他正要去文化站找余佩璋，却在路上遇见了余佩璋。他二人，一文一武，多年共事。随便惯了，见面说话从来没正经的。余佩璋一指秦启昌："你个秃子，吃狗肉吃得脑瓜亮得电灯泡似的，就想不起来送我一条狗腿吃。"

秦启昌说："你那病吃不得狗肉，狗肉发。"

"发就发，你送我一条狗腿吃嘛。"

秦启昌忽然正色道："老余，今天不跟你开玩笑了。我有正经事找你。"

"你什么时候正经过？"

"别闹了，别闹了，真有正经事找你。"

"什么屁事？说！"

"听说你养了一条狗，还是条警犬？"

余佩璋说："你秃子吃狗肉吃疯了，连我的狗也想吃？"

"说正经点，你到底有没有一条狗？"

余佩璋笑笑，要从秦启昌身边走过去，被秦启昌一把抓住了："别走啊。说清楚了！"

"你还真想吃我的狗啊？"

"镇上很多人攀着你呢！"

余佩璋大笑起来，因口张得太大，呛了几口风，一边笑一边咳嗽："行行行，你让人打去吧。"

"什么时候？"

"什么时候都可以呀。找我就这么一件事？打去吧打去吧，我走了，我要到那边买小鱼去呢。"

"过一会儿，我就派人去打。"

余佩璋一边笑，一边走，一边点头："好好好……"离开了秦启昌，还在嘴里很有趣地说着，"这个秃子，要打我的狗。狗？哈哈哈，狗？"

余佩璋吃了饭正睡午觉，被学生们敲开了院门。他揉着眼睛问："你们要干吗？"

"打狗。"

"谁让来的？"

"秦启昌。"

"这个秃子,他还真相信了。走吧走吧。"

打狗的不走,说:"秦启昌说是你叫来的。"

余佩璋说:"拿三岁小孩开心的,他还当真了。"他在人群里瞧见了我,说:"林冰,你们快去对秦启昌说,我这里没有狗。"

我们对秦启昌说:"余站长说他没有狗,跟你开玩笑的。"

"这个痨病鬼子,谁跟他开玩笑!"秦启昌径直奔文化站而来。

余佩璋打开文化站的大门欢迎:"请进。"

秦启昌站在门口不进,朝里面张望了几下,说:"老余,别开玩笑了,你到底有没有狗?"

这回余佩璋认真了:"老秦,我并没有养什么警犬。"

"可人家说你养了。"秦启昌看了一眼门口那块写了八个大字的牌子说。

"吓唬人的。谁让你这个管治安的没把镇上的治安管好呢,出来那么多偷鸡摸狗的!我的鸡一只一只地被偷了。"

秦启昌不太相信:"老余,你可不要说谎。你要想养警犬,日后我帮你再搞一条。我的小舅子在军队上就是养军犬的。"

余佩璋一副认真的样子:"真是没养狗。"

秦启昌点点头:"要是养了,你瞒着,影响这打狗运动,责任可是由你负。杜镇长那人是不饶人的。"

"行行行。"

"把牌子拿了吧。"秦启昌说。

余佩璋说:"挂着吧,一摘了,我又得丢鸡。"

秦启昌去了镇上，对那些抵制打狗的人说："文化站没养狗，余佩璋怕丢鸡，挂了块牌子吓唬人的。"

魏一堂立即站出来："余佩璋他撒谎。我见过那条警犬！"

张汉以及很多人一起出来作证："我们都见过那狗，那凶样子叫人胆战。"

秦启昌觉得魏一堂这样的主儿不可靠，就问老实人丁桥老头："文化站真有狗？"

丁桥老头是个聋子，没听清秦启昌问什么，望着秦启昌笑。有人在他耳边大声说："他问你有没有看见文化站有条狗？"

"文化站有条狗？"他朝众人脸上看了一遍，说，"见过见过，一条大狗。"

张汉对秦启昌说："你可是明明白白听见了的。丁桥老头这么一大把年纪了，他还能说谎吗？"

"油麻地镇大的小的都知道，他老人家这一辈子没说过一句谎话。"

丁桥老头不知道人们对秦启昌说什么，依然很可笑地朝人微笑。

秦启昌说："我去过文化站，那里面确实没有狗。"

"早转移了。"不知是谁在人群后面喊了一声。

魏一堂更是准确地说："五天前的一天夜里，我看见那条狗被弄上了一条船。"

"怪不得那天夜里我听见河上有狗叫。"张汉说。

秦启昌杀回文化站。这回他可变恼了："老余，人家都说你有狗！"

"在哪儿？你找呀！"余佩璋也急了。

"你转移了！"

"放屁！"

"你趁早把那狗交出来！"秦启昌一甩手走了。

打狗的去文化站三回，依然没有结果。

秦启昌对我们说："余佩璋一天不交出狗来，你们就一天不要放弃围住他的文化站！"

文化站被包围起来，空中的棍子像树林似的。

镇上那个叫八蛋的小子摘下那块牌子，使劲一扔，扔到了河里，那牌子就随了流水漂走了。他又骑到了墙头上。

余佩璋仰起脖子："八蛋，请你下来！"

八蛋不下："你把狗交出来！"他脱了臭烘烘的胶鞋，把一双臭烘烘的脚在墙这边挂了一只，在墙那边挂了一只。

有人喊："臭！"

人群就往开闪，许多人被挤进余佩璋家的菜园里，把鲜嫩的菜踩烂了一大片。

余佩璋冲出门来，望着那不走的人群和被破坏了的菜园，脸更苍白，嘴唇也更乌。

我在人群里悄悄蹲了下去。

人群就这样围着文化站，把房前房后糟蹋得不成样子，像是出了人命，一伙人来报仇，欲要踏平这户人家似的。余佩璋的神经稳不住了，站在门口，对人群说："求求你们了，撤了吧。"

人群当然是不会撤的。

余佩璋把院门打开，找杜长明去了。

杜长明板着面孔根本不听他解释，说："余佩璋，你不立即把你的狗交出来，我撤了你的文化站长！"

余佩璋回到文化站，佝偻着身子，剧烈地咳嗽着穿过人群。走进院子里，见院子里也被弄得不成样子，突然朝人群叫起来："你们进来打吧，打我，就打我好了！"他的喉结一上一下地滑动，忽地吐出一口鲜血来。

立即有人去医院抬来担架。

余佩璋倒下了，被人弄到担架上。

我挤到担架边。

余佩璋脸色惨白，见了我说："林冰，你不好好念书，不好好拉胡琴，也跟着瞎闹……"

他被抬走了。

我独自一人往学校走，下午四点钟的阳光，正疲惫地照着油麻地中学的红瓦房和黑瓦房。校园显得有点荒凉。通往镇子的大路两旁，长满杂草。许多树枝被扳断做打狗棍去了，树木显得很稀疏。一些树枝被扳断拧了很多次之后又被人放弃了，像被拧断了的胳膊耷拉在树上，上面的叶子都已枯黄。四周的麦地里野草与麦子抢着生长着。

大道上空无一人。我在一棵大树下躺下，目光呆呆地看着天空……

四

  1968年6月19日,我听到了一个消息:城里中学的一个平素很文静的女学生,用皮带扣将她老师的头打破了。

1994年8月于日本东京井之头

金色的茅草

JIN SE DE MAO CAO

一

　　像漂泊在茫茫大海上的一只小船，矮小的草棚在深不可测的黑暗中沉浮着。

　　那只四方灯，就在这深秋的黑暗中，孤独地发着微黄的光芒。

　　这是一片荒无人烟的海滩，它长着一片膝盖深的茅草。茅草在白天的阳光下，十分好看：金色，像一根根结实的铜丝，很有弹性，让人觉得能发出金属声响。海风吹过，草浪如同海浪一样晃动起伏，打着一个个漩涡，朝蓝色的天空耀起一片夺目的亮光，把那些飞在它上空的鸥鸟们变成了金铸一般的高贵。

黑暗中的茅草,却又显得荒凉:海风掠过,草梢发出"呜呜"鸣音,这种声音在荒无人烟的海滩上听来,不免使人感到有点悲哀。

青狗和父亲就是为了这片茅草而来的。父亲把所有积攒下来的钱都拿了出来,租了这片海滩,要把茅草统统刈倒,然后用船运回去盖房子。

青狗正在上学,是父亲硬将他逼来的。

他抱着膝盖,坐在草棚的门口,望着寂寞的天空。四周空空的,黑黑的,无声无息的,只远远的有一两声鸥鸣和低低的潮涌声。这孩子忽然觉到了一种压抑,一种恐惧,一种深刻的忧伤。

他如饥似渴地想念起三百里外的家乡来——那个傍水而坐的村庄。想念田野,想念小船,想念风车和在村巷里捉迷藏……

他扭过头去,冲着父亲:"我已离开家十天了!"

父亲抬起头来,用对立的目光望着他。

"我要回家!"

父亲重又躺下。

"我要回家!"

父亲慢慢地爬起来,摇晃着高大的身躯,从草棚门口的架子上摘下四方灯,侧过头瞪了青狗一眼,"噗"地一口将灯吹灭了……

二

父亲吝啬、乖戾、暴躁、不近人情。

青狗是一天到晚瞧着父亲冰冷的脸长大的——冷冷清清地长到了十二岁。十二年，养成青狗一个用眼睛在眼角战战兢兢看人脸色的习惯。可是，就在几个月前，忽然地，仿佛是在一个早上，青狗觉得自己长大了，敢与爸爸的目光对峙了，甚至敢大声地提出自己的要求了。

"我要一个书包！"青狗勇敢得有点夸张，就在秋季开学的前夕。

父亲从怀里掏出两块钱来，刚想放到他手上，却又将它放在眼前好好看了看，然后狠劲地塞回怀里。

后来，父亲只是很精心地用一块结实的牛皮纸给青狗糊了一个书包。

青狗把这个书包摔在地上。

父亲忽然从凳子上站起来。父亲的个儿好高哟！并在那张永无笑容的脸上写着：你敢！

青狗哭着捡起这个书包。

青狗背着这样的书包上学去，招惹得孩子们前呼后拥地看，哧哧地笑。青狗只得把头高高地昂着，大踏步地往前走。

一天放学，走在半途中，天下起了大雨，青狗竟忘了那书包是纸糊的，不往怀里揣，背着它就往家跑。就在离家几步远时，纸书包被雨水泡烂了，里面的那些刚发到手才五六天的新课本，全都掉在了泥汤里。

青狗紧张地朝门口望。

青狗竟忘了捡书。它们就那样丑陋地躺在泥汤里，在雨点的敲打下，肆无忌惮地发出"的的笃笃"的声音。

当青狗终于想起来那些书，把它们捡起来，要走进门去时，父亲的巴掌重重地落在了他的后脑勺上。

青狗颤着嘴唇，一声不哭地转过身去，毫无目标地朝密匝匝的雨幕里走去……

雨后的星空很明亮。

青狗坐在河边的树墩上。他不觉得冷，也不觉得饿，凝望着无边无涯的星空，牵肠挂肚却又很虚幻地在想：妈妈在哪儿呢？

他从来就没有见过妈妈。

这孩子满脸闪耀着泪光。

……他听到了父亲粗浊的喘息声。

他微微侧过头去：父亲手里抓着一件他的衣服，垂头站着。他看不清父亲的眼睛，却觉到了父亲眼中含着的歉疚。他先是小声地哭，继而一哭不可收，号啕在夜空中有力地传播着。

父亲朝他走过来。

他委屈地朝父亲哭着叫着："我要妈妈，我要妈妈！"

月光下，父亲用近乎凶恶的眼睛久久地望着青狗，然后把他的衣服狠狠地扔在地上……

三

青狗极疲倦，但，父亲还是一早上就把他从铺上赶起来。

父亲扔过一只铁桶，独自扛着打草的刀离开了草棚。

青狗磨蹭了一会才提起铁桶。每天早上，他都必须完成一个任务：翻过海堤，提一桶淡水回来。他走得很慢，脑袋有气无力、忽左忽右地摆动着。走到大堤脚下，他把铁桶扔在一边，干脆把自己掼倒在一片茅草上。他摊开四肢，慵懒地闭上了眼睛。

那时，太阳才在海的那边抖颤出一半。

他居然迷糊了一阵。等他坐起身来，揉着惺忪的眼睛时，太阳已高高地挂在海上了。他忽然有点紧张，下意识地看了看远处父亲的身影。但他却还是坐着，心里一个劲地、充满理由地说：我困，我还要睡一会呢！当然，他最终也没有再敢睡，嘟囔着提起铁桶，翻过了大堤。

当他提着一铁桶水再翻过大堤时，太阳又朝上冒了好高一截子。

他觉得那桶水很沉，走几步就"咚"地放在地上，又是喘气，又是扭腰地歇上一阵子。那桶水由于他身体的大幅度晃动，提回草棚时，已剩下不多了。最后，他几乎是把铁桶掷在地上，水又溅出去一部分。

这时，他感到父亲冷冷的目光正斜刺着他。

他背对着父亲蹲下去，既是心虚，又是一种无声的对抗。

刈草的"唰唰"声越来越强烈地响着,仿佛一根导火索在"嗤嗤"地向前燃烧。

一片让人难忍的寂静。

光光的太阳,尴尬地照耀着他们。茅草在阳光作用下,仿佛是一片灼人的大火。鸦雀无声的海滩上,只有一老一小两颗灵魂的喘息。

青狗胆怯而又满不在乎地,甚至带着几分挑战的神情,提着水桶朝父亲走去。

父亲赤着脊梁。一把细长的大刀,足有五尺多长,它装在一杆长柄上。父亲把柄的底部抵在腰上,用双手用力抓住柄的中部,一下一下,猛地转动身体,随着一道又一道瘆人的寒光,茅草"沙啦沙啦"地倒下了。

青狗要把这些草抱起,然后垛成一垛。

青狗望了一眼父亲汗渍闪闪的褐黄色脊背,把水桶放在地上,并有意摇动了一下提手,使它与铁桶碰撞,发出声响。

父亲扔下大刀,张着焦渴的大嘴,朝铁桶走过来。

青狗一边抱草,一边偷偷地看父亲。

父亲走到铁桶跟前,身体笔直地站着,把目光长久地、垂直地砸向那只铁桶。

青狗看到父亲终于弯下腰去。可是他又很快看到,父亲在把铁桶往嘴边送时,突然停住了,紧接着站起身,一脚将铁桶"哐当"踢翻在地上。水吱吱响着,眨眼的工夫,就被海滩吮吸了。

青狗颤动着嘴唇。

父亲又更加凶猛地打起草来。

青狗"哗啦哗啦"地拢着草,然后超出可能地将它们抱起来,一路上,草"噼里啪啦"地往下落。

父亲扬起大刀:"狗日的,我用刀劈了你!"

青狗身子不动,只是偏转过脸去,梗着脖子,用蒙住泪水的眼睛,毫不示弱地去顶撞父亲的目光……

四

青狗有时也有点可怜父亲。

父亲生得很魁梧,并且,在青狗看来,在他所见到的男人中,是没有一个人能与父亲的漂亮相比的。可是,不知为什么,父亲却总是显得有点萎缩。打记事起,青狗就好像没有见过父亲在人面前抬头走路——他老将头低低地垂着,仿佛压了一块沉重的磨盘。

青狗也总闪闪烁烁地想起:

夏夜,男人们都到桥头乘凉去了,或吹拉弹唱吹牛皮说大话,或挑一盏四方灯甩扑克赌钱赌耳刮子,只父亲独自一人坐在河岸边一只废弃的反扣着的老船上。发白的月光洒落在他身上。他俨然如一尊雕像,一动不动地直坐到月从天空中消失,露珠水打湿他的全身。

漫长的春夜,更是父亲孤独的时候。他给青狗盖好薄被,披着衣服,一人拉开门走进冰凉的夜色中。青狗爬起来,踮起脚,从窗子里往外看着父亲的身影，直到父亲完全溶解在夜色中。青狗就在床上等父亲。总是等不着，便渐渐睡去。不知什么时候，他隐隐约约地听见空旷的原野上传来一阵哼唱——是父亲的声音。父亲含含糊糊地哼唱着，道道地地的男人的声音。那声音像从深沉的酒瓮中发出，浑厚、沙哑，虽然不怎么自然，但却让人禁不住一阵阵动心。这声音一会压抑着，一会又沉重地向高处冲击。像有生命似的，这声音在夜空中挣扎、扭曲着，鞭子一般抽打着黑夜。

青狗不知不觉地哭了。

父亲一年四季总是很辛苦的。他除了干庄稼活，总找机会挣钱去。给人家货船下货，到建筑工地上打短工……只要能挣钱，父亲什么都干。有些情景，在青狗的记忆里有些模糊了，但有一个形象，却如刀子刻的一样，总在青狗的记忆里抹不去。

秋后，父亲去粮站做工。

中午，青狗给父亲送饭去。打老远，他就站住了。粮囤很高，青狗要仰起头来望，父亲扛着一大箩稻子，踏着只有五寸宽的跳板往上走。那跳板的斜度近乎垂直着。父亲只穿一件短裤，那只大箩就像小山一样压在他赤着的肩上，他一步一步地走，每走一步，都停顿一下，努力使摇晃着的快要失去重心的身体保持平衡。父亲低低地哼着号子，但那号子似乎并不能起什么作用，也仅仅是哼着。父亲终于登到了顶处。父亲的身子直立起来，又瘦又长，远处天空的浮云在他背后飘动着，使青狗觉得父亲悬在半空里。那形象倒让青狗有几分激动和自豪，但给青狗更多的是伤心。青狗就这样呆呆地看着。有一回父亲差一点从高高的跳板上摔下来。父亲终于走下了跳板，走过来揭开青狗手中竹篮上的毛巾。他一边吃,一边望着青狗,那目光里含着感激……

五

父亲有点不要命了,五更天就起来打草去。

过于疲倦,饮食草率,加之海风,使青狗变得又黑又瘦,裤子束在瘦腰上,仿佛束在一束草把上。可是父亲似乎丝毫也不在意,仅仅是让他比自己多睡一刻,就会虎声虎气地冲着草棚把他叫醒。

青狗一声不吭地闷干着。

这天父亲居然说:"把那一片草打完,才能吃中午饭!"而那时,太阳已有点倾西,青狗早饿得腰杆发软直不起身来了。

"我要吃饭!"

"打完了吃!"

青狗把怀里的草"哗"地撒在地上。

"你滚回家去吧,现在就滚,你这不懂事的小畜生!"父亲往手掌上吐了一口唾沫,疯狂地挥舞着大刀。他的身体一会像麻花一样拧着,一会又松开。拧紧,松开,松开,拧紧,随着一拧一松,力从他的躯体里"咔巴"一声爆发出来,传达到手上,于是,那把大刀在一丈多的距离里来回疾驰着,茂密的茅草,"咔嚓咔嚓"应声倒下。有时,刀过于压低,砍到泥土上,便溅起一蓬蓬泥花,碰到石头,便击起几星金蓝色的火花。

青狗呼哧呼哧地拢草、抱草、堆草，他有点发疯了。

风很大，大海从天边往岸边凶猛地推着排浪，形成一道道锯齿形的白线。鸥鸟们在浪尖上兴奋地尖叫着。风从海上猛烈地刮过来，茅草被压迫得几乎趴在地上。可是风稍微一减弱，它们又坚挺起来。

父子俩就在这草浪里，一寸一寸地往前拓进。他们的头发被风吹得飞张起来。青狗常被这草浪淹没了。像是搏斗，父亲暴着眼珠，对这片草浪狠狠地挥动着大刀，青狗则寸步不让地攥在父亲的身后，把他打倒的草狠狠甩到一起，然后仿佛要勒死它们一样，死死将它们抱住，送到草垛下，扎成捆，扔死狗一样扔上垛顶。

那片草总算是打完了。父亲走进草棚，拿出饭来，盛了一碗放到青狗面前。青狗把眼珠溜到眼角看了看饭，用劲咽了一口唾沫，头也不回，朝前走去，拿起地上的大刀，用尽力气朝茅草砍去。

父亲扔掉筷子，把饭倒回篮子里，走过来，夺过大刀，随即朝着更大一片的茅草刈去。

青狗咬着嘴唇，带着一种蹂躏的心情，把倒在地上的茅草揪到一起……

青狗的眼前一阵阵发黑，有时连太阳都是一个墨团团。可是，他绝不走向那只盛饭的竹篮。

父亲不转身，一直把后背扔给他，只是朝前猛砍，仿佛要一直砍到天边。

月亮升起来了，他们还在海滩上往前挣扎着……

六

终于,父亲租下的这片海滩变得光秃秃的了,海滩显得有点凄凉。但那三大垛茅草,却像三座璀璨夺目的金山,高高地耸立在海岸上,煞是壮观。

晚上,父亲从铺角上拿出一瓶酒来,用牙齿掀掉盖子,"哗啦啦"全倒进碗里,露出从未有过的激动和亲热:"狗,喝点!"

青狗与父亲之间似乎有海一样深的怨恨,把脸扭到一边去。

父亲居然不在意青狗的敌意,一边大口地喝酒一边兴奋地说:"你小子知道个屁!我们要盖三间茅草屋,三间!茅草屋比瓦房还好,你懂吗?茅草屋冬暖夏凉。找几个好瓦匠,把这茅草一根一根地厚厚地压结实了,盖好了,往上扔一把火,乱草燎了,茅草却不着,再用大扫帚一刷,平平整整!天下最好的屋,是用海边的茅草盖的屋!"

青狗倒在铺上,不一会就睡着了。

父亲喝完酒,有了点醉意,抽着烟,竟唱了起来,那声音是哀怨的、凄楚的,却又有几分壮烈。

草棚依然像一只夜航的独船,在黑暗中漂泊着……

烟蒂从困倦的父亲的手中滑落在地上……

大约五更天,青狗觉得脸热烘烘得难受,睁眼一看,吓得他半天才叫出声来:"火!"

父亲只是含含糊糊地哼了一声,依然沉没在酣睡中。

"火！"青狗使劲摇着父亲的身子。

父亲太疲倦了，一旦放松，竟睡得像死过去一般。

青狗朝父亲的胳膊咬了一口！

父亲突然坐起身来，此时，火已从草上蛇一样爬上了草棚。等父亲终于从发愣中清醒过来时，火已四处乱窜，"呼呼"地轰响开了。

他们逃出草棚一眨眼工夫，草棚便焚成灰烬。

几条火蛇贪婪地吐着舌头，迅捷地向那三垛茅草游去。

父亲哆嗦了一下，冲到了火蛇前头。他想用脚踩死它们，可是根本无济于事，它们还是扭曲着，昂着蓝莹莹的头往前游去。父亲索性躺倒在地上，不顾一切地向它们滚过去。然而，它们在稍微收敛了一下之后，还是朝前"噼噼啪啪"地蔓延过去。

青狗一旁站着，弄不清楚自己是什么样的心情。

父亲被火蛇甩在了后面。他绝望地看着它们。忽然，他把额头死死地抵在地上。过一会，他又猛地抬起头来，仰望着那隆起的森严的天空，长叫了一声："天——哪——！"

无数条火蛇几乎同时窜到了三垛茅草垛脚下，并一个劲地朝上爬去……

火轰隆隆地响着。青狗心里起了一阵莫名其妙的激动。

父亲发疯似的向大火扑过去。

青狗觉得父亲很可笑，很可怜。他心里有一种残忍的满足，尽管随即一种负罪的感觉便充塞了他幼小的灵魂。

三垛草完全点着了。它们像三座爆发的火山，火焰冲天而起，映红了半个天空，也映红了半个海面。借着海风，火的声音像巨大的海潮一样咆哮着,震得人脑发麻,热浪向外一阵阵地爆发着热量。几只冒险的海鸥飞临火的上空,不一会,像几朵金色的美丽花朵在大火中好帅气地化为乌有。

青狗出神地看着这一切,兴奋得身子一阵阵发冷。

"啊——!啊——!"父亲在三垛茅草堆中间的空地上,挥动着胳膊,歇斯底里地吼叫着。

青狗忽然想起父亲。他朝火光里望去,只见父亲在火光中形体不定地闪烁着。他的身影一会拉长,被映到天幕上,一会缩短,似乎缩进海滩里。他通体透亮,仿佛连肉体都烧着了。一团燃烧的草从空中飘落下来。青狗看见了父亲绝望的眼睛和痛苦地抽搐着的嘴唇。父亲脸上的神情清楚地告诉青狗,他要与那三垛茅草一起葬身于海滩了。

"爸爸——!"青狗大声地喊着。

父亲岿然不动地站在三座火山中间。

"爸爸——!"青狗号哭着向火山冲去。

父亲听见了青狗的呼喊声,浑身一震,朝大火外望着。

"爸爸——!"青狗跪倒在地上。

父亲回头看着青狗。

"爸爸……"青狗望着父亲。

父亲看了看三座火山,一低头冲出了火圈。他的衣服已经烧着了。

青狗立即爬起来,朝大海拼命奔过去。

父亲跟着他。

青狗把身上冒着火苗的父亲一直领进大海里。

天已拂晓。三座火山渐渐地矮小下去。

青狗和父亲安静地坐在海边上。

父亲除了一件破烂的裤衩，衣服全被烧毁了，在海风中赤裸着躯体。

不知过了多久，父亲把那只被灰烬弄黑了的大手落在青狗的头上，眼睛依然望着那三堆火光："你想你妈妈吗？"

青狗点点头。

父亲还是望着那三堆火光："你妈妈走了十一年啦，是跟着一个唱戏的男人走的。因为，我没有能让她看见三间茅草屋。我答应过她，结婚后就给她盖三间茅草屋的。你妈妈长得很漂亮，谁都说她漂亮。她说她要走。我双手抱着你——那时你还不满一岁，跪在她面前求她：三年……三年我把茅草屋盖起来……她朝我笑笑：废物！你也能盖出三间茅草屋！……"

青狗抬起头来望着父亲：父亲的肋骨一根一根地显露着，肩胛坚硬地耸起来，眼睛有点浑浊了，但目光凶凶的，头发像割过的茅草，一根一根地倔强地孝着。

三堆茅草熄了。天空是红色的，仿佛那燃烧了很久的大火都飘到天空中去了。

海一片宁静。

海边，青狗伏在父亲的大腿上，与父亲一道，没有任何思想地睡着了。只有柔和的海风轻轻地掀动着父子俩的头发……

1988 年 10 月于北京大学 21 楼 106 室

田螺

TIAN LUO

一

整个一个下午,小六顺就这么悄然无声地坐在土坡上的楝树下。此时,已是初夏天气,楝树上开出一片淡蓝如烟的小花。

六顺总能看见那片田野,也总能看见在田野上拾田螺的何九。

田野很简单,尽是水田。水田间是水渠,水田里盛着蓝晶晶的、阴凉且又毫无动静的水。水面上有一些从田埂上垂挂下来的无言的草茎。田里的秧苗尚未发棵壮大,田野就绿得很单薄,很没有力气。还未被秧叶遮住的田水,泛着清静的水光。田野几乎是无声的,静止不动的。偶尔有一棵楝树在地头的田埂上孤立地长着,顶着几片轻柔的云彩,却更衬出田野的空疏和寂寞。

此刻,何九独自拥有着这片田野。他戴一顶破斗笠,背一只柳篓,在聚精会神地寻觅着田螺。

这地方的水里,生长着一种特殊品种的田螺:个很大,最大的比拳头还大;螺壳呈扁圆形,很坚硬,颜色与水牛角相似,色泽鲜亮,油光光的,仔细看,还有一些好看的金黄色暗纹;壳内螺肉饱满,并且特别鲜嫩。螺壳的漂亮,使许多城里人动心,弄一两颗放在玻璃柜中,权当一件小小的艺术品欣赏。

何九似乎每拾一颗这样的田螺,都有一丝欣喜。他微驼着背,在田埂上走,目光来回于田埂这边的田和田埂那边的渠。田里的田螺,有些他一眼就直接看到了,有些他先看到的只是它们从泥土上滑动过后留下的细辙。每逢这时,他的目光就随着那清晰而优美的细辙耐心而愉悦地追过去,有时要追出去丈把远,目光才能触及它们。这个时间里,他的眼睛总睁得很大。然后他用眼睛盯住它们,小心翼翼地把脚插到秧行里,一步一步走过去。将它们拾起后,他会顺手在清水里轻轻涮涮,再将它们丢进篓里。渠里的田螺总吸附在渠边水下的草茎上。细细的长长的草茎上,却硬有几只大大的田螺吸附着,颤颤悠悠,半隐半显,那形象煞是动人。每逢这时,他格外地耐心。他先在田埂上跪下,然后俯下身子,将手轻轻伸入水中,像捉一条游动的小鱼一样小心。他知道,若稍微一碰草茎,或使水受到震动,受惊的田螺就会立即收起身子,与草茎脱落开来,向水的深处急急沉去。

何九就这样在空寂的田野上不停地转悠着,如同一个飘来荡去的孤魂。

六顺望着何九的身影,总会想起十天前的情景来。

村头围了一堆人。何九被围在中间。前天,他借了大伙出钱买的那条合用的大木船,说去芦荡割些芦苇盖间房子。而今天早晨,他却突然报告村里人,说那条大木船拴在河边上不见了,四处都找遍了,也找不着。人们或互相交换着眼色,或低声嘀咕,但朝何九斜瞥或直射的目光里,总含着怀疑。有些目光里甚至含着鄙视。

"你很会用船,该知道怎么拴住它。拴船的又是根铁索,是不能被风吹走的。"村里摆肉案的把手在油乎乎的围裙上搓擦着说。

何九说:"是不能被风吹走的。"

"那这船飞上天啦?"说话的人是放鸭的阿宝。他一个冷笑,歪过脸去。

何九无言以对。过了好一阵,才说出另一种可能来:"莫非被人偷了?"

"偷了?谁偷?这村里还有谁会偷?"孟二家的媳妇把奶头准确地塞到怀中孩子的嘴里,眼睛往一旁看着说。

何九立即低下头去。

何九的名声很坏,方圆几十里,都知道有个何九。从前,他走到哪儿,哪儿的人都会突然地警觉起来。等他离去后,总要仔细清点一下东西。半年前,他才从牢里释放出来。

"打我记事,这村里就没有丢过船。"老木匠把话说完,一使劲,把烟斗里的烟灰全都"噗"了出来。

"船倒是没丢过,可丢过一条牛。"不知是谁接过一句话,立即转身挤到人群外边去了。

谁都知道,那牛是何九偷了到远地方卖掉了。

"我真不知道船到哪儿去了!"何九大声说。

人们依然冷言冷语地说着。

"你们是说我把船偷出去卖了?"何九转着圈问着人们。

"我们可没有说你偷。"

这人群一直聚集着。

何九几乎是喊叫着:"你们让人把我再抓起来吧!"

人群慢慢散开,但依然没有离去。

村里最老的一位长者走到何九跟前,看了他半天,说出一句话来:"你是改不了了!"他朝众人挥挥手,"走吧,走吧。"

人们这才散去。

村头只剩下何九。他呆呆地坐在树根上,眼睛睁得很大,却无一点神采。不一会儿,天下起雨来了。他居然没有感觉到,仍坐在树根上。大雨倾倒下来,将他浑身淋透,几丝已经灰白的头发被雨水冲到脸上,遮挡着他那一双困惑、悲哀、又有几分茫然的眼睛。

这一切,六顺看得十分真切,因为当时,他也一直站在不远处的雨地里。他记得当时自己浑身打着颤儿,几次想走到何九身边,几次想对他说些什么。然而,他终于没有能那样做,只是用牙死死咬住手指,更加厉害地在雨里颤抖着。

这些天,每当六顺想起那番情景,还会禁不住微微颤抖。

天空下,忽然飞来一只鹰和一只黑鸽。那鹰在追捕着黑鸽。这追捕也不知是从何时开始的。黑鸽大概看到了它的下方有两个人,不再一路飞逃下去，而是在六顺和何九的头顶上与鹰盘旋着。这景象牵住了六顺和何九的目光。他们仰起头来，关切地注视着天空。

这场较量在力量上是极不平等的。那鹰单体积就比黑鸽大出三倍。它在空中飞翔，简直像叶帆。它只把双翅展开，并不拍击，借着高空的气流，在黑鸽上方阴险地滑翔。离死亡就剩一步之差，黑鸽仓皇地躲闪着。鹰并不俯冲下来，仿佛要等黑鸽飞得精疲力竭了再来捕获它。黑鸽的飞翔变得越来越沉重，挣扎着在天空很勉强地飞着。

大概何九觉得黑鸽很可怜，挥着双臂，朝空中的鹰嗷嗷叫着，驱赶它离去。

鹰并不在乎。

六顺抓起两块土疙瘩，从坡上冲下来，帮何九一起吓唬着鹰。

鹰却不想再拖延这场追逐，突然将身子倾斜，像一张加速的铁皮，对着黑鸽，从半空里直削下来。

黑鸽被打中了，掉在了地上。就当鹰要伸出利爪去抓黑鸽时，何九以出人意料的速度扑过去，赶走了鹰。他从地上捡起了黑鸽。当他看到黑鸽的一只翅膀被打断，正流着鲜血时，他的眼睛里满是怜悯。

那只黑鸽的羽毛漆黑如夜，两腿却是鲜亮的红色。它在何九手里咕咕叫着，颤抖着受伤的翅膀。

"你想要它吗？"何九问六顺。

"你不要吗？"

"我想要。"

"那就给你吧。"

"我住在村后，四面不靠人家，很冷清，听它叫几声也好。"何九说。

六顺望着何九,忽然叫了一声:"九叔。"

何九说:"你怎么总坐在坡上?地上潮,凉,别在那儿坐了。"

"嗯。"六顺答应道。

"你今年十三了吧?"

"十四啦。"

"真快呀,都十四了。"

"你拾田螺干嘛?"六顺问。

"卖钱,下给城里的小酒店,这几年,城里人嘴馋。"

"卖钱干嘛?"

何九不说话,只是用手指轻轻地给黑鸽擦着翅上的血迹。好半天,才回答六顺:"买船,买条大船。"

六顺看到,何九的眼睛有点潮,有点红。

二

几天后,六顺编了一只柳篓,也拾田螺来了。

何九问:"你拾田螺干嘛?"

六顺说:"卖钱。"

何九问:"你小孩家要钱干嘛?"

六顺说:"家里要盖房子,缺钱。"

何九说:"你多多拾,我带你进城去,也下给小酒店,你有多少,他们要多少。"

六顺说:"好的。"

六顺的到来,使何九觉得田野不太寂寞了。他们虽然得分开来拾,但总能互相见到身影,不时地还能说上几句话。人不能不经常地见到别人,不能整天没有别人跟他说话。以前的那些天,何九形单影只地在这田野上转悠,整天沉默不语,觉得世界太空太大,叫人心里发虚。拾着拾着田螺,会无由地突然立直身子四下里张望,直到看到远处有人在走动,那颗空空落落的心才稍微放下一些。有时,他自己跟自己唠叨,跟抓在手里的田螺唠叨,跟这漫无边际的田野唠叨,但唠叨着唠叨着,心里便会生起一丝酸楚和悲哀,叹息一声,又归于沉默。现在,每当他抬起头来,见到不远处的六顺——特别是赶上六顺也正好抬起头来,向他投来一双清纯、温暖的孩子目光时,他感到了一种平静和踏实,心里对六顺充满了感激。

地头还有一颗黑色的小生命——那只受伤的黑鸽正安静地蹲在何九为它准备的草垫上。它至少现在不能再飞向它的天空了。不长时间的相处,它便对主人产生了一种依恋之情,每当何九走近时,它就会耷拉着翅膀,摇摇摆摆地走过来,并且"咕咕咕"地叫着。而此时的何九——一个中年汉子,感情就会变得很脆弱。他蹲下身子,将它捉住放在左手的手掌上,然后用右手轻轻地抚摸它的羽毛。

六顺一旁见到,心里很感动,对这只小东西也就倍加怜爱。

在地头,有时他们还一起坐下小憩。何九就会用草秸给六顺编个小笼子呀什么的。六顺会扯下一片草叶,吹出好听的鸟鸣来。

于是,田野变得很温馨,很有人情味儿。

他们把田螺拾回家中,先在大木盆里用清水养着,每隔两天,就用麻袋装了,用自行车驮到四十里地外的城里,下给城里的小酒店,然后得一笔挺不错的收入。何九对钱很在意,每逢挣得一笔钱,总会反复数那些票子。六顺是拾不过何九的。何九就把拾田螺的门道一一告诉六顺:"拾田螺要起大早,那时的田螺,全都爬到浅水处来了,水渠里的田螺能一直爬到露出水面的草茎上;要拾大田螺,须到深塘边上的芦苇丛里找,一只一只地都附在芦苇秆上,你小心别碰着芦苇秆就是了;雨天,田螺也喜欢出来,放水的缺口里都能拾个几斤;打谷场边的水沟里,烂草多,就是脏些,可田螺最多,有时能一手摸到几只……"

六顺多了一些拾田螺的经验之后,果然一天多拾好几斤。他对钱也很在意,一分一分地挣,挣了就藏在瓦罐里,一有空就拿出来数一数。晚上睡觉,要抱着瓦罐睡。

这天,六顺对何九说:"九叔,我们去人家荷塘里拾吧。"

何九说:"行。"可走了几步,却又踟蹰不前了,"还是不去荷塘拾吧。"

"荷塘里没有田螺吗?"

"有,很多,大个的,都附在荷叶茎上。"

"那为什么不去拾呢?"

"你去拾吧。我就在田里拾。"

六顺困惑着,独自去了荷塘。这里的人家,几乎家家门前有一个荷塘。六顺随便挑了个荷塘就下去了。荷塘里的田螺果然很多。荷叶茎上有，浮在水上的荷叶背面也有，有的田螺居然爬到荷叶上面来了，一张碧绿的荷叶托着一颗黑宝石似的田螺，也真好看。荷塘里的水又特别清澈，即使有些没有顺荷叶茎爬上来的田螺，都能看见。六顺禁不住一阵一阵地欣喜。他顾不得叶茎上的刺刺人，也顾不得卷一卷裤管，只顾去拾那些田螺。拾了半篓，他突然想到了何九，就爬上岸来，兴冲冲地往田野上跑，两只湿漉漉的裤管"扑嗒扑嗒"地响。见了何九，他上气不接下气："九叔，荷塘里……田……田……田螺……多……多……"

何九依然犹豫着。

"去荷塘里拾吧，有那么多荷塘呢。"六顺说。

"好吧。"何九说完，把那只黑鸽放到肩上。

两人一起下了一个人家的荷塘。

一个小女孩走过来，抿着小嘴，用一对特别大的眼睛看了何九好一阵，转身进家里去了。不一会儿，走出她的母亲来。她母亲装着收拾菜园的篱笆，不时地用眼睛瞟着她家的荷塘。那个小女孩把身子藏在草垛背后，却把脸探出半边，也用眼睛盯住荷塘。

六顺问何九："她们在看什么？"

何九似乎早看到了那两双眼睛，脸上的表情很难看。他告诉六顺："她们在看我呢。怕我偷她们家的藕呢。"他的身体变得有点僵硬，不知该怎么动作了。

六顺不知道该不该再拾了，不知所措地站在荷塘里。

"六顺，你在这里慢慢拾，我先走了。"何九爬上岸去。

六顺心里很难过，也爬上了岸。

那两对目光随着何九而移动着。何九完全能够感觉到。走了几步，他停住了，从腰间取下柳篓，抓住篓底，"哗啦"一声，将篓中的田螺全都倾泻在荷塘里，然后又亮了亮篓底，弯腰抱起那只黑鸽，头也不回地走向田野。

六顺在心里狠狠地骂了那母女俩，并把恼怒的目光特别冲向那女孩，心里很得劲地骂了一句："小女人！"照何九的样子，也把柳篓一倒，将田螺全都倾泻在荷塘里，亮亮篓底，转身追随何九而去。

三

六顺不再提去荷塘拾田螺了。他尽量靠近何九，找些话头儿与何九说说话，但何九少了许多言语。六顺便也把头低下去找田螺。沉默久了些，倒是何九又扯起话头儿来。好在有那只黑鸽在，把那沉默冲淡了不少。它居然能飞起来了，虽然折断了一根翅膀。它飞得极不平衡，一忽闪一忽闪，像一片黑纸片儿在风中刮，似乎全由不得自己。这时候，六顺和何九便都立直了身子站在那里，很担忧地观望着，生怕它栽倒在田里。但，它却尽在何九头上盘旋，仿佛要制造出一些生动的景象，把何九心中的死水搅出些微澜来。当它终于再无力飞翔、很笨拙地落到他肩上时，他得到了一种慰藉，于是朝六顺苦涩而又满足地笑着。

过了些时候,何九的心情才好了些。这使六顺的心情也轻松了许多,常不去拾田螺,在田埂上的草丛里抓一种叫"草草婆"的虫子玩。那虫子有两条能屈起的长腿,用手捏住它的长腿,它便一下一下地磕头。六顺在嘴中念念有词:"草草婆,你磕头,六顺打酒给你喝……"要不,就一边拾田螺,一边用很不稳当的嗓音唱些野曲儿。

何九说:"六顺,你唱得不好听。"

"那九叔你唱。"六顺说。

何九唱不出,六顺就盯住他:"你唱呀,你唱呀。"

何九被六顺盯得没法子,就唱起来。压抑得太久太久了,那声音仿佛原是被岩石堵在山洞里的,现在岩石突然裂开了一道缝,便一下子钻了出来,很锐利,很新鲜,又有点怯怯的。

黑鸽从田埂上起飞了,在何九的声音里飞翔着。

三月三,九月九,
没娘的姑娘回到娘家大门口,
哥哥抬头瞅一瞅,嫂子出门身一扭。
不用哥瞅,不用嫂扭,
我当天回来当天走,
不吃你们的饭,
不喝你们的酒。……

六顺听着听着,觉得何九的声音有点悲凉起来。大概是何九觉得那姑娘太苦了。可何九还是不停地把歌唱了下去，半是快乐，半是悲伤。

平静的光阴里，天地间换上盛夏的景色。七月的乡野，躺在了炎炎火烧的阳光下。晴朗的白天，整个天空里，都是令人目眩的金色。庄稼以及草木，乌绿乌绿地生长着，显出不可遏制的样子。放鸭的小船都歇在河边树荫下，水牛也都在水里浸泡着。只有不知炎热的孩子们，赤着身子在桑树上找天牛，或到草丛中抓蚂蚱。

六顺是孩子，但他不能玩。似乎有根鞭子悬在他的头上，他必须不停地拾田螺。

何九买了两块白纱，在池塘的凉水中浸湿，抖开，给了光脊梁的六顺一块："披上，凉快。"

当微风吹起白纱时，从远处看，仿佛田野上飞了两只白色的大鸟。

这两只"大鸟"总是一整天一整天地停留在田野上。炎热是不能把他们赶到荫凉处去的。他们要拾田螺、拾田螺……

这天早晨，六顺给何九带来一个消息——此后，六顺为自己带来这个消息而后悔了许多日子。他告诉何九，村里人正捐款盖学校；等学校盖起来了，还要立一块碑，凡捐了款的，都要将名字刻在碑上。

何九没有想将自己的名字刻在碑上，只是想：我也是村里人，该出这份钱。他洗了洗手，让六顺领着，来到房基地。那里的一棵大树下，放了一张桌子，从前的账房先生阿五受了大伙的委托，正在收钱。那时，村里人正为没船装运沙石木料而在焦愁，而在议论丢船的事。何九来时，只见人们一个个板着脸不说话，先有了几分尴尬。他赶紧把捏在手里的几张汗浸浸的钱递给阿五。阿五却当没有看见,先收下了排在他后面的人的钱。他只好硬着头皮站着。阿五又收了几份钱。这一会儿,已没有捐款的人了。他把钱往阿五跟前推了推:"这是我的。"

阿五说:"钱够了。"把钱又推了回去。

人们又开始议论船的事了。

阿五见何九僵着,说:"你的钱,就自己留着吧。"

何九的眼睛一下胀凸出来,手也禁不住颤抖起来。他一下抓住桌上的账簿,大声地问:"为什么不收我的钱?"

阿五走上来,一把从何九手中抢下记账簿,然后扔到抽屉里,说:"这读书的,都是一些干干净净的孩子!"

何九的脸色一下变得苍白起来,额上渗出许多汗珠,两眼失神,身子好像矬下一截似的。

人们各自散开忙事去了。

来了一阵风,把桌上的钱全都刮到了地上。

何九转过身,拖着沉重的身体,朝田野走去。

黑鸽飞过来,立在他似乎一下子又瘦削了许多的肩胛上。

六顺低头跟着。

有人喊:"六顺!"

六顺却头也不回,坚定地跟着。但不知为什么,他的样子很像个罪犯。

打这以后,何九更加拼死拼活地拾田螺。常常是六顺还未赶到田野上,他就已先拾了一篓了。天黑了,他还不回去。看不见田螺了,他就用手在水渠里、沟塘里摸。一天深夜,六顺出去撒尿,只见田野上有一星亮光在动,心里觉得很奇怪,便跑过去看,只见是何九提着方罩灯,在水渠里找田螺。苍黄的灯光,把他的身体衬得像个晃动的黑影子。其实,何九夜里拾田螺,已有好几天了。那微暗的灯火,在田野上游动,像无家可归的魂灵。村里人说:"是鬼火。"

过了几天,这"鬼火"又多出一个,一高一矮,一前一后,一左一右,一会儿在田里,一会儿在渠边游动,有时碰到一起,一阵停住不动之后,又分离开去,分离开去……离开老远,然后又慢慢地靠拢……

四

六顺的心不知被什么折磨着,眼睛里总留着梦魇的痕迹,身子一日一日地瘦弱下去,像一匹肚皮瘪瘪、到处找食的狗。

像何九一样,他尽可能地去拾田螺,村里人说:"六顺的魂丢在田里了。"

这两天,他们拾了不少田螺,下午一人蹬了一辆破车,傍晚时,把田螺驮到了城里。

城里人确实很馋,天一晚,街两旁的小酒店,就纷纷摆出桌子,把炒好的田螺一碗一碗、一盘一盘地摆出来,于是就有人在矮凳上坐下喊:"来一碗。"田螺分去尾的和不去尾的。将田螺去了尾,再放上清水养几天,田螺把泥全都吐了出来,自然要卫生一些,并且进味。

不去尾的田螺要用竹签往外挑螺肉,而去了尾的田螺,只需猛地一吸,肉便入了口中。去了尾的田螺自然也就贵些。小酒店的老板们知道人们不在乎多几个钱,一般都把田螺去了尾。这个小城里的人,吸田螺又都很有功夫,一吸一颗,并把声音吸得很脆,于是一街的"簌簌"声。

六顺觉得他们很可笑。

何九让六顺先把田螺下给了一个小酒店,又到另一家小酒店去下他自己的。这家小酒店的老板是个地痞。他先是对何九的田螺大大地贬了一通,接着使劲压价,当何九说"不卖了"准备要走时,他却横着胳膊挡住:"好,照你的价,我全要了。"他让何九与六顺把一麻袋田螺弄到磅秤上,随手抓了一只砣一磅,报道:"八十斤!"何九正疑惑着,已有两个伙计过来拖走麻袋,把里面的田螺"哗"地倒在了还剩些田螺的大木盆里。

"不对!"何九说,"不止八十斤!"

老板一指磅说:"我还没动,你可看清了!"

这时何九去看量度,老板顺手换了一只轻砣。

何九与六顺都使惯了杆秤,一见到磅秤就发毛,怎么也算不过账来,看了半天,也搞不清楚到底是多少。何九就到外面请了几个吃田螺的帮他看,都说是八十斤。可何九坚持说不止八十斤。老板给他钱,他不要。老板便骂了一声:"去他妈的!不要拉倒!"把钱扔回柜台里。

"我不卖了!"何九说着,抓起麻袋,和六顺一起奔往大木盆。

"呼啦"一下,从里面出来四个汉子,拦在了何九的面前。

老板说:"我家大木盆里原先就有大半桶田螺!"

何九和六顺往前去,那四个汉子就将他们往外搡。

六顺急了,一头扎在其中两人之间的缝隙里要往里钻,却被那两人紧紧夹住,使他进不去出不来,呼吸困难,一会儿憋紫了脸。

何九一见,便与他们打起来。何九的身体很虚弱,几拳就被人家打倒在地。他叫着"我要我的田螺",扶着桌腿爬起来,脸上又挨了一拳,重又跌在地上。

六顺过去扶何九,被其中一个使了一个绊儿,扑倒在地上,抬起头时,嘴角流下一缕鲜血。他疯了,操起一张凳子砸进柜台里,只听见"哗啦"一声,酒柜的玻璃粉碎了,十几只酒瓶子也被砸得稀里哗啦,各种颜色的酒流了一地。那几个人便扑过去,六顺一跳,跳进了大木盆,抓起田螺猛撒猛砸,田螺掉在桌上、柜台上,发出"噼噼啪啪"的声音。

老板叫道:"把他们搡出去!"

于是那帮人就一边叫着"乡下佬",一边拳脚相加,将他们搡出了小酒店。何九与六顺挣扎起来,就又被打翻在地。何九用嘶哑的声音不停地叫着:"我要我的田螺!"六顺终于又挣扎起来了,他吃力地将何九从地上拉起后,转眼瞥见了酒店外面那些矮桌,冲上前去,双手用力将它们一张一张掀翻了,炒熟了的田螺撒了一地。几个吃田螺的一边抹着酱油汤,一边叫着:"我的田螺!我的田螺!"

老板一指六顺:"去揍这小杂种!"

何九摇晃着过来护着六顺,被他们踹开了。这时吃田螺的人都站了出来,一脸正气,拦住了小酒店的人。

何九还在叫着:"我要我的田螺……"

吃田螺的人赶紧劝何九和六顺:"还不赶快走!"

老板叫道:"把他们的自行车扣下!"

吃田螺的人便"一"字排开挡住,又有几个人赶紧把何九和六顺的车推到马路上,拉了何九和六顺说:"快走,快走……"

何九和六顺得了掩护,推着车,钻进一条黑巷里,消失在夜色中。

他们默默地走了很久,才走出那条深巷,来到一条僻静的马路上。

此时正是深秋时节,凉飕飕的夜风使这两个衣衫单薄且又空肚饥肠的"乡下佬"禁不住直打寒噤。他们没有力气再蹬车往回返了,找了一个避风处坐了下来。

两辆破车立在暗淡的路灯下。在何九的车把上,那只几乎被何九和六顺忘了的黑鸽,用一对受惊的、棕色的眼睛,温柔地望着主人。何九忽然发现了它,想站起来,却没有能够站得起来,只是向黑鸽伸着手。还是六顺爬起来,把它抱住,送到了他手上。他把它放在怀里,用那双被泥水沤坏了的手,对它爱抚不止,嘴里却在不住地唠叨:"我要我的田螺……"

秋风正紧……

五

两年过去了。

两年里，田野上总有他们两人拾田螺。他们几乎将方圆十里地内的每一条水渠、每一块水田、每一口池塘都走到了。他们拾的田螺加在一块儿，可以堆成山了。

他们像两个远行人，踏着似乎迢迢无尽的路，各怀一种愿望，百折不挠地朝前走去。

六顺大了，何九老了。何九的背在这两年里日甚一日地弯曲下来，脚步显得有点蹒跚，眼神也苍老了许多。风雨和太阳，使他与六顺的皮肤都变成了黑色，尤其是他自己，浑身上下，黑如锅底。

他们却更加辛苦地去拾田螺——越是接近愿望实现的日子，就越是如此。

六顺的钱罐已快满了。宁静的深夜，他会突然醒来，把那钱罐放到胸前。久久沉默之后，不知道他想到了什么，泪珠从眼角滚落了下来。

这是一个六顺永志不忘、烙在了他一生记忆中的黄昏。

他突然发现背着半袋田螺走在他前头的何九不见了！他放下自己肩上的麻袋，飞快地跑上前去。黑鸽歪歪斜斜地在前面低空盘旋着。

何九气力不支，双腿一软，跌倒，滚翻到河堤下去了。那半袋田螺重重地压在他肋前。他用眼睛望着上方的天空，在低声呻吟着。六顺跳下缺口，用了全身的力气，将麻袋拖开，将何九先拉了坐起来，继而，将他挼到堤上。

"不要紧的。"何九惨白着脸笑笑。

六顺把何九扶到路边一棵大树下，让他倚着树干坐下。一阵折腾之后，六顺也一点力气没有了，只好瘫坐在地上。

何九老了，疲倦了。他许久没有理发了，灰白的头发乱蓬蓬的，下巴颏瘦尖瘦尖的，两只胳膊无力地垂挂着，布衫从左肩头滑落下来，露出了尖尖的肩胛。

六顺说："九叔，明天就别拾田螺了。"

何九摇摇头。他望着六顺，眼中露出希望和快乐的亮光："再拾一年，就够九叔买一条船啦。"

"还差多少钱？"

"六百块。"

"六百块？六百块就够了？"六顺两只眼闪闪发亮，跳起身来，冲着何九："够啦！够买船啦！"他转身飞跑。路上，他摔了一个跟头，直摔得头昏眼花，爬起来接着跑。片刻工夫，他把那只钱罐抱到了大树下。

那是一个少有的秋日的黄昏。田野上皆是金黄的稻子，在金辉中散发着成熟的气息。清澈见底的秋水，安静如睡。大堤上，两行白杨，直伸到无限的苍茫之中。万物皆在一片祥和与宁静的气氛里。

六顺把钱罐里的钱，倒在何九的面前："九叔，够买船啦！"

何九笑了："怎么能要你小孩家的钱呢？"

"收下吧！"六顺说。

何九坚决地摇了摇头。

这时，六顺"扑通"一声跪在了地上，随即大哭起来。

何九摇着他的肩："六顺，六顺，你怎么哭啦？"

六顺把头低下："九叔……船……船是我弄丢的……"

何九一怔，说："你别瞎说！"

六顺依然低着头:"那天晚上,一个人也没有,我解了铁索,到河心岛的芦苇丛里抓萤火虫,后来起风了,芦苇响得怕人,我就往水边跑,一看船没有了……我是把船拴在一棵小树上的。河心风大,船把小树拔了去了……天黑极了,我怎么也看不见船……刮的是北风,船准是往那片白水荡漂去了……我游过河,跑回了家……九叔,你没有偷船,你没有偷船!……"

何九的眼中一下汪满了泪水。

"九叔,把钱收下吧,收下吧!"六顺望着何九,然后把额头垂向地面。

何九扶住六顺道:"不准你瞎说!"

六顺摇着头:"不,不,……"

何九望着六顺:"听九叔话。你还小,九叔已老啦!……"

两人久久地含泪相望,全不知夜色已笼上了田野……

六

几天后,一条大木船拴在村前的河边上,也是铁索拴的。

那条木船是用上好的桐油油的,金光灿灿,仿佛是条金船。船样子也漂亮,两头翘起,船舱深深。手工也好,不细看船头板,都看不出木板间的缝隙来,船帮上的锔子钉得很均匀,很扎实。木料也是上等的。真是条好船。

但，何九却不见了。有人说，他烧了房子（他本来也没有房子，只有一个草棚），肩上扛个铺盖卷走了，一只黑鸽立在铺盖卷上。那时天地还在朦胧的曙色中。

六顺没有哭，只是呆呆地坐着，望望那船，又望望那留下自己和何九斑斑足迹的田野。

在以后漫长的岁月中，六顺总是在默默地思念着他。

1990年2月18日于北京大学21楼106室

海牛

HAI NIU

一

他家要买牛。

这里往西三百里是芦荡,往东三百里则是大海。这里用的牛分两种,从芦荡引回来的叫"荡牛",从海边引回来的叫"海牛"。荡牛躯壳瘦小,力气单薄,一个小小的石磙子就会拖得它直喷鼻子,嘴边光泛白沫,肩胛像沉船一样倾斜下来。这种牛使人很有点儿瞧不起。"嘻,荡牛!"连孩子们都常用大拇指按住鼻子,不断扇动其他四指,表示深深的蔑视。只有一点好处:价贱。海牛是海滩上野放的牛,啃啮海滩上的芦苇长大。这种牛骨架高大，体格健壮，脾气如同它身边的大海，暴烈、力大无穷，沉重的铁犁插进再硬的泥土，它也能拉起撒蹄飞跑，溅起一团团黑色的泥浪，累得扶犁的大汉气喘吁吁、大汗淋淋。这牛往那儿一立，就显出一股昂然之气。握着这种牛缰绳的主人，脸上则会显出一派矜持和傲气。

他家有了一片地，一片荒地。

祖母说："我要给孙子买条牛。"

买海牛。

祖母颤颤巍巍地捧着藏钱的黑陶罐，问他："真不念书啦？"

"我已经说过了，没考上高中。"

祖母是个十足的瞎子。但此刻，她的眼睛里却分明透着疑惑：老师曾不止一次上门向她夸耀过她孙子的成绩，怎没考上？

他的头因为难过而低垂……

天底下，他唯一的亲人就是瞎祖母。父亲在他三岁时暴病身亡。仅隔一年，母亲又得病去世了。母亲下葬的那天，祖母把像小鸡雏一样哆嗦着的他紧紧搂在怀里。坐在棺材远去的路口，她用手抚摸着他柔软而发黄的稀发，凄苦的面孔冲着阴沉的天空，只对他说一句："别怕！"

瞎祖母，独自一人，居然把他利利落落地拉扯到十五岁。

现在她衰老了。

那天，她捶着搓绳用的稻草，捶着捶着，榔头从她无力的手中滑脱出来，砸在了另一只发僵的手上，皮开了，紫黑色的血从手指缝里一滴连一滴地落在金色的稻草上。她哆哆嗦嗦地摸起榔头还要捶，他一眼瞥见了血,跑过来抓起了她的手,用嘴唇轻轻地吮净了她手上的血迹:"你怎么啦?"祖母眨着眼睛,笑了笑:"榔头掉下来了。"他第一次仔细地打量着祖母:她的两个瘦削的肩胛高高耸起,麻网似的一头白发飞张着,暗黑色的脸上布满横七竖八的皱纹,牙齿脱落了,两腮瘪陷下去,嘴角承受不住面颊肌肉的松弛而低垂,双手的骨节变得粗大,弯曲着,不易伸直,也不易收拢。

她的身后堆着一堆草绳。

他松开她的手,拉过绳看着:她的手由于缺乏足够的力量,绳子搓得十分稀松,像根软带子。他双手捏着绳子一拢,那绳子便分为两股;而在过去,由于绳子带着一股含蓄的力量,立即会拧成麻花。人们总是夸祖母的绳子:"像根铁条似的。"

现在,她的绳子大概卖不出去了,身后竟堆了那么高高的一堆。

他丢下绳子,垂头走到阴凉的河边。

第二天,他把闭着眼睛都不会做错的题目,错得一塌糊涂……

"你怎么会考不上呢?"祖母盯着他。

他说:"把你攒的钱买条海牛吧。"

祖母从未见过自己一口饭一口水抚养大的孙子究竟长成了什么样子。她伸出手去,在孙子的身上摸着。

他有点儿不好意思。

他的身体还没有发育成熟,单薄得像片铁片,脖子、胳膊、腿,都是细长的,胸脯还是孩子样的扁平,但挺得很直,很有力感,眼睛既深又亮。整个儿看上去,像是一把过于锋利的刀削出来的,瘦,而有精神。

祖母把黑陶罐递给他:"够买一条牛啦。"

"数数吗?"

祖母摇摇手。十几年里,她无休止地搓着草绳,卖掉,一分一分地投往黑陶罐。这钱一分一分,不是从她的手上过的,而是从她心里过的。她忘不了这个数目:七百块!

"就请你德魁大叔帮咱下海牵回头大牛来吧。"祖母被这件大事所激动,所兴奋,显得精神蓬勃,那对瞎眼似乎也在熠熠发光。

"干吗请人呢?"

祖母摇摇头。她舍不得,也不放心让她唯一的、才十五岁的孙子去干这样艰辛的大事。去,坐汽车一天;回,得赶着牛,日夜赶路也得三天。再说,她是一个瞎子,和孙子合用一双眼睛,她也离不开他。

"我看不见,烧呀煮的,一个火星迸到干柴上,这茅屋……"

他不吱声。晚上,他把祖母托付给好朋友们,夜里,带着钱,悄然离开了家门……

二

海边的人一律用惊奇而又不信任的目光迎接了他:"买牛?就你?"

"不缺你们一分钱的。"依旧带着稚气的脸一阵腓红,他用十分硬气的话呛得那些海边的人面面相觑。

一个皮肤闪着古铜色光泽的大汉站在他面前。他的腿,短而粗,宽阔的肩膀,平直得像条木杠,胸脯厚得像堵墙,胳膊上的肌肉隆起,形成两个球形,一双小眼,透出一股海边人才有的野蛮。他嘲弄地一笑,把他带到海滩。

一片粗硕的芦苇,郁郁苍苍。茅草在海风中抖索。透过芦秆的空隙,看见大海在闪光。乍看,海滩是沉寂的。但大汉一声轰雷般的吼叫,芦苇丛中卧伏着的牛被惊起了,宛如一座座黑色的山峰平地突然升起。随着大汉又一声吼叫,那些山峰运动起来,聚向一处,朝远处的大海边凶猛地奔腾,芦苇在劈开,在折断,在牛们的践踏中发出"咔吧咔吧"的爆裂声。

大汉拉了他一把,用粗臂分开芦苇,跟着追去。

他紧紧地跟上。

牛群被一直逼到海与芦苇之间的一块空白的褐色地带,挤成一团,潮湿的海滩上留下无数混乱的蹄迹。

大汉坐下了,只给他一个脊背:"喂,要哪一头?"

他没有立即回答,用大得出奇的眼睛望着这令人激动不安的牛群。那些牛的一对对凸眼,琉璃球一般发亮,透出一股不可拘束的野性。被海风吹成金黄色的牛毛,在阳光下闪烁。牛蹄坚硬的叩击,震得海滩微微发颤。

那是一块块铸铁,一个个走雷,一团团力量。

"到底要哪一头?"

他仍然不作回答。十五岁了,十五岁的人办事当然得有几分样子了,得稳重、老练。

青灰色的天空,与远处的海水连接在一起,又猛然朝这边人的头顶上方高高地飞腾上去。一团团铅色的云,仿佛是远处的波浪腾入天空,被风推着,直朝人的头顶上方漫涌过来。无涯的大海汹涌沉潇,发出一片惊心动魄的澎湃之声。一排排巨浪,朝岸边滚动着,浪脊巍然耸起,形成一道道暗绿色的拱墙,压过来了,轰然摔在沙滩上,"哗哗"崩溃了,留下一片白沫退下沙滩,又一道拱墙耸起,倒下……

他竟忘了他是来买牛的,久久地看着猛烈、癫狂的大海,转而又看着那群风餐露宿在海边、听着涛声长大的剽悍的大牛。海风不住地掀动着他垂挂在额头上的粗硬的黑发。

"你还买不买了?"大汉说。

他站起来:"我要最高、最大、最凶的那一头!"

大汉古怪地一笑,朝他点点头。

他立即毫不含糊、报复性地也朝对方点点头。

大汉从地上弹起,朝牛群冲去。牛群炸了,四处奔突。一头小牛犊跌倒了,"哞哞"地惊叫着爬起来又跑。"嗒嗒"的牛蹄声汇集在一起,变成"隆隆"的巨响。

他的眼睛紧紧盯着一头鬃毛亮得发黑的大牛紧追不放,牛闪电般地从他身边不断闪过。

他站着不动。

那条大牛直朝大海扑去。在蓝白色的浪峰和高阔的蓝天映衬下,这家伙显得十分威武。

"就是它！就是它！"他在心中叫着。

大牛冲到了海里，一排浪头打过来，它忽地消失了。当海浪在它身上碰成碎沫散落后，它昂首天空，响起重浊的"哞哞"之声。那声音和飒飒波声融合在一起，让人心颤。

大汉追了过去。它沿着海边浅浅的潮水疾跑，溅起一路水花，一直溅到大汉的脸上。大汉急了，解下挂在腰里的一圈绳索，"呼"地飞出去，绳圈不偏不斜地套在它的颈上。大牛把大汉拉倒了，但它也双腿跪在了沙滩上。不等它跃起，大汉已一跳而起扑上去骑到它颈上，用手抓住自它幼年时就穿在鼻上的铜栓。大牛站起来继续跑动，并用力甩着脑袋，企图把大汉甩落下来。大汉一手死死抱着它的颈，一手迅速地在铜栓上扣上了绳子，然后抓着绳子的另一头往旁边一跳。缰绳一下绷直了，那牛从鼻子里发出一阵痛苦得叫人难受的嘶鸣，以大汉为圆心，蹦跳着打着圆圈。大汉慢慢收紧绳子。它暴躁地跺了跺蹄子，用犄角掀翻了几块泥土，终于站住了。

大汉气喘吁吁地牵着它走向他："喂，行……行吗？"

他望着它：眼睛呈黑色，鼻孔喷出的气流冲倒了两旁的野草，一对如大象巨齿一般的犄角，有力地伸向两侧，然后拐了个很优美的月牙弯儿，角质坚硬，闪着黑光，角尖锋利得叫人担忧。它的身体仿佛是金属的，用巨锤砸出来，胸脯宽阔，胸肌发达，显出一团团强劲的肉疙瘩，脊背的线条几乎是用刀削出的一条直线，粗长的尾巴一刻不停地甩动着，发出"叭叭"的声音，把芦苇打得七倒八歪。

有那么片刻的时间，他有点儿胆寒了，用双手抱着肩。然而，当看到大汉那逗弄的目光时，他说："回村吧。"他的声音分明在发颤，麻秸般的细腿在禁不住在抖动。

显然,大汉看到了。大汉笑笑,把牛牵到村里。

众人围过来观看着。

大汉问:"你真要吗?"

"我已说过了。"

"七百块钱。"大汉把众人商定的价格告诉他。

他立即用手抓住了用绳子拴在脖子上的钱包,紧张地望着大汉。

"有这么多的钱吗?"大汉咬着厚嘴唇笑笑。

他又望着众人,钱在手里攥得更紧了。

大汉吹了口气,对大家说:"算了,让它重回到海滩上去吧。你们就不想想,大人们怎么会把哗哗七百块票子搁在这么个小毛头身上?我只存心拿这个小蛋儿开开心罢了。"大汉又转向他,"喂,你长这么大,才摸过几个钢镚儿呀?你数数能数到七百了吗?啊?你买牛?去,还是找孩子和小狗们玩去吧!哈哈哈……"说完他就要解掉牛绳。

那些海边的人都张嘴大笑:"哈哈哈……"

他一把抓住牛绳,用尖利的牙齿一口咬断线绳,把钱包丢在地上。

"嘀!"大汉闭起一只眼睛看着他,像瞄准什么似的。过了一会儿,他捡起钱包,举在手里,朝众人:"你们看呀!"当他见到厚厚一沓票子时,脸唰地红了。

他讥讽地耸了耸鼻子。

大汉不住地用手指蘸着唾液,点完钱,他尴尬地笑着。

他睥睨了大汉一眼，牵着牛，拨开人群就走。

一位老汉拄着拐棍："他能把这个畜生引回家吗？去个人，帮他送回去。"

大汉追上去，不再嘲弄，一派诚意："好样的，小老弟！我喜欢你！不过我还得帮助你把它送回去。"见他不搭理，大汉连忙说，"不是瞧不起你，这牛太凶！你……你没有这把力气。"

"我能！"他紧紧地牵着牛绳。

说也怪，那家伙不躁也不怒，温顺得像匹母马似的跟着他。

"那你身边还有钱回家吗？还还价吧！"大汉说。

他回头看了看大汉："有。"走了几步，他又回过头来，用手在嘴边做成喇叭，"大叔，你刚才逮牛可逮得真好看——！"

这声音在旷野荒郊上飞扬。等袅袅余音消逝在苍茫里，荒原一片静穆。他们长时间对望着。然后，他深情地一点头，掉转身去，沿着大路，向西走了。牛在盐迹斑斑的黄泥路上烙下一个又一个深深的蹄印。

大汉向他不断地摇动着手，一直看着他和牛消失在漠漠的荒原上……

三

在这头雄壮的公牛对比之下，他显得更加弱小。谁见了都会有这样的担心：一旦这公牛暴躁，卷起旋风来，就会将他轻而易举地挟裹、抛掷到任何角落。他觉察到自己在焦急不安地等待着什么，然而，整整一个上午都没有发生任何异常迹象。那牛一声不响地跟着他。当他转过头去察看它那双凸出的眼睛时，他忽然从那种安静里感到一种不祥，一种潜在的危机。他心里感到气虚，有点儿信不过自己，甚至有一种不期而然的恐怖感。他开始有点儿懊悔：为什么一定要挑选这头牛呢？

他很想哼一支歌。但他不会唱歌。

下午，它终于开始找他的麻烦了。它显出再也憋不住的恶相，喷着响鼻。他心一紧缩，不由得抓紧牛绳，并不时地掉过头去观察它。它的脑袋烦躁地甩了一阵，往脑前用力一勾，鼎立着不走了。

他拉了拉牛绳，它纹丝不动。

"不走吗？"他用威胁的口气说。

牛倔强地挺立在原地。

"你等着！"他觉得该立即给它一点厉害看看，让它睁眼认识认识他。路还长着呢，任它这样下去还得了？他顺手从路边树上扳下一根树枝，"走还是不走？"

不走。

"好啊！"他用警告的口气，"再不走，我就要抽你了！"

它极为傲慢地一甩脑袋，把他打到了路边。

他打了一个踉跄，急了，挥起树枝就抽，它先是忍着，任打不动，突然猛然往前一跃，把绳子从他手里拽出，沿着大路飞奔而去。

"站住！"他赤着双脚，拼命地追赶上去。

它根本不顾他的呼喊，身体像海浪一样颠簸着猛跑，后蹄不住地向后抛着泥花。

"站住！"他被土疙瘩绊了一下，重重地栽倒在地，摔得满眼闪着金星。他用胳膊支撑起身子。他额头满是泥土，面颊擦破了，鼻子也流血了。他望着在他面前腾跃的大牛。他看不见它的脑袋，只见两根半截牛角、四只不停地向后掀动的蹄子和一堵墙似的臀部，以及飞在空中的大尾。他是趴在地上仰看的，那跑动中的牛也就越发显得庞大、气派。他用手背擦去鼻下的血，用欢呼的声调叫着："站住！"他跳了起来，撒腿猛追。

不知追了多远，牛突然站住了——过一座水泥桥时，牛绳正巧刹在两块水泥板的缝隙里被卡住了。

他喘着气笑那牛："跑呀，你怎不跑呢？"

他又抓回了牛绳。他揍了它一顿，然后，轰它急急忙忙地赶路。一个下午，一会儿走，一会儿跑，一会儿拽，一会儿推，不住地吆喝，不住地咒骂，不住地流汗，不住地喘息。

夜慢慢笼罩下来。他两腿拖不动了，把牛紧紧地在树上拴好后，身体顺着一棵老树的树干溜下，软绵绵地躺在草地上，干咽着奶奶给他做的干粮。

天空没有一丝云彩，月亮和星星照耀着村庄、田野和河流，空气是透明的，能看出很远，近处，甚至连草茎都依稀可辨。不远，是条大河，水色茫茫。除了"豁啷豁啷"的流水声在夜空下传播着，整个荒原竟无一丝声息。

此刻，是这一天里面出现的最安静的时候。

夏末的夜已颇有几分凉气,加之又在生疏的异乡荒野,他无法入睡。仰望星空,他想:家在哪一颗星星下面呢?奶奶还在搓绳吗?

祖母为了她这个孙子,不分寒冬溽暑,搓了十几年的草绳,捶草的石头被捶出一个凹坑。她的手磨去一层一层皮。有时生活拮据,她会一宿坐在凳上,直搓到四方大亮。刚刚长出新皮的手又被搓破了,渗着鲜血,他见了想哭。祖母说:"别怕!"至今她搓的草绳一根根接起来该有多长呢?

他开始想念祖母。

牛卧在地上,它也在仰望着星空。夜色里,那两只眼睛,闪着生动的光彩,两只犄角显得更长,更美。月色在它迷人的黑色的剪影上笼上银色的光圈。

他挪了挪身子,挨近了它,倚在它光滑的身上,用后颈亲昵地摩挲着它的身体,望着星空,心里充溢着甘美的幸福:奶奶,等我和牛!

他猛然想起祖母一日三顿的烧煮,心一下紧缩了:不会有火星迸到干柴上吧?……

时间在黑暗里无声无息地流动着。不知什么时候,远方拍击河岸的水声,在他的听觉里,变成了祖母捶草的榔头声——几乎每天夜里,总是这榔头声将他带进梦乡——他垂下眼皮睡着了。不知什么时候,他又被冻醒了。河上吹来凉丝丝的夜风,他浑身哆嗦,用胳膊紧紧抱住身体。一想起祖母,他立即跳起来,解开牛绳:赶路吧!

月光颤动着,广阔自由的夜风,吹在远处几株黑色的、弯曲着奋力向上的毛榉枝头,发出嗖哨声。灌木林的顶上闪着亮光。似乎在很遥远的地方,有个赶牛车的或是守风车的老人,为了打发寂寥在哼着一支没词的古调,声音苍哑缓慢,摇曳不定。

不知什么时候,月亮沉没了。荒野变得朦胧、幽邃。芦苇、树木、水泊,一切,都变得虚幻,让人捉摸不定。远处,发绿的磷火宛如幽灵在徘徊。荒原的精魂在整个地带的上空徜徉叹息。

他紧紧地挨着牛。

牛用鼻子往他手背喷着热气。

尽管他不会唱歌,但他还是哼起了小曲,带着童音的、单薄的声音在夜空下荡漾着。

河上没桥,摆渡人在酣睡。望着迷蒙的大河,他犹豫不决。祖母会不会把火星迸到干柴上?这个鬼问题像水草一样死死地纠缠着他。他立即把牛赶进水里,自己骑到牛背上。牛朝河中游去,发出划过细浪的漠然的潺潺声。很快,它的身体被河水淹没了。他的下身也都浸到了冰凉的河水里。

星星变得朦胧,遥远的对岸闪烁的灯光渐渐泯灭了——雾开始弥漫过来。发白的河水渐渐变黑了。

他想退回岸边,可是,拳头却在不停地催牛泅渡。

雾先是透明的,犹如轻纱在飘动,后渐浓,仿佛一垛燃烧的湿木柴飘出的烟,涌过来,滚过去,翻腾,追逐,再后来——当牛游到河心的时候,已浓得厚实、沉重了。天地间顷刻被大雾封闭,不透一星光亮。无边无际的雾,向这个泡在水中年方十五的他扑将过来,缠裹着他,压迫着他。水声在雾里变得十分空洞。他的心不禁骤然收紧了,突然觉得自己的身体被大雾挤压成一个可怜巴巴的小点点。他环顾四周——被围困了！他下意识地推动了几下——在这软体但又推不开的雾面前，他完全无能为力了。

风渐大，从北方的旷野上刮来。大河开始晃动，掀起浪头，发出"哗哗"的扑击声。湿雾弥漫的半空里，水鸟发出凄厉的叫声。牛像一叶扁舟在看不见的波浪中游动，水浪不时被牛角击碎，变成无数水珠，分别从左边和右边朝他脸上纷纷泼来，一会儿工夫，他的衣服就完全被打湿，紧紧地裹着他瘦削的身体了。

他长到十五岁，从未经过这样的大雾，更何况是在一条似乎无边的大河之上。他充满恐惧的双眼紧盯前方——没有物体，没有亮光，没有一丝生气，什么也没有。当一个黑色的浪头整个儿扑在他身上时，他闭上了眼睛。他真的有点儿后悔了：我不该自己来买牛的。

牛不住地扇动着耳朵，发出呜咽声。

他彻底害怕了。他仰望天空：星星呢？他希望有一颗星星，哪怕只发一星光亮。他由自怜变为气恼，由气恼变为莫名的愤怒。这孩子突然无缘由地迁怒于安息在天国的父亲与母亲：你们为什么死那么早？为什么死那么早哇？！

雾像没有形状的怪兽，翻腾着，澎湃着，把他扑倒在它的腹下搓揉着。他忽然索索发抖，继而站在牛背上，挥动着两只瘦长的胳膊，向着苍茫，用尽力气呼喊："奶奶——！"

仅仅这一声，他的声音顿时沙哑了，浑身的力气爆发得一丝不剩，软乎乎地伏到牛背上——此时此刻，他只有这头牛了。

当他睁开眼睛时，天已亮，牛站在高高的河堤上。他掉头一看，橙色的朝霞映照着变得明亮而平静的河水。

牛长长地吼叫了一声,划破了荒原之晨的宁静。

四

这是往回走的第二天,干粮已经吃尽。饥饿、寒冷、恐惧、与牛不断的角力,使他身躯里的力量几乎消耗殆尽。他的心开始发慌,冷汗淋漓,嘴唇灰白,两眼发黑,双腿如雪地中初生的羊羔直打哆嗦。他的脚底板也早已磨出血泡。而此时,牛方才显出真的要他好看的架势。这畜生像蓄谋已久似的,要专等他力气耗尽了再施展自己的威风。它伏在地上,不管他怎么催赶,死活也不肯爬起,那条大尾巴来回甩动,把地面扫出一个坑来,弄得尘土飞扬。而当他坐在路边准备喘口气时,它却跃起,向前突进,逼着他只好爬起来追赶,它一会儿冲上满是瓦砾的路,让尖利的瓦片刺得他脚板钻心疼痛,一会儿冲入水中,逼他把刚刚晒干的衣服浸湿。它由着性子折磨它的主人。它现出了一条真正的海牛才有的凶顽和野蛮。

渐渐地,他没有力量制约它了,而只能受它任意摆布,他咬着牙,跌跌撞撞地跟着它。几次摔倒又几次爬起。他张大嘴巴,急促喘息,脸色蜡黄,两眼发黑。嘴唇由于体内水分严重散失而破裂,流着鲜血。好几次,他以为自己再也不能把它赶回家了,想就此松掉手中牛绳,任它跑去好了。

乌云又开始飞涨。先是小风，顷刻间，大风便呼啸着掠过田野，卷起枯藤萎蔓直入天空，冲击波使四周发出尖厉的树木折断声。他被压得抬不起头，只能侧着身子，用胳膊挡住眼睛赶着牛。掉雨点了，满是尘埃的土路扬着灰尘，如同飞驰过一群野马。他抬头看了看面目狰狞的天空，要把牛牵到躲避风雨的地方。它像是好不容易捞到一个最利于它撒野的机会，死活不肯依允主人，用前蹄抵着地面。转眼间，暴雨来临。锯齿形的电光割开天空、和着惊雷，它兴奋得"哞哞"高叫。雨猛得像是一只怒不可遏的手泼浇下来。斜射下来的雨柱，组成了一道密不透亮的雨墙，四周白茫茫，一个水的世界。雨喷洒着，迸射着，淹没了一切。闪电不断落进河流，发出熄灭的"呼嘘"声。

雄浑而险恶，壮丽而残暴。

他睁不开眼，"哗哗"倒下的雨水，呛得他透不过气。风用无形的犄角恶狠狠地袭击着他，简直要把他席卷而去。他抓着牛绳，艰难地赶着牛。它开始一跃一跃地前进，后蹄溅起的泥水，溅了他一脸，刚被大雨冲刷干净，又溅了一脸。它还不时地甩尾巴抽打他。他只好忍着，因为，他已完全丧失了惩治它的力量。看来它下决心要他松开绳子，越跑越快。焦干的黏土一经雨水，变得泥泞不堪，黏胶一般，每走一步他都要咬紧牙关。他不时地张着嘴巴，往肚皮里吞咽着雨水，好增加点力量来紧追它。他又跌倒了，被牛拖出去五米远。它站住了，半天，他才从泥水中挣扎起来。他要改变一下他和它的关系，用尽力气跑到了它的前头，想由原来的追赶变成牵引。

牛暴躁起来，猛地一甩脑袋，只听见"叭"的一声，绳子断了！

他仰跌在地上，等他爬起来，牛已经消失在重重雨幕里。他急得乱转，大声呼唤。牛叫了，估摸在左侧五十米远的地方。他掉头追去，不知追了多久，才依稀看见它的身影。他怕自己倒下，从路边抓一根棍子拄着，两眼紧紧地盯着前方一团黑乎乎的影子——他的牛！

他恨自己竟被一头牛弄成这样。

大牛挺立在暴风雨里。

他一直爬到它眼前。他用手捂住了眼睛，向牛哭泣起来。

雷声隆隆，大雨滂沱。大牛神态傲然，对他置之不理。

他望着它，啜泣着，呜咽着。

天气继续恶化。突然，他跪在了它的面前！

大牛昂首天空，"哞哞"两声。接着它掉转头去，朝着大海的方向！

他依然木然地跪在雨地里。

它越走越急，好像要立即回到大海边。

他挥着双拳大声呼叫："滚吧！滚吧！快点儿滚吧！"骂完了，他跳起来，以他自己都不能相信的速度狠追过去。牛蹄在泥水里发出"啪嗒啪嗒"的声响。它冲下大堤，他跟着冲下去。冲到半腰他滑倒了，骨碌碌直滚下去。沿着河边追逐了一阵，它又冲上大堤，然后掉头嘲弄地望着他。

他又一次跌趴在泥泞里，双臂伸开，两手无力地抓着泥巴。他感到脑袋十分沉重，脸颊贴着冰凉的泥水，闭合上眼睛……

祖母在过桥。冬天，只一尺宽的木桥落满雪花，被冻成寒光闪闪的冰桥。祖母背着沉重的一大捆草绳，在高悬于冰河上的桥上爬行着。冰桥发出"咯吱咯吱"的声音。她要去镇上卖草绳。他恰巧来到桥头，

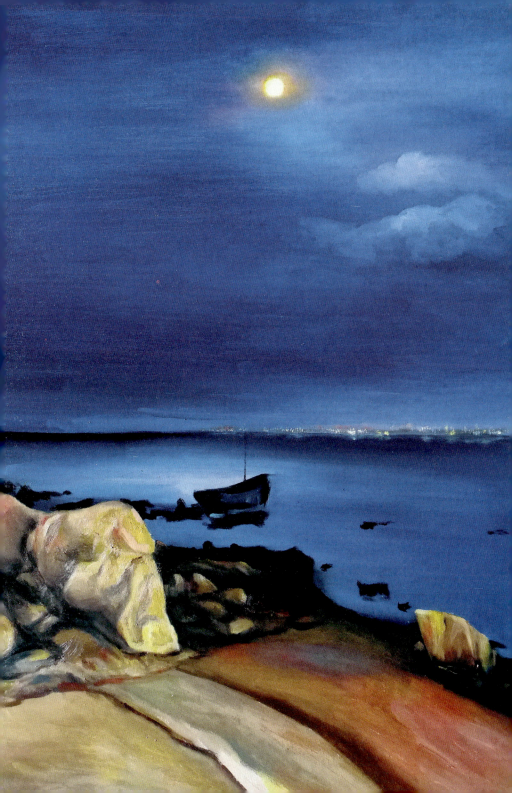

《月光下的故事》

吓得一口咬住指头。他不敢喊叫，也不能过去搀扶——那样更危险。祖母爬呀爬呀，用老手紧紧抓着冰桥锋利的边沿，一寸一寸地挪动。寒风掀动着她的苍苍白发和发白的老布衣。泪眼蒙眬，使他看不清祖母，只模糊地见她背负着小山一样的东西移动过来。祖母终于越过了冰桥。他连忙扶起她，只见她满额冷汗。"别怕！"她总是这么说……

他到底用胳膊支撑起身体，仰望着大堤上的牛。它一动不动地侧卧着，踌躇满志地对着苍茫的天空。朦胧的雨幕里，它显得十分庄严，宛如一尊河神。

它镲了一下蹄子，哼了一声。

他高兴而轻蔑地乜了它一眼。

由于暴雨，河流凌乱无章地翻滚着黏土、树干和杂草，疾速流动着。他趴在河沿上，"咕嘟咕嘟"地喝着水。岸边的芦苇根上附着虾，极度饥饿使他见到那些虾而嘴角流下馋涎。他伸出手去，一把狠劲地抓住两只，一口一只吞进肚里。抓着，嚼着，吞着，带着一股野蛮的劲头。他吃饱了，站起来歇了口气，觉得自己又有了点儿力气。

他卷起裤管，依然瞪着它，眼睛里闪动着狠巴巴的亮光。当牛刚掉过头去时，他沿着陡峭打滑的河堤坡，三下两下冲上了河堤顶，一阵冲刺，他用手抓住了牛的尾巴。牛往前一蹿，他摔倒了，可他没有松手。牛拖着他，并用后蹄踢他的肚子，他死死抓住牛尾，身体在泥泞中拖过，瓦片划破了他的衣服，也划破了他的膝盖。"拖吧！拖死我也不松手！"他闭着眼睛，准备它一直不停地拖下去。除了两只眼睛，他身上、脸上、头发上已满是泥巴，像是被从沼泽里拖出来的。

他身后，一道深深的凹痕越来越长……

它终于站住了。

他爬起来走到它头前嘲笑它："跑呀，你跑呀！"他一边说，一边解拴在腰里的绳子。正当他准备穿它的鼻子时，它猛然扬起锋利的犄角，只听见"嘶"的一声，他的衣服被豁破了。他感到一阵钻心的疼痛，低头一看，肚皮被豁出一道血口子。

雨暂时停住了。

他用手捂着伤口，望着远去的牛。他喜欢它的脾气。他瞧不起荡牛，也就因为荡牛容易被管束，让人欺侮，少这副脾气。血在流淌，他不管，继续追赶。被血染红的布条，在风中飘扬。

他机智地抄近路赶到牛前头，攀上一棵老树横向路中的横枝。牛过来了，过来了，他看准了一跃，准确地骑到了它的背上。牛惊得又蹦又跳，他却像膏药似的贴在它身上。他用手抓住了牛，并且一寸一寸地向它的颈上移动。当它再一次掀动屁股时，他顺势溜到它颈上，迅捷地用手抓住了牛角。它凶狠地甩着脑袋，忽左忽右，忽上忽下，要把他狠狠地摔在地上。此时他完全不懂何谓险恶，双腿紧夹它的颈，双手死拉它的角。

拼了！

有几次，他被甩了下来，但他抱住它的角，又翻到它的颈上。它蹿跳着，颠簸着，奔腾着。可是，无论怎么样也掀不掉它的主人。它开始喘息了。他腾出一只手，解下腰里的绳子，眼睛紧紧地盯着穿在它鼻子上的带眼的铜栓。

牛不再像以前那样凶猛了。当他把手伸出要抓住铜栓时，它猛然往上一跃，但它失败了，它的主人用双手抱住它的脖子，并用嘴咬着它的颈。它一下子垮了，双腿跪在泥泞里。

它顺从地让主人给它拴上了鼻子。

剩下的路已经不多。他疲倦之极，把牛绳死死地扣在手腕上，倒在路边一个草垛旁，合上了眼睛。他朦朦胧胧地感到天又下雨了。可他再没有力量睁开眼皮，在雨中沉沉地睡着了……

他醒来时，天刚发白。天空还飘着雨丝。然而使他感到奇怪的是，他身上的衣服已被体温暖干了，竟没有一点儿潮湿。他再看牛，它浑身湿漉漉的在往地上滴水。他寻看地面，除了它蹄下的四个蹄印，泥泞的地面上竟然找不出一个另外的蹄印。

它整整一夜以一种固定不变的姿势站在那里，用庞大的身躯给他挡了一夜的风雨。

它的目光温暖而纯洁。

天空飘完最后一线雨丝。东方红霞万缕，原野上的一切都被染上金色或绯色。以这些光色为前导的那轮天体，终于在原野的尽头颤动着，从光影的深渊里冉冉升起。

他骑上它……

五

看见村子了。它在阳光下。这牛像是终于寻到了自己的家似的，

"哞"地长叫一声,沿着村前的大路欢快地奔腾过去。跑到村头,他跳下了牛背。人们早看到远奔而来的牛,纷纷跑过来。仅仅只有四天,可是,他几乎让这里所有的人认不出来了:他的衣服破烂不堪,只剩下几丝布条,手上、身上到处是泥巴、伤口和血迹,他的身子瘦得只剩一副骨架,叫人害怕,他的脸瘦削,黑黑的,颧骨高高地突兀出来,只有深陷的眼睛,却比以往任何时候都亮。

他把牛绳拴在它角上,拍了拍它的头。

牛朝田野上走去。

他得赶快往家走——他要立即见到家,见到祖母。走着走着,他跑了起来……

他站住了:出什么事了?茅屋前怎么围了那么多人?

一片寂静。

他望去,只见人们一个个浑身湿漉漉的,泥迹斑斑,每张脸都黑乎乎的,像是被浓烟熏染过,使这些庄稼人那本来就粗犷的神情里又加入了几分深沉。篱笆踩倒了,到处是水桶,被水弄得泥泞的地面烙下无数混乱的脚印。这里显然发生过大事,有过喊声震天的抢救,有过很壮观的激战。

这孩子对于一切可能发生的灾难皆无惧怕,却被眼前的场景感动着。

人群闪开了:祖母颤巍巍地守在门口,双手拄着拐棍,眼睛正对着前面的大路。

"孙子回来了!"有人轻声对她说。

她丢下拐棍,用两只伸不直的骨节嶙峋的手向前摸索着。她被地上的水桶绊倒了。

他连忙跑上去扶住她:"奶奶……!"

她抱住他,用哆哆嗦嗦的手在他身上、脸上到处摸索着:"火星迸到干柴上……乡亲们……救下了……"

他回过头,望着安然无恙的茅屋,望着这些始终给予他和祖母援助的善良、舍己的庄稼人,感激的泪水顺鼻梁而下。

"我把海牛引回来了。"他说,"是一条好海牛。"

1983 年 4 月 16 日于北京大学

一只叫凤的鸽子

YI ZHI JIAO FENG DE GE ZI

一

　　夏望与秋虎同住一座小城，又同在一个学校一个班上读书，两人又都喜欢养鸽子。但两个人家的情形很不一样，夏望家很富，秋虎家很穷。夏望家不是一般的富，几乎算得上是这座小城的首富。而秋虎家的穷，不是一般的穷，几乎算得上是这座小城最穷的人家，穷得让人都不好意思看一眼。

　　两人对鸽子的喜欢程度却是一样的。

　　这些能在天空下展翅翱翔的小生灵，让他们无比着迷，心中，眼里,日日夜夜,总有这些小生灵在飞翔——它们的飞翔,是那么的优美,那么的变化多端,那么的让人浮想联翩。

但懂鸽子的人,自然会对夏望家的鸽子高看一眼,甚至会在目光里流露出惊叹与仰慕。当那些鸽子傲然仰望天空时,它们在这些人眼里,几乎成了神鸽。而秋虎家的鸽子呢?他们都懒得看它们一眼——这种老土的鸽子,不值得一看。

秋虎无奈,他养不起值钱的鸽子。他的十几只鸽子,不是偶尔捡到的,就是用很少很少的钱,从别人那里买来的。最值钱的那只瓦灰公鸽,也不过就值三斤米钱——秋虎从家中偷了三斤米,从一个老头那儿换来的。

秋虎家的鸽子全部加在一起,也换不来夏望家最不值钱的一只鸽子。夏望曾在秋虎也在场时,对那些玩鸽子的孩子说:"他那些鸽子,换我们家鸽子一根羽毛,我都不换。"

夏望家的鸽子,据说,最贵的值三四千块钱,最便宜的也都在四五百块钱左右。怕有人偷这些贵重的鸽子,夏望家还特地养了两只凶猛的高头大狗,昼夜守着深深大院。

秋虎家的鸽子,住的地方只能叫鸽笼,是秋虎用捡来的烂木板凑合做成的,手艺又很差,挂在墙上,都歪斜着。而夏望家的鸽子,住的是鸽舍,有两间屋那么大,是专门请木匠做的。三个木匠做了半个月,用了一大堆好木材。那些木匠都有一流的手艺,但他们从未做过鸽舍,觉得新鲜,又想到这是开天辟地第一回做这玩意儿,就越发地要把好手艺拿出来,把一个鸽舍做得让所有的路人见了,都啧啧称赞。

夏望家的鸽舍,居然成了这座小城的一道风景。

算一算，秋虎家所有家产加在一起，也抵不上夏望家这一座鸽舍。

秋虎的个儿明明要比夏望高半头，但当夏望站在他面前时，莫名其妙地，他反而觉得比夏望矮一头。当夏望眉飞色舞地向同学们说他们家的鸽子时，秋虎总是在一旁一声不吭地听着。有时，夏望说着说着，会把眼珠儿转到眼角上看一眼秋虎，这时，秋虎像被凉风忽地吹着了似的，微微收缩了一下身体，把脸转向了另一边。

秋虎对夏望这副傲气十足的样子并不恼怒：这有什么好恼怒的呢？人家养的鸽子，本来就不是一般的鸽子。他甚至连嫉妒都没有，有的，只是羡慕，只是自愧不如。

夏望对同学说："有的人家养的鸽子，也只能在自家屋顶上空飞一飞，要是拿笼子拎到三里地以外放了，就再也找不着家了。"

秋虎当然知道夏望所说的"有的人家"就是指的他家。夏望没有说错，他家的鸽子就是这样一些鸽子，是不能拿出去放飞的，而夏望家的那些鸽子，都是可以拿到远处去放飞的。夏望说他们家有一只鸽子即使拿到五千公里以外放飞，也照样能飞回来。秋虎相信。秋虎虽然养不起这样的鸽子，但秋虎已经养了好几年鸽子了，他懂鸽子，很懂。

有时，秋虎会禁不住去看夏望家的鸽子。他在往夏望家走时，总会在心里给自己找个理由：我要到那边一个宠物商店看看狗。他走在路上时，好像心里并没有想到去看夏望家的鸽子，溜溜达达的，一副很悠闲的样子。他还唱着那些不知从哪里学来的奇奇怪怪的童谣：

好大的月亮好卖狗,
卖了银钱打烧酒。
走一步,
喝一口,
这位大哥,
俺问你们可买狗?
……

常常,唱着唱着,就来到了夏望家附近。他不想让夏望看见,总是闪在一条小街的拐角处。在那里,他只要把脑袋探出一些,就可以清清楚楚地看到夏望家的鸽舍。

夏望家的鸽舍由四根高高的柱子支撑起来,像一座小型的宫殿一般耸立在天空下。有门有窗,有长梯可爬到上面。里面有数十个格子,那便是鸽子们的小家。鸽子们可以自由出入鸽舍。有在里面待着的,有在外面待着的。在外面待着的,有的落在鸽舍的顶部,有的落在房顶上。总有鸽子在走动,在飞来飞去。

这些鸽子叫出的声音与一般的鸽子叫出的声音都不太一样,浑厚,有浓重的共鸣声,像是从一口大瓦瓮里发出的声音,嗡嗡地让人感到震动。它们个头显得很大,体形健美,站在屋脊上,在蓝天白云的衬托下,一副雄壮的样子。它们中,仿佛有知道自己长得不一般的,站在那儿一动不动,那番造型,很像是雕塑。

秋虎看着夏望家的鸽子,就会不由自主地在心里比较着他家的鸽子。相比之下,他们家的鸽子,一只一只都显得有点儿矮小,远不及夏望家的鸽子神气、威风。

秋虎会很出神地仔细欣赏着夏望家的鸽子：

那些鸽子，不像其他品种的鸽子会有五颜六色，颜色很简单，要么是灰色，要么是黑色，要么是灰白相间。那灰，灰得纯粹，那黑，也黑得纯粹。所谓的灰白相间，只是灰色的底子上，很规则地有些黑色的点点。秋虎知道，这种颜色的鸽子，叫"雨点儿"。这些鸽子有两个显得不免有点儿夸张的肉瘤卧伏在两个鼻孔上，灰白色，带着细细的皱褶。从脑袋的形状就可以看出它们的聪颖和机敏。无论是公鸽子还是母鸽子，颈上都有一圈发亮的小叶片的羽毛。那颜色像是上等钢材发出的蓝光。公鸽子颈上的那圈羽毛，尤其的亮。

一只一只的，都让秋虎着迷。他一看就是半天，那时，他眼中一派静穆。

这一天，他正痴迷地看着，忽然有人在他后背上轻轻拍了一下。他一惊，掉头一看，竟是夏望——他不知从哪儿钻出来的。

夏望用疑惑的目光看着秋虎："你站在这里干什么？"

秋虎结结巴巴地说："我……我去那……那边看……看小……小狗……"说着，慌慌张张地往不远处那家宠物商店走去了。

夏望看了一会儿秋虎的背影，再站到秋虎站过的地方，侧脸看去，看到了自家的鸽舍与鸽子，好像立即知道了秋虎站在这里的用意，撇了撇嘴回家了。

秋虎回到家中，见到了自家的鸽子。他没有厌弃它们。他像夏望喜欢自家的鸽子一样，喜欢着这些鸽子。他默认了一个事实：他就只能玩这样的鸽子。它们也是鸽子。他将它们轰赶了起来。鸽子们似乎不太情愿，在天空飞了两圈，又想落下来。他很想看它们飞翔，就捡起地上的瓦片，不住地轰赶着。鸽子们终于知道了主人的心思和他的固执，只好放弃降落的念头，转而展翅飞向高空。它们飞着，越飞，范围越大。

秋虎仰脸看着。

不知是谁家的鸽子，看到了秋虎家的鸽群，要凑个热闹，也一起飞上了天空。紧接着，又是几个鸽群飞上了天空。小城的上空就有了几个鸽群飞出的巨大圆环。

秋虎觉得，城南的天空上，那个飞得又高又好看的鸽群是夏望家的。

秋虎的目光，暂且放开了自家的鸽群，去看城南天空的鸽群。他在心里想：如果我也有一只夏望家那种鸽子就好了……

二

这天放学后，秋虎正往家走，忽听见空中有响动，抬头一看，就见一只鸽子失去了控制，正像一团泥巴那样，急速砸向地面。同时，他也看到了一只鹰正猛地拉高，朝高空飞去。秋虎一下子就明白了：那只鸽子被鹰击伤了，那鹰本可以俯冲而下抓走鸽子的，恰在这时，他秋虎走到了这儿，它只好放弃了。

那只鸽子快要撞击地面时,却猛地挣扎着扇动翅膀,使自己暂时放缓了坠落的速度,但却没有能够飞起来,还是摇摇摆摆地跌向了地面。还好,在它马上就要坠到地面时,它又更加用力地扇动了几下翅膀,最终使自己勉强地落到了地上。

那鸽子就落在秋虎面前二十米远的地方。它跟跟跄跄地向前走了几步后,惊慌地扇动着翅膀,想重新飞向天空,但失败了,只飞了几米远,便又重重地掉在了地上。

那是一条僻静的小街,现在只有秋虎一人走着。

那只鸽子显然发现了秋虎,耷拉着翅膀,吃力地往前跑着。几次想飞起来,但都没有能够成功。它身后的地上,是它的翅膀流出的一滴一滴血。它一侧的翅膀,好像被鹰击断了。在它往前逃跑时,这只折断的翅膀一直在地面上拖着。

秋虎没有发动自己的双腿以最快的速度向那只鸽子追去,而是蹑手蹑脚地向那只鸽子靠拢过去。他已经看清楚了,这是一只非同寻常的鸽子,是一只他梦寐以求的鸽子——一只与夏望家的鸽子差不多的鸽子,甚至看上去比夏望家的鸽子还要棒的鸽子。

秋虎没有见过这般体格健壮的鸽子。

一只黑鸽子,一只黑得像涂了墨汁的黑鸽子。爪子和腿是深红色的。秋虎眼睛尖,虽然他与那只鸽子还隔着一段距离,但他还是看到了它腿上套着的锡环。发现了这一点,秋虎的心扑通扑通地跳起来:这果真不是一只一般的鸽子!这脚环是由专门的机构制作的,只有那些经过论证后确定为优良品种的鸽子,才能获取这种脚环。上面有编号,这些编号,都是被一一登记的。

秋虎双手捂在胸前,闭起了双眼。

那只鸽子在行走过程中跌倒了。不知是因为太累了,还是因为伤势太重了,它居然瘫在地上不动了。

秋虎站住了。两只捂在胸口的手慢慢挪开,慢慢攥成拳头,身体慢慢向前倾去,突然起跑,向那只鸽子扑去!

鸽子听到了动静,立即扑着翅膀。奔跑了一阵之后,它勉勉强强地离开了地面,但也就飞了四五米远,又跌落在了地上。

秋虎疯狂地跑动着,离鸽子越来越近。

鸽子拼命扇动着翅膀,地上的灰尘,一团团地留在了它身后。

秋虎瞪大着眼睛,迅速地缩短着他与鸽子的距离。

鸽子稍微停顿了一会儿,再一次跑动、起飞时,居然成功地飞到了路边一堵院墙的墙头上。因它在空中飞行的速度极慢,冲上去的秋虎,高高跳起时,差一点儿就抓住了它。

鸽子跌跌撞撞地落在院墙的墙头上之后,秋虎一次一次地跳起,企图抓住它,但,终究因为没跳到应有的高度,而未能如愿。他,弯着腰,双手捂在肚子上,大口大口地喘息着,但眼睛却一直望着鸽子。

鸽子知道了自己暂时是安全的,站在墙头上,没有再做出逃跑的动作,但神情依然极其慌恐。

这一下,秋虎可以近距离打量它了:真是一只了不得的鸽子。

秋虎只有一个念头:抓住它!

他的目光暂且离开了鸽子,在街上寻找着。他看到一个人家的门口放了一个梯子,立即跑了过去。可是,当他扛着梯子再回到院墙下时,那鸽子仿佛知道了危险,身子矮了几下之后,居然又飞了起来。它没有飞远,而是选择了离它最近的屋顶。它只是飞到了屋顶的边沿,并且差一点掉了下来,秋虎下意识地伸出双手,做出一个要接住它的动作。见鸽子稳住身体转而一个劲地沿着坡面逃向屋脊时,他失望地用双手拍了一下屁股,并叹息了一声。

已经到达屋脊的鸽子虽然还神色紧张,但显然知道了自己已经脱离了危险,向四周张望了一阵之后,蹲了下来。

屋脊风大,它的羽毛被掀动起来——那黑色羽毛的根部却是灰黑色的。

天色渐渐暗淡下来。

鸽子想到了家,一时忘了自己的翅膀已经折断,飞了起来——当然很快掉在了屋顶上。但天色和晚风让它回家的欲望变得十分强烈,再度飞起,这一回,它勉强飞到了另一户人家的屋顶上。

秋虎就跟着,忘记一切地跟着。他想得到这只鸽子,一心想。

鸽子挣扎着,带着受伤的翅膀,从这个屋顶飞向那个屋顶。当路灯开始亮时,它已经飞到了这座小城的城边。房屋不再是一幢连着一幢了。天虽然已晚,但因为今天天气晴朗,月亮又出来得早,加上东一盏西一盏的灯放射出的光芒,它还能看得见。

前面是一个很大的墓园。

鸽子站在一户人家的房顶上,犹豫着:还飞不飞呢?

秋虎在想:它还飞不飞呢?

鸽子还是飞了,但它怎么也无法飞过墓园的上空,很快掉了下去。

秋虎冲进了墓园。他在灰暗的天色下，小心地寻找了好长一阵时间，才终于看到鸽子的身影：它落在一块竖着的墓碑上。

秋虎没有惊动它：它要是再飞起来，这样的天色下，他就可能再也找不到它了。

他藏在一块墓碑后面，毫无声响地看着它。

它现在只是一团黑黑的身影。

到处是高高矮矮的墓碑。很远处才有灯光，墓园一片暗淡。那种墓园特有的安静，让秋虎感到害怕。但同时，他也感到庆幸：这里，这么黑，又这么静，它不会再飞了。

鸽子真的不打算再飞了。它在墓碑的顶部站了一会儿，竟然慢慢地蹲了下去。

现在，秋虎心中只想一个问题：怎么才能抓住它？

他累了，倚着墓碑坐了下来。他不再看鸽子，只在心中制订着捕捉方案。

最后，他决定：用网子网住它！

他觉得，这是所有捕捉方案中最可靠的方案。

这样决定之后，他轻轻地离开墓园，回到了路灯下的街上，然后撒腿往家跑去。

他家有一张打鱼的网。

取了网，他又马不停蹄往墓园跑。一路上，他都在担忧：它还在那块墓碑上吗？

当秋虎潜回墓园，看到那块墓碑上那团黑影时，他用手不住地轻轻拍打着胸口。他将网轻轻地放在草丛里，然后轻轻地坐了下来。他告诫自己：绝对绝对不可鲁莽，一定要在绝对绝对有把握时，才可以撒网！

现在，他需要的是耐心。他要安静地等待——等待鸽子不再有警惕，等待它熟睡。

小城越来越安静。

秋天的夜风吹着墓园的树和草，已经失去水分后的树叶和草叶，发出干燥而单调的声音。

等待中，秋虎居然有一阵时间忘记了鸽子，忘记了自己到这墓园干什么来了，在心里想着一些与此事毫不相干的事情。

这时刻，孩子们早已待在家中了，而他却还在阴森森的墓园里。他没有急切要回家的念头，也不用担心有谁会来寻找他、呼唤他。爸爸是一个不可救药的赌徒，这时候还不知道坐在什么阴暗地方的一张赌桌前呢！

秋虎想起了妈妈。

爸爸因赌博住过牢房，出来后，却一如既往，还是成日坐在在赌桌前。妈妈只好走了。妈妈把他留给了爸爸，自己则带走了妹妹。妈妈对他说，妹妹小，她不带上她，就会饿死。

秋虎觉得这墓园，并不比他的家差到哪儿去。

他当然想到了夏望，夏望家的鸽舍、鸽子。

他抬头去看夜空：一个秋天的夜晚才会有的夜空，又高又干净，月亮和星星都很亮。

晚饭还没有吃，天气又凉，加上墓园的清冷，秋虎在不住地打战，他禁不住将身子缩成一团，后来把渔网也裹到了身上。

夜深了。

秋虎借着月光——那时，月亮已经偏西，他看见鸽子一动不动地蹲在墓碑的顶上。秋虎毫无根据地觉得，这时的鸽子，眼睛是闭着的。

是时候了。

他开始慢慢地、极其细心地理顺渔网，等确定网子一定能抛出他想要的样子之后，他将它像围脖一样围在脖子上，然后，匍匐于草丛中，一寸一寸地爬向墓碑。在爬行过程中，他会不时地停住，抬头观察一下鸽子的动静。

在到达最理想的距离后，他屏住呼吸，缓缓爬起——一边爬起，一边从脖子上取下渔网。他用了很长的时间——好像是一百年的时间，才从草丛中站起来。

鸽子就在眼前，是尾巴冲着他。他甚至闻到了鸽子身上发出的气味。

他看了一眼月亮，忽地一声吼叫，将手中的网抛了出去。网十分完美地张开，在月光下，就像一颗硕大的蘑菇。网落下了，秋虎听到了咕咕咕的鸽叫声，并觉得网在激烈地颤动。那颤动，使他想起一次在城外的大河里网到了一条十几斤大鱼的情景——就是那样的颤动。

毫无疑问，他网住了那只鸽子。

他没有将鸽子从网中取出，而是将网慢慢收紧，最后拴了一个大疙瘩，然后背着网，迅速地跑出墓园。网在其中的鸽子不住地咕咕咕地叫着，并挣扎着。

当他走到街上，踏上回家的路时，已不见一个行人。

好寂静好空旷!他的身体微微一抖唱了起来,用的是夸张到扭曲的腔调,听上去更像是嚎叫:

一去二三里,
先生去买米;
烟村四五家,
先生米到家;
亭台六七座,
先生米下锅;
八九十枝花,
先生铲锅巴。

一扇窗子忽地打开,随即传来一声吼叫:"深更半夜的,嚎什么嚎!谁家的小神经病!"

三

夏望上学,常常会把一只鸽子带到学校。那鸽子被一方手帕不紧不松地包着,无法动弹,但看上去却又很舒服。不用笼子,只用一方手帕,就可以轻松自如地带上鸽子,这个看上去很简单的事,不是谁都会的。夏望家几乎是请了一个常年帮着养鸽子的佣人。这个佣人玩了一辈子的鸽子，样样在行。他每天都会来一趟夏望家，除了清扫鸽舍，还负责安放鸽子下蛋的草窝等事情。用手帕包住一只鸽子，就是这个佣人教给夏望的一个简洁的方法。

上课前，夏望会解开那方手帕，然后双手抱住鸽子，轻轻往天空一送，那鸽子都早习惯了这一套，马上打开翅膀飞了起来。也许是觉得自己解放了，也许是向小主人告别，鸽子会在空中，发出响亮的扇动翅膀的声音：噼噼啪啪！

在将鸽子抛向天空之前，夏望会煞有介事地往套在鸽子腿上的环里塞一封信。那上面写着："今天晚上我想吃红烧肉。"或是："放了学，我要在外面玩一会儿。"这些话没有多大意思，而且很无聊，但夏望愿意当着他的同学这么做。他只是告诉同学们，他家的鸽子腿上是有环的，这环上有编号，是专门的机构制作并发放的；他家的鸽子不是一般养养玩玩的鸽子，是能放飞的，是可以送信的。

同学里头，有养鸽子的，有不养鸽子的，养的，不养的，都很羡慕夏望。

这一天，当夏望又用一方手帕将他家的一只鸽子带到学校时，一直在旁边看着的秋虎忽然说："我也有一只这样的鸽子！"

秋虎的声音微微有点发颤。

立即，一张张面孔转了过来，吃惊地、疑惑地看着秋虎。

"我也有一只这样的鸽子……"在那么多的目光之下，秋虎的声音变小了，仿佛自己在说一个谎言。

孩子们看了一阵秋虎，一句话也没说，又一个个将脸转过去看夏望手中的鸽子了。

"你们不相信吗?"秋虎嘀咕着,"不相信拉倒!反正,我有一只这样的鸽子……"

没有人掉过头来。

秋虎觉得这些同学很可笑,更觉得自己很可笑:明明有一只这样的鸽子,为什么不能大声地告诉他们呢?

"我也有一只这样的鸽子!"

秋虎的声音特别大。

孩子们不得不再一次地回过头来看他。

秋虎用手指着夏望手中的鸽子:"我也有一只这样的鸽子!"一副理直气壮的样子。很长时间,这个动作好像固定在了那儿。

夏望看也没看秋虎,正解开手帕。就在大家还在疑惑地望着秋虎时,天空传来了响亮的扇翅声。那扇翅声就像有人在晴空里拍出的清脆的掌声。

孩子们的目光一律转向了天空。

那鸽子在学校的上空盘旋了两圈,往城南飞去了。

孩子们开始往教室走去。一路上,有同学三三两两、交头接耳地议论着:

"他尽吹牛!"

"他家都穷成那样了,怎么可能会有那样的鸽子?知道这种鸽子多少钱一只吗?"

"他爸赌钱,把老婆都赌输了。"

"这是你胡说!人家妈妈是离婚,好不好!"

"这有什么差别吗？反正，他不可能有那样的鸽子！"

……

第二天，秋虎用手帕大小一块布，包了那只鸽子来到了学校。他早已留心夏望用手帕包鸽子了，并多次在自家鸽子身上做了试验。现在已包得很好看，并且很可靠了。

一个懂鸽子的孩子看到了秋虎的鸽子，一阵惊愕，随即跑开，来到一群孩子中间："秋虎真的有那种鸽子，很棒！"

孩子们犹豫了一阵，立即向秋虎跑过来。

当有几十个孩子围住秋虎时，他把鸽子举了起来。

那只鸽子的头型十分优美，鼻孔上的两块肉瘤，几乎有蚕豆瓣那么大，颈上的一圈细毛，发出似蓝似紫似金的光泽，两只眼睛琉璃一般亮。

秋虎一声不吭，就这么举着，慢慢地转动着身子，好让所有孩子都能看清楚他的鸽子。

他的脸上写着："我骗你们了吗？我是不是有这样一只鸽子？"

夏望只瞟了一眼秋虎手中的鸽子——瞟一眼就够了，就知道了那是一只什么样的鸽子。他没有恼火，也没有嫉妒，但有点儿失落。

"能放飞吗？"有孩子问。

不知为什么，秋虎举得硬邦邦的胳膊，显得有点软弱了。最终，他把举在空中的鸽子放了下来。

"能放飞吗？"有孩子追问。

秋虎答道："现在不能。"

"为什么？"

秋虎答道:"我才得到的,它还没认家呢。"说完,他往校门外走去。他要把鸽子送回家。路上,他的心一直发虚:那天晚上,鸽子在网中拼命挣扎,使那只本来还没有彻底折断的翅膀彻底折断了,不知道还能不能飞上天呢?

四

秋虎得到了一只相当不错的鸽子,这一消息一传十、十传百,没过几天,几乎传遍了这座小城。

城西边上的邱叔听说了,就来到秋虎家。养鸽子的人,都想见识见识那些不一般的鸽子。但秋虎不让看。

"你到底有没有这样一只鸽子呀?"邱叔拍了拍秋虎的脑袋问。

"我有!"

"有,为什么就不能让邱叔看一眼呢?"

秋虎不知道怎么回答邱叔了。

就在这时,从里屋传来了鸽子的叫声。

这叫声正是那只鸽子发出的。它现在被关在一只笼子里。

邱叔一听,点了点头:"还真有。"他是小城里最懂鸽子的人,只要听听鸽子的叫声,就能知道是什么样的鸽子。

"只是看一眼,怕我抢你的呀?"

秋虎犹豫了一下，但最终还是摇了摇头，拒绝了邱叔的请求。

邱叔拍了拍秋虎的头，一笑，走了。但刚走出门，又回过头来，看着秋虎的眼睛说："莫非，这只鸽子是只有毛病的鸽子？"

这句话一下子击垮了秋虎。他把头低下了。

邱叔重新回到屋里："还是让邱叔看看吧，也许，邱叔有办法呢。"

秋虎往里屋走去。

邱叔跟着。

秋虎把放在地上的笼子提给了邱叔。

邱叔一看到那只鸽子，顿时两眼放光。他盯着它看了半天，又打开笼门，将它抓住，仔细察看了它的眼睛、鼻孔，又扯开它的翅膀、尾巴，看了半天，点了点头："这只鸽子，不得了啊！"他又看了看它腿上的环，"你知道这是哪里的鸽子吗？"

秋虎只看清了那环上的编号，并没有太注意它的归属地，朝邱叔摇了摇头。

"这不是写着吗？台湾的。"邱叔在心里估算了一下这里与台湾的距离，"相隔几千公里呢！我猜测着，是那边的人，将它带到这边放飞的。敢这么远，又隔着大海放飞，可见这鸽子的主人心里很清楚它的本事。"他早看到了它耷拉着翅膀，"八成，遭鹰打了，不然，这样的鸽子，怎会落在你手里呢！"

秋虎点了点头。

邱叔叹息了一声："是只好鸽子，只可惜残了。"他检查了一下那只折断的翅膀，"要想让它再飞到天上……"他没有再往下说。

邱叔离开时，秋虎对他说："邱叔，不要对人说它不能飞了。"

邱步不明白，可又有点儿明白，点了点头。

从这一天开始，邱叔隔几天就来看一次这只鸽子，目光里有欣赏，也有惋惜。这一天，邱叔对秋虎说："孩子，你把这只鸽子让给邱叔吧。"

秋虎稍微吃惊了一下。

"你留着它，没有什么意义。它飞不起来了——永远飞不起来了。就是能飞起来，你也难让它认你的家。这种鸽子的秉性，你也不是不知道，你养它三年五载，以为认你家了，放到了天上，即使今天不飞走，过些日子也要飞回原先主人家的。你又没有配得上它的鸽子跟它配对下蛋孵小鸽子。你留着它，有什么用处。我知道秋虎心里想有这样的鸽子，你看这样行不行？这是一只公鸽子，我那里正好有一只落单的母鸽子。我那里不缺公鸽子，而且都是一些不错的公鸽子，可是，那只母鸽子实在太不一般了，那些公鸽子不配，就是配对成了，它们的后代也不能放飞太远的路。你这只公鸽子，太配了！我答应你，配对成了，生下的第一对蛋给你。你让你家的那些鸽子去孵，不出多长时间，你就会有一对上上等的鸽子。而且，是打小养起的，长大了，只认你的家。行吗？"

秋虎不知道该怎么决定这件事。

邱叔说："你就闭着眼睛想一想吧。你有了两只那样的鸽子，说不定就可以无休止地繁殖下去，一窝一窝的，多少年以后，说不定你就是这座小城的鸽子王了。你那个同学夏望，嘻！……"

秋虎马上答应了。

邱叔从口袋里掏出一块手帕,将鸽子包起来,放到了怀里:"我不会对任何人说这只鸽子已在我那儿了。"他出门后,又回头来,"你就等着两只蛋吧。"

五

仅仅相隔三个月,邱叔就给秋虎送来了两只鸽蛋。

鸽蛋放在一只小小的纸盒里,里面填满了锯末。

邱叔说:"这么好的一对鸽子,我只想它们多多地孵小鸽子,我就给你蛋了。要是让它们孵出小鸽子来给你,下一窝蛋就要拖很久。我取了这两只蛋,用不了几天,它们就会又下两只蛋。再说,我给你小鸽子,你万一不会养,就可能死掉。而若是等它们大了再给你,恐怕又不认你的家了。你赶紧看看你们家有哪对鸽子这几天正要孵蛋,把它们的蛋撤了去,换上这两只蛋。"

秋虎家有一对鸽子,前天生下第二只蛋,刚刚开始孵蛋。

自从秋虎换了上邱叔送来的两只鸽蛋后,就开始时时刻刻地关注那对鸽子孵蛋的情况。一切正常:公鸽子一早上出去觅食,上午十点钟左右回来换下孵了一夜蛋的母鸽子,继续孵蛋;母鸽子出了窝就直接去觅食,大约在下午五点钟光景,又替换下公鸽子;公鸽子再出去觅食,直到傍晚回来,然后就站在鸽笼上为笼中的母鸽守夜。周而复始，两只鸽子，就这样轮换着。

按照预定的日子，两只小鸽子一前一后出壳了。

秋虎十分兴奋。即使爸爸在外赌博一连几天不管他，他也不生气不伤心。他有两只小鸽子，两只足以让全城人羡慕的小鸽子，其他的事情也就不在乎了。他几乎忘记了爸爸的存在，整天沉浸在快乐之中。

过了几天，邱叔送来了从信鸽协会申请来的两只锡环，编号分别是0508、0509。

邱叔说："再过一个星期，你就可以给它们戴上了。"

两只还是两小团肉的小鸽子，使秋虎经常陷入让他陶醉的想象：它们长大了，成为一对，就会下蛋孵小鸽子……一代一代的，用不了几年，我就会有很多很多这样的鸽子，它们飞满了这里的天空……一只一只的，都能拿出去放飞，一千公里、两千公里、三千公里……总是我的鸽子第一个归巢……我要拿一个一个的头等奖，柜子上、窗台上，到处都放着奖杯，还有奖金，一笔一笔的奖金……

不知为什么，秋虎总要想着想着，最后思绪拐了一个弯儿，想起妈妈和妹妹。那时，就会有眼泪挂在眼角。

大约过了七八天，秋虎发现，不知为什么那只母鸽子变得有点儿心不在焉，出去觅食，常常迟迟地不回来。公鸽子在笼中护着小鸽子的时间越来越长，有两回，甚至连出去觅食的时间都没有了。紧接着，秋虎就发现，不知是谁家的一只白色的公鸽子，总是飞到他家的屋顶上，拖着张开的尾巴，围着他家的母鸽子，不住地叫唤。母鸽子虽然不搭理，但却在该它喂小鸽子时，站在屋脊上不动弹。那只白色的公鸽子很漂亮，声音也十分洪亮，它不屈不挠地围绕着母鸽子叫唤，好像在倾诉衷肠。终于，母鸽子开始点头了。

过了两天，母鸽子跟着那只白色的公鸽子飞出去之后，就再也没有回来。

留下公鸽子独自哺养两只小鸽子。最初两天，公鸽子还尽心照料小鸽子，但到了第三天，它飞出笼子，站到屋脊上，只是一个劲地伤心地叫唤着。其间，几次回到笼子里照料小鸽子，但时间不长，又飞了出来。终于，它完全陷入了悲伤和痛苦，再也不管那两只小鸽子了。

十分焦急的秋虎赶紧去看笼中的小鸽子，发现，有一只小鸽子，不知是因为饥饿还是寒冷，已经死了！

秋虎哭了起来。

公鸽子再也没有回到笼中。

现在，只有靠秋虎自己了。他要喂养这一只小鸽子，它是他唯一的希望了。要是它也死掉，他就什么也没有了。这样小的鸽子现在还只能喂它细食。正常情况下，鸽爸爸、鸽妈妈先吃了食，然后在嗉里消化成糊状再喂给小鸽子。秋虎清楚这一切，他要做鸽爸爸。他把豆子、玉米或麦子放在嘴里反复咀嚼，直到这些粮食与他的唾液溶和成糊状，再喂给那只小鸽子。

接下来，好多天，他的嘴巴总是不停地在咀嚼。

他把小鸽子放在一堆棉絮里，上学前喂一次，中午放学回来喂一次，晚上喂一次，睡前再喂一次。

小鸽子居然活了下来，并且一天一天地很快长大了。

粉红色的肉身，因羽毛的生长，开始转为青色。它认识了秋虎，一看到秋虎，就叫唤，就朝他摇摇晃晃地走过来。

不知不觉，它竟然长成了一只羽翼丰满的鸽子。

是一只母鸽子，但样子竟然与它的父亲一模一样。不同的是，它的父亲折断了一只翅膀，已与天空无缘，而它却有一双年轻而有力的翅膀，蓝天正在召唤着它。它已经开始不住地扇动翅膀，在做飞上天空的准备。

它与秋虎的关系极其亲密，一看到秋虎，就会显出十分高兴的样子。而秋虎上学后，它就会在家中跳上跳下地寻找秋虎。

秋虎呢，则时时刻刻地惦记着它。晚上，秋虎睡觉时，它就蹲在秋虎的床头。

秋虎给它起了一个名字：凤。

秋虎的妹妹叫凤……

六

凤第一次飞上天空，就令人惊叹不已。它是那么的喜欢天空！它优美地拍着翅膀，一个劲地向高处飞去，仿佛要飞到云层深处。这不免让秋虎有点儿紧张：它不会飞走吧？它居然飞得无影无踪。可就在秋虎感到绝望时，它又出现在了秋虎的眼前，先是小小的一个黑点，然后，形象渐渐地鲜明起来。它在天空飞了一圈又一圈，就是不想落下来，仿佛它等待这一天，已等待上百年了。

在秋虎的记忆里，没有一只鸽子，飞得有凤那么漂亮。

终于落下，一直落到秋虎的肩上。

秋虎感觉到了它的小小心脏在激烈跳动。他伸出手去，轻轻地拍着它的背，心疼地说："谁让你第一回飞，就飞那么高、那么久的呢？"

秋虎把凤带到学校。他没有用手绢包着它——没有必要，他只需时不时地叫一声"凤"，它就会飞临到他头顶的上空，或干脆落在他的肩上。

当秋虎以这样的形象出现在校园里时，立即吸引了无数的目光。孩子们居然没有看出来，这只鸽子并不是他上回用手帕包着的那只鸽子，都以为就是上一回他带到学校的鸽子呢！

秋虎站在那里不动，而凤则站在秋虎的肩上不动。上一回，孩子们见到的，只是鸽子的一个脑袋和一个尾巴，而现在见到的是一个没有一丝遮掩的鸽子。

凤的形体、颜色以及机敏而高贵的神态，镇住了所有的孩子，他们只是静静地看着，谁也不说话。

秋虎看到了夏望的目光——夏望也在出神地看着。夏望已经是一个很懂鸽子的孩子。秋虎知道，夏望明白了此时此刻站在他肩上的是一只什么样的鸽子！

上课铃响起前的一刻，秋虎从肩上抱下凤，说一声"回吧"，然后将它轻轻抛向天空。

孩子们一直看到凤已经消失，还在仰望天空。

没有过多少日子,孩子们就有了一个共同的结论:夏望家的鸽子,一只一只都是好鸽子,但却没有一只赶得上秋虎的那一只。

秋虎不再去想象他的鸽群——他本来就有鸽群,虽然这一鸽群不是由凤这样的鸽子组成,但,也是鸽群。鸽群,加上凤,就足够了——凤这样的鸽子,一只就行。

秋虎心满意足。几乎所有的夜晚,秋虎都是一个人度过的。爸爸,不,赌徒,他天天在外面赌,赌得昏天黑地,哪里还记得秋虎?无所谓,秋虎现在有他的鸽群,有凤——每天夜里,凤都陪伴着他。

一年后,凤第一次参加小城组织的放飞比赛,五百公里,得了第二名。邱叔对秋虎说:"你就等着它给你拿奖杯、拿奖金吧。第一回飞,就得了第二名,往后还了得呀!"

夏望不再总拿着他的鸽子来学校向孩子们展示了。

秋虎终于发现,原来,他的个子是比夏望高出一头的。

就在凤给秋虎拿回第一只奖杯半个月,这天,秋虎放学回到家,发现凤不见了。他立即屋里屋外地找开了,并不住地叫着:"凤!凤!……"没有找着。他想,现在只有一个可能:它飞到远处觅食或是和别人家的鸽子玩耍去了。他站到街上,仰望着天空,等它回来。

天色渐晚,空中已不再见到有一只鸽子飞翔,只有几只觅食的乌鸦从城外往城里飞着——它们要在城里公园中的树上过夜。麻雀们叽叽喳喳,这是它们夜宿檐下、枝头前的最后喧哗。

天黑了。

秋虎叫着"凤",已是哭腔。他反复找着已经找过数遍的地方。知道凤确定不在这些地方后,他神情恍惚地找了两条街。他不住地呼唤着:"凤!凤!……"到了后来,呼唤变成了自言自语一般。街上早已空无一人了,他才回到家中。他没有脱衣服,甚至连鞋都没有脱,死人一般睡到床上。夜风在窗外呼呼地吹着,熟睡的鸽子偶尔叫唤一声,知道现在是深夜,没有叫唤完一声,就半途停止了叫唤。他睡着了,很不踏实,像漂浮在水面上。不知是什么时候,他听见了凤的叫声,立即爬起来,只见月光正从窗外照进屋里:床头上空空的,并没有凤的影子。

秋虎再躺下后,一直睁着眼睛。他又开始想念妈妈和妹妹……

第二天下午,他终于从别人那里知道:爸爸输了一大笔钱,以一千元的价格,趁秋虎不在家时,把凤捉住卖到夏望家了。

秋虎愤怒地跑回家,见什么砸什么,不一会儿工夫,就把家毁得一塌糊涂。他完全发疯了,一边毁坏,一边大声哭喊。

爸爸面容憔悴,垂头丧气地从外面回来了,见秋虎在不顾一切地毁坏,闪到了一边。一块裂了缝的菜板飞了过来,差一点削到他的鼻子。

见家中已再无什么可毁坏的,秋虎一头跑出家门。

爸爸在身后说:"不给人家钱,人家就要拆我们的房子……"

秋虎头也不回直奔夏望家。

夏望家养鸽子,不只是因为夏望喜欢玩鸽子,他爸爸也喜欢玩鸽子,酷爱。他早盯上了秋虎的凤,而秋虎的爸爸也早知道他喜欢秋虎的凤。秋虎的爸爸赌输了钱,无法还人家,人家扬言要拆房子,他就找到了夏望的爸爸。夏望的爸爸二话没说,照秋虎的爸爸开的价,只用了一个小时的时间,便做成了这笔交易。

秋虎来到夏望家门口，从门缝里看进去，只见夏望的爸爸正和他的两个朋友在院子里欣赏凤。

凤被关在一只漂亮的鸽笼里。也许是它感觉到秋虎来了，便一个劲地扑棱着翅膀，拼了命要往外挣，并咕咕咕地叫着，就见细软的羽毛纷纷从笼子里飞了出来。

秋虎心疼不已，猛地一推门——那门没有插着，哗地打开了，秋虎往前踉跄了几步，终于扑倒在夏望家的院子里，把几个人吓了一跳。

秋虎爬起来时，擦破皮的面颊正在流血。

两只大狗凶猛地扑了过来，秋虎居然无所畏惧，一步一步走向凤。

两条大狗见小小的秋虎竟然根本不理睬它们的警告，一时愣住了，但随即又扑上来要咬秋虎。这时，只见夏望不知从哪里冲了出来，拦住了两条大狗，并迅速地，一手一条抓住了系在两条大狗脖子上的皮扣。两条大狗十分凶猛有力，但夏望用尽全身力气，死死地抓住皮扣，只见受阻的大狗不断地跃起，身子悬在半空里。

秋虎指着鸽笼中的凤："这是我家的鸽子！"

两个朋友看了一眼秋虎，转而看着夏望的爸爸。

夏望的爸爸笑着朝秋虎说："可这是我花一千块钱从你爸爸手里买来的呀。"

"这是我家的鸽子！"秋虎大叫着，冲上来就要夺夏望爸爸手中的笼子。

夏望的爸爸一转身，用后背抵住了秋虎，那两个朋友，一人抓住

《芦荻秋》

了秋虎一只胳膊。

凤在笼子里要死要活地往外挣着，咕咕咕地叫个不停。

夏望一直没有面对秋虎。他背朝秋虎，身子向前倾着，死死地拉住两只大狗，还不时地腾出脚来狠狠地踢那两条大狗。

眼见着凤的头上羽毛被撞光了，并开始显出血印，秋虎心疼之极。他蹲在了地上，不再上前去争夺。

夏望的爸爸赶紧将笼子拎到了屋里。

那两个朋友走过来，对秋虎说："鸽子原来是你的，没有错。可现在是人家的了。人家不是偷的，是买的。小朋友，可要讲道理。"

夏望的爸爸走了过来，对秋虎说："这鸽子，我可以给你。但我要我的一千块钱。你什么时候拿来一千块钱，我就什么时候把这鸽子给你——任何时候。"

两个朋友也都蹲在地上劝秋虎："人家都这么说了，你还是回去吧。"见秋虎不动，他们就一人抓着秋虎一只胳膊，将他从地上拉了起来。然后，他们就轻轻地拉着、推着，将秋虎引向门外。

秋虎只是小声呜咽着，没有赖着不走。

夏望的爸爸大声说："什么时候给我一千块钱，我什么时候给你鸽子。我说话算数，我的两个朋友作证。"

"我们作证！"那两个朋友说。

秋虎走了。

两个朋友关上了大门。

夏望的爸爸说："那孩子的爸爸是个往死里赌的赌徒，是不可能拿一千块钱来赎这只鸽子的。那孩子，又怎么可能有一千块钱！"

整个过程中,夏望一直没有面对秋虎,听到关门声后,他松掉了两只大狗,猛地跑进屋里,跑到他的房间,一屁股坐在椅子上,趴在桌子上呜呜呜地哭了起来……

七

秋虎一连三天没有上学。再上学时,人瘦了一圈。

夏望不但不再带鸽子进校园,甚至不再说关于鸽子的话题了。

从此,秋虎除了上学读书,其余的时间全都用在了捕鱼上。只要有时间,他就拿着渔网往城外走。这座小城四周都是河流。他要打鱼,然后卖鱼挣钱。他一定要赎回他的凤,它是他一点一点养大的,它几乎不再是一只鸽子,而是他的一个亲人——妈妈、妹妹都走了,现在,它就是他的唯一亲人。可,这个亲人,被爸爸出卖了。还好,妈妈和妹妹是永远也不可能再回到他的身边了,而它,还是可以回到他身边的,只要他能挣到一千块钱。

他根本不去想他一个孩子能否挣到一千块钱。

他只有一个念头:挣钱,从夏望家赎回凤。

打到鱼,他就拿到集市上去卖。他把一只瓦罐藏在他的床底下,把挣的钱全都放到里面。那天,他渴了,路过卖冷饮的摊子,很想吃一根冰棍,钱都从口袋里掏出来了,但最后还是放回到口袋里。

他没有再去夏望家去看凤。看了，他伤心，凤也伤心，不如不看，不如专心致志地挣钱，早点把凤赎回来。

钱攒得很慢。照这样的速度攒下去，得有十年——没有十年，也得七八年。但秋虎并不焦虑，很有耐心地攒着。时间长了，他几乎忘记了自己攒钱干什么了。他不停地打鱼、卖鱼，仿佛这是他的一个兴趣，一个习惯。

渐渐地，他忘了凤。

凤只是偶尔飞到他的梦里。

邱叔又给了他两只蛋，但不是那对鸽子生的蛋。不过，生这对蛋的鸽子还算不错。

就在这对小鸽子飞上天时，不知为什么，夏望不来上学了。

不久，秋虎听到了一个消息：夏望的爸爸被抓进牢房了，原因是他四处宣扬要集资办一个超大的工厂，拿高利息诱惑，骗了几乎半城人，现在终于穿帮了，人被铐走了不算，那么大一个家，一个早上就被成百上千的债主哄抢一空，现在夏望家什么也没有了。

秋虎听到这个消息，心里有点儿难过。上课时，不时地看一眼那空着的座位，那时，注意力就走开了，老师讲了什么，就像一阵风从耳边刮了过去。

这天，放学后，他直接去了夏望家。

夏望家的那对大门不在了，只剩下一个空空的门洞。秋虎往里面看，院子里空空的。那个闻名于整个小城的鸽舍也已经不在了。那一大群鸽子呢？秋虎只看见屋顶上还站着三四只没精打采鸽子，都是一些不很值钱的鸽子。

现在，秋虎很关心凤的命运。但秋虎已经有了心理准备：凤怕是被那些债主捉走了。他想：我就是有钱，也赎不回凤了。

看着眼前的一番凄凉，秋虎的眼睛模糊起来，也不知是为了凤还是为了夏望？

他怕看见夏望——看见了，说什么呢？就走开了。

大约过了一个月，夏望又来上学了。现在的夏望，看上去变矮了，眼睛也没以前亮了，整个看上去，灰土土的。上课时，夏望睁着一双无神的眼睛，仿佛一个很疲倦的赶路人，坐在一片荒草中的石头上。原先，夏望上学时，隔两三天，就会换一双名贵的新鞋，可现在，一连许多天，就穿那一双鞋。鞋头已经破了，鞋带已经断了。那天，书店里的人来校门口摆摊卖书，放在往日，夏望看都不看一下究竟是一些什么书，一买就是一大摞，可现在，他站在一旁看着，手在口袋里不停地摸索，最终只摸索出几枚硬币，连一本最便宜的书也买不起，只好低着头走到一边去了。

秋虎总不时地看一眼夏望，夏望也会不时地看一眼秋虎。

这天，夏望守在秋虎回家的路上，等秋虎走到他面前，说："那只鸽子还在。"

"凤？"

夏望点点头："他们来抓鸽子时，我把它藏了起来。"

秋虎听了，情不自禁地长出了一口气。

"给你吧。"

"我还没攒到一千块钱，差很多呢。"

"我不要你钱。"

秋虎抬头看了看天空，又扭头看了看四周："你留着吧。"

"给你吧。"

"我已有两只了，它们马上都要孵小鸽子了。"

两个人没有再说什么，分手了。

过了半年，秋天，到处金黄，金黄的草，金黄的树叶，阳光已不再像夏天那样刺眼，但十分明亮，世界变得金灿灿的。

秋虎得到一个消息：信鸽协会要举行一次放飞比赛，这一回的赛程比较长，三千五百公里，是一次大赛，有人出钱赞助，哪只鸽子最先归巢，可以获得两万块钱奖金。

秋虎明明知道，这么远的路程，他的两只鸽子是飞不回来的，但还是想去试一试。这天，他用笼子装了那两只鸽子，来到指定的地点。工作人员查看了脚环上的编号，并做了登记。这里已经收了很多只鸽子，一片咕咕声。它们将运送到三千五百公里以外的某个地方，然后一起放飞。秋虎看了看这些鸽子，心里想：能有几只还能飞回家呢？哪一只会是最先飞回来的呢？

出了门，他去附近上厕所，走出厕所时，看到了一个背影：夏望！

夏望提着一只鸽笼，正走进秋虎刚才进去过的屋子。

秋虎没有叫夏望，回家了。一路上，他心里杂七杂八的，思绪乱糟糟的。

接下来的几天，他请了假，天天在家守候着。"没有准，它们能飞回来。"他心里存在一份侥幸。在等待他的这两只鸽子时，他总是想到凤：凤能飞回夏望家吗？凤在夏望家已经快三年了，凤已经有新家了。想到这一点，他心里酸溜溜的，酸溜溜的。

这天早晨，秋虎还在睡梦中，隐隐约约地听到了鸽子的叫声——不是那群鸽子的叫声，一惊，坐了起来。侧耳细听，又听到了鸽子的叫声。"回来了！"他立即蹦下床，直往后院跑——那些鸽笼都挂在后院的墙上。

开了通往后院的门，那鸽子的叫声立即变得异常清晰——他愣住了，随即浑身哆嗦起来：是凤的叫声！

他一步一步地向前走去，双腿一直在颤抖。

凤就在鸽笼里。

那鸽笼就是凤原先住的。它走后，其他鸽子数次要占据这个鸽笼，都被秋虎轰开了。

凤显得有点紧张和不安，见秋虎走过来，显出要飞离鸽笼的样子。

"凤……"秋虎叫着，"凤……"

凤不再叫唤，有点困惑地看秋虎。

"我是秋虎呀，我是秋虎！……"

凤往笼子深处退了几步，脑袋却不住地向前探着。

秋虎觉得凤很瘦很瘦，瘦得几乎只剩下了一副骨架。但眼睛却还是那么闪闪发亮。也许，是因为它日夜兼程飞了三千五百公里！秋虎明明知道，鸽子其实是无法夜间飞行的，但他还是觉得它夜间也飞了——夜里不飞，怎么这么快就飞回来了呢？

凤好像知道，它应当要让主人立即捉住它，好赶去让人家验证。它蹲了下来，不住地抖着翅膀，并且咕咕咕地叫着。

秋虎捉住了凤,将它关进一只笼子里,赶紧打电话给主办这次放飞大赛的办公室:"报告,0508号已经归巢,颜色,黑色。"

对方的声音有点颤抖:"是真的吗?你确定0508号已经归巢了吗?"

秋虎说:"我确定。"

对方告诉他:"如果是真的,那么,它就是第一只飞回来的鸽子。你赶紧带着它过来验证吧,赶紧,孩子!"

秋虎拎了笼子就往外跑,但跑了几步,脚步渐渐慢了下来,到了后来,他几乎站住了。他低头看着凤,后来竟然在马路牙上坐了下来。

凤很安静地待在笼中,有时,会歪着脑袋看着秋虎。

风大了起来,吹得落叶满街跑。

秋虎抱着脑袋,不知坐了多久,他忽地使劲摇了摇脑袋,突然起身,提起鸽笼,沿着街拼命向夏望家跑去。

夏望也没有去上学,这会儿,正坐在门槛上。门洞很大,他人显得十分瘦小。他偶一抬头,直见秋虎正往他这儿跑,慢慢站了起来。

秋虎老远就向夏望招手:"快!快!⋯⋯"

夏望不明白秋虎要干什么,愣在那里不动。

"快呀!快呀!⋯⋯"秋虎一个劲地向夏望招手,并做出要转身往回跑的样子。

夏望跑了过去,当他看到笼中的凤时,他一下子变成了一个傻子,站在那里光眨眼睛,仿佛在回忆什么。

秋虎跑过来,猛地一拉他:"飞到我家去了。你快跑呀!⋯⋯"

夏望还愣着，秋虎狠狠踢了他一脚，不理他了，转身向前跑去。

夏望终于醒过来一般，撒腿追了过去。

一路上，他们轮流着提着鸽笼，肩并肩地跑着。

秋天的阳光，十分干净……

2014 年 6 月 25 日夜 11 点 30 分修订于北京大学蓝旗营住宅

忧郁的田园

YOU YU DE TIAN YUAN

一

细茶的活做得就像她人一般干净。插秧是泥水活,别人撩衣卷袖总弄得泥迹斑斑,可细茶呢?她穿一件人家姑娘出门做客才穿的白布褂,袖口轻轻往上只挽一道,然而一天活做下来,白布褂上都不沾一星泥点。

细茶做活又很漂亮,那些全然不像农家女人的细长的十根手指,像十个修长的小美人儿,又是一般的心眼,和谐配合,将活做成应当做成的样子。她左手轻轻将秧苗均匀地剔出,右手用三根指头捏住,如同三月岸边柳烟下用长尾点水的灵燕子,轻轻往水中一点,那秧苗便站住了。快,动作却很柔和,像有一股小旋风在她两手之间无声地旋转着。

细茶还有一副银嗓子,唱出的声音像被清洌的泉水过滤过的。但并不总是唱得很温柔,微带一些野性,把声音朝高阔的天空和广漠的原野深邃处播扬开去。于是这天和地似乎变得更加空旷起来。

谁都愿意与细茶一起做活。

歌声一起,众人觉得有一只兔子在撞心窝,情绪上来,手里的活快了许多。她家地广,是这河边上的首户。但每年插秧总是她家先关秧门,这都是因为她唱歌唱的。她家秧插完了,河边上的人家就争抢着请她帮忙。常弄得细茶不知去帮哪一家。

细茶似乎不是一个温顺的女人。

细茶的眉间有一颗微小的红痣,看倒也中看,但这里的人却认为那不是一颗善痣。长这种痣的女人,都很厉害,并总要欺负丈夫的。再加上这颗痣微微有点偏左,便又有了"丈夫很难管束住她"的疑虑。婆婆觉得儿子很无用,日后可能不是她的个儿,因此在她过门的那天,门顶上挂了一扇磨盘(意为压邪)。别人家新娘入屋,一般都是低着头让一位老妪搀入,而她在踏入门槛时,却把头高昂起来,那意思很分明:"别想压住我,到你们家,我是要抬头做人的!"把众人吓了一跳。一作不行,婆婆又来二作。头天晚上,她把灶前的柴禾一丝不剩地全都抱出屋去。她知道第二天早上细茶是要起来烧早饭的,新媳妇烧头朝早饭,是这里的规矩,细茶刚进门,什么也不熟悉,这样就逼着细茶要到她床前去问柴禾堆在哪儿,她就可"拿"细茶一下。可第二天早上细茶并没有问她。婆婆家很富裕，屋里放了满满一大缸豆油，又有一大匹白布。细茶撕了几块白布，往油缸里一扔，然后用拨火棍将它摁到深处，等浸足了油，再用拨火棍挑起，点着了火，扔到灶膛里。她就这样烧一家人的早饭，弄得婆婆赶紧下床抱柴禾。

"这媳妇以后不得了！"一条河两边上的人都这么说。

可是，以后也没有怎么太不得了，细茶并没有欺负她的男人。她男人槐子是根独苗，是那么一大笔家业的唯一继承人，从小娇惯，六岁上，他死了父亲以后，母亲便越发地疼爱他。长到十岁，站起来已到母亲肩膀了，却还在大庭广众之下钻到母亲怀里，掀起衣服，像只小犊子吮那早已稀松软瘪的奶子。小时候，他是一群小促狭鬼戏弄的对象。他很瘦弱，风能把他吹倒。细茶过门第二天，他被一群男人围住了，偏让他说夜里的事。他"不哩不哩"地拒绝着，但后来还是禁不住他们的哄骗、引诱和撅胳膊，说了："我不中用哩。"细茶把他拉回家去，自己关起房门来哭了。以后谁再欺负槐子，她便拉下脸来骂人个狗血喷头。她给槐子做衣服，给他炖、煨猪爪，冬天给他盖被子，夏天给他弄洗澡水，处处一个好女人的样子。

对婆婆，细茶也不凶。婆婆原先就是个厉害人，死了丈夫以后更厉害——十个寡妇九个凶。五部风车、四条牛、上百亩田地，还有三条船，一个女人家，却管得滴水不漏。那些帮她家做活的人，背地里都叫她黑奶奶。黑奶奶是有了名的，细茶却居然与这么个婆婆还能好好相处，事实并未像人们当初想象的会"不得了"。

但她泼辣，又是确实的。

姐在园中栽黄瓜，

哥在园中点葵花，

二人隔道竹篱笆。

等了黄瓜开了花，

瓜藤爬过竹篱笆，

葵花秸子当瓜架……

细茶领趟，一边插秧一边唱，几十双手便随着她的歌声，在茫茫的水田里点出一片水烟。

田埂上走过一个穿白大褂的闲人。他想挑逗一下细茶，用屋里主人的口气，朝细茶叫道："喂，钥匙呢？"

细茶放下手中的秧苗："你要进房里呀？钥匙在我怀里哩。"她温柔地笑着，朝田埂走去。离那闲人几步远时，她一弯腰，挖出一把污泥来，对着他就甩过去。那闲人的脸上和干净的白大褂上沾满了泥污，赶紧逃跑了。

插秧的人就笑，其中一个姑娘笑得歪倒在水田里。

细茶笑笑，洗洗手，到远处的芦苇丛里解小手去了，两个白腿肚子便在阳光下一闪一闪地亮。

解了小手，系了裤子往外走。没有走出芦苇丛，她站住了。她轻轻拨开芦苇，看见了瓜地里那个瓜人的宽阔的后背。

这个地方上的人不会种西瓜，可又很喜欢吃西瓜。每到清明前，就会从离这里几百里外的北方过来一些男人，让这里的人雇他们种西瓜。这里的庄稼人出远门的很少，因此不知外面天地到底有多广阔，二百里外的地方就被他们称为"北极"了。这位来自北极的瓜人同时被这河边上的许多人家雇用,管着上百亩的瓜地。

瓜人微微偏过头来。他看到了细茶。

细茶最初感觉到这对眼睛,是那天从河里往岸上拖船。她家有只这里最大的船,多年失修,便请了整个这条河边上的汉子们把船拖上岸来修理。河里落水,岸显得很陡很高,汉子们"哼唷哼唷"地打着号子,把身子倾斜到几乎着地,吃力地把大船往岸上一寸一寸地拖。拖上一小半时,绳子"咔吧"一声断了,那些人一吓,赶紧回头,双手死死抓住船帮,但船还是朝下滑去,而这时河坎上和水中还有十几个人。眼见着就要出事了,瓜人立即抱着一根上百斤重的方木,风一样穿过人群,往下一跳,钻到船底下,然后往地上一趴,像往炮膛里塞炮弹一般,将那根方木死死推了上去,下滑的大船颤悠了一下,顿时刹住了。

船拖上岸后,细茶用眼睛在人群里去寻瓜人,只见他站在河边的大树下,把胳膊抱在胸前,像现在一样,微微偏过头来,正看着她。

细茶把眼帘一合,转过身,穿过一片芦苇,心慌慌地从另一个地方回到了地里。

二

远处田野上,一架衰老的风车,在慢悠悠地转动着。它仿佛这样转了上千年了。几棵孤独的老树,东一棵、西一棵地站立在寂寥的天空下。一条弯曲的黄土路横在田野上,路旁野草萋萋。一个老乞丐蹒跚于路上。他已秃顶,只剩一圈如霜的白发。他的眼睛是混浊的。他拄着一根随意捡来的、有点过长的竹竿。他把破衣服拴在裤带上,在炎烈的太阳下,光着瘦削、弯曲的胸膛。

早稻秧插完了,细茶现在歇着。她望了望这寂寥的田野,无由地叹息了一声,提了只水桶往河边去。

她坐在河码头的石阶上,空空地望着漠然的河水。

一只蜂子掉在水里了,两只翅膀把水扇出细密的波纹。这么吃力地扇了一阵,终于没了力气,两只发蓝的翅膀便贴在了水面上。过一会儿,小东西又扇起来,于是,水面上又出现了细密的波纹。几起几落,它真的再也扇不动了,完全没了再飞上天的意思,随水流漂去了。一根草秸漂到它身旁,它连忙用爪死死抱住。可怜的小东西,它以为得救了,却不知道那根草秸也是在水里漂着的。

细茶莫名其妙地哭起来。

细茶有点儿想家了,可家离这里有一百八十里水路。

细茶家在芦荡地区。细茶家原是书香门第,她是在安适、儒雅的家庭里长成的。小时候文静、安恬、羞涩。等她长成十六岁,家道已经衰败下来。隔一年,父亲潦倒去世了。十八岁,她来到槐子家。

细茶想念那一片碧绿青翠的芦苇,想念那水上停着的弯弯的乌篷船,想念那些在水汽里飞着的白色的鸟们,想念捕蟹人的小棚里袅袅飘出的湿烟……

她觉得对岸有个人,抬起头来——瓜人。

瓜人扛着一把鱼叉，一动不动地站在岸上。那鱼叉的竿很长，油光油光地亮。他戴着一顶破了檐的草帽。他赤着胸膛。他的皮肤很黑，阳光下，像棕色的缎子在闪光。他的眼睛被高耸的鼻梁的阴影遮住，加之它们本来就有点深陷，所以看不清那究竟是一双什么样的眼睛，但却又让人分明感觉到它们。他还是那样微微侧过头来看着她。那黑色的目光很粗野，像有麦芒的锋芒。他很固执地看人，一丝一毫都不动摇。细茶感到脸上有点灼热，很生气地扭过脸去。当她慢慢转过脸去再看他时，他的眼睛依然还是那么狠巴巴地看着她。细茶把眼珠转到眼角，睥睨着他。瓜人忽然听到了什么动静，不等细茶想清楚是为什么，他猛一转身，鱼叉已像箭一样射进河中。随即，他扑到水里，溅起一团很大的水花。他抓住鱼竿，然后把它举起来，一条大鱼便升到空中，像金子一般闪着亮光。他从水面上抓住草帽，爬上岸去，水珠便从他涂了油一般的身体上滴溜溜地滚下来。

细茶又感到了他的目光，赶紧提着空水桶回去了。

她进了院子，呆呆地坐着。她心里很气恼。院外，她家的小母牛令人爱怜地叫了一声。她便走出去，一看，那头好看的公牛正立在那里。它呈金黄色，阳光下，那一身毛，像一缕缕金丝。它的脑袋不大，但犄角巨长，显得锐利。它高大壮实威武凶猛。它身上还有水珠，可见它是挣脱了缰绳泅水过来的。她不好意思地看到了它腹部垂挂着的一件无神的东西，回头再看那头小母牛，知道大公牛已经欺负了它。她转身跑进院里，拿了根棍子过来就追打那头公牛。公牛跑动起来，撩起一蓬蓬尘埃，但依然围着小母牛不肯远走。她扔下棍子，瞪眼望它一阵,却转身回去,端了一铜盆奶一般鲜洁的豆浆,放到了它面前。它看了看她,低下头去,贪婪饥渴地喝着那豆浆。她退回来,一边轻轻抚摸着小母牛的背,一边朝那头公牛骂:

"回家吧,回家吧,你这不要脸的畜生!"

公牛依恋地望望安静的小母牛,转身像闪电一般朝田野上奔腾而去。

细茶低头看小母牛,见它眼睛里好像含着薄而透明的泪,她一边摸它的湿漉漉的鼻子,一边说:"谁让你不叫我一声呢?我就在河边上呀。以后,我不管你了……"

三

苍白的一钩下弦月,挂在五月灰蓝的天上。星星稀稀疏疏,黯然地放着微光。田野显得无限深远。这不是一个集中的村落,一家一户,往往相隔很远,傍水而住。茅屋里的豆油灯,将淡黄的光从窗里透出,像天上的星星一样稀疏,一样微弱。天热了,人们在院里,或者水边纳凉。似乎又不太热,手里的芭蕉扇只是用来赶蚊虫的。蚊虫又似乎不太多,芭蕉扇只是有一声无一声地拍击着身体,声音显得很单调,很迟钝。孩子们白天在野地里玩累了,这会儿都睡觉了,剩下在夜空下坐着的,全是些嫌夜长的老人们。他们就一个或几个闷闷地坐着,什么也不想。偶尔有一搭无一搭说几句从前的事,沙哑、低沉的声音,在这广漠的天空下,显得极辽远。其间,还会响起一两声慵懒的、没精打采的哈欠声。芦苇都长起来了,黑苍苍的。风一吹,叶子互相摩擦,发出粗糙的声音。三两只萤火虫,在麦地里、芦苇丛里飞着,发蓝的光寂寂地闪动。河里有时行过一只远路来的船,沉闷的橹声、水的"豁唧"声、船家吃烟后发出的干咳声,给这五月的乡夜,又添了几分幽怨和寂寞。

细茶明明知道睡不着,却老早熄灯上床了。

西厢房里,响着婆婆的磨牙声和长吸气以后的叹息声。那声音怪吓人的,让人觉得一口气像块石头落进水里沉下去了。槐子打着呼噜。这呼噜没有一点男人的劲头,那么软弱无力,那么不中听。细茶摸了摸他的瘦骨伶仃的身子,觉得有点凉,就给他拉了拉夹被。细茶毫无思想地、木然地躺在这个男人身旁。月光临窗了,照着她的身体。她的胸脯朦胧地耸着,眼睛黑黑地亮。

夜深了,凉凉的夜风将露水浸出的草木气味送进窗里,越发让细茶不能入睡。她心里烦躁,可也不太烦躁。

似乎在无边的草丛里,一只野雉不知是因为忽然觉得孤单了,还是别的什么原因,叫了起来。懵懂里,它忽然又觉得叫得不合适,就又乖巧地不叫了,因此那叫声显得没头没尾的。不知谁家在连夜打场,赶牛人肯定是疲乏了,要闭着眼睛瞌睡着跟在石磙后面半天,才振作起来,响一声悠长的号子。这号子声在这凉匝匝的深夜,显得有点儿哀愁。

细茶觉得自己快要睡着了。朦胧里她似乎听到了一种歌声。这歌声使她一惊乍,又完完全全地醒了。

这歌声来自黑夜的胸腔。声音是慢慢响起来的,低沉、平缓,像一股舒缓流淌的河流。这歌声似乎染上了黑夜的颜色和五月乡夜的情绪。万籁俱寂,这歌声不受一丝其他声音的干扰,真真切切,仿佛能让人看见清晰如切的音缘。歌声没有音量大小,只有音符高低。声调总是平缓地向前延伸很长时间,然后一个跳跃,像在一根绳索上用力打了一个结。有时,仿佛情绪显得躁动不安,一连串打几个结,才又趋于安静,继续平缓地向前延伸。唱歌的自然是一个胸腔深如黑渊的男人,因为声音太浑沉苍凉了。他唱得并不好,音的上滑和下降生硬而掌握不住,音像是在颤索的钢丝上走着,但却很动人,甚至使人心痒难耐。有一阵,这声音简直让人受不了了——它像铁索一样在空中飞旋着,扭曲着,劈打着,空气似乎吡吡作响。这声音把人们从酣睡中弄醒,有人"叽里咕噜"地骂。后来,歌声又再一次平静下来,并且音量渐趋微弱,但始终不肯停住。

细茶无故地惊慌着,月光下,是她微颤着的身体的曲线。

当歌声变得微弱时,她从枕上抬起头来,屏住呼吸,侧耳去感应那即将消逝的声音。

歌声完全消失了,细茶觉得心一下子变得空空荡荡,好像就她一个人站在荒野里。她紧张地推了推槐子,槐子睡得像块石头。她在枕上摇了摇头,后来把头无力地侧向一边。

夜真长,像蚕丝一般,总也抽不完。她不想睡了,走出了屋子。

月光薄薄地照着,草垛和一丛丛的树木,像一座座笼在雾里的山。烟树迷离,万物混沌一片。似有似无的小夜风,柔柔地拭着她温热的脸、颈和胸脯。她抬头望远处,在深邃的黑暗里,有一盏发红的灯。她知道,这盏灯挂在瓜人窝棚前的竹竿上。小窝棚似乎比白天遥远多了,像是永远也走不到那儿似的。她倚在草垛上,呆呆地朝黑暗里望。

月亮越来越纤弱。

四

割了元麦,大麦熟了。割了大麦,小麦又熟了。细茶家有一块小麦地在离家很远的河滩旁,要穿过一大片庄稼地。小麦地三面是芦苇,一面是林子。小麦已经熟透了,白天不能割——太阳煌煌,把麦子晒脆了,一碰要哗哗掉麦粒,得五更天起来割。细茶起了个冒失早,拿把镰刀下了地。

这天是个好月亮,夜是透明的。蝙蝠在乳白色的空气里咝咝地飞,池塘上笼着银蓝色的雾,像一蓬蓬蛛丝轻轻地飘。成熟的麦子发出热烘烘的香味,与田埂边的苦艾发出的微带药味的清香融合在一起,弥漫在六月的夜空里。

天空下就只剩下一片寂静。

细茶的头发和肩头,笼着毛茸茸的光圈。她站在麦地里,望望月亮,望望在林子里闪烁的一汪池塘,便弯下腰去割麦子。一条鲤鱼从池塘里跃出来，在月亮下闪了一个优美的银弧，跌在水里，池塘发出清脆的水音。细茶不由得抬头朝池塘望，只见一个男人站在林子边。她一阵害怕，想大声喊叫，但她终于没有发出声音。

他披着衣服，依然侧着脸看她。

她赶紧低头割麦子。麦子哗哗倒下了。不知割了多久，她慢慢转过脸去，见他仍是那样一副姿态，像凝固在那儿了。她不敢看他的眼睛，那眼睛森森地让人害怕，其实她根本看不见他的眼睛。

她感觉到他朝她走过来了。

她看了看四周，寂无一人，微微颤抖起来。

他固执地朝她一步步逼近。

她颤颤地扬起银闪闪的镰刀。

他一点不在乎，继续走过来。

她小步朝后退去，惊恐地望着他的脸。他挨近了她，然后用强有力的大手抓住她的胳膊，将她手中的镰刀摘了，扔到了水塘里。她缩着肩膀，像只被狼盯着的羊羔哆嗦起来，并用恼怒而又不安的眼睛望着他。他突然粗鲁地将她拉到怀里。她用双手软弱地拒绝着，并咬他的手。

他把她夹在腋下，将她拖到了芦苇丛里。

她听到芦苇在他的脚下和在她的身体下断裂，发出"嘎喳嘎喳"的声响。

他将她放在芦苇丛中的一片草地上，然后将衣服一件一件脱下扔在地上……

月亮快要落下去了，她在他汗津津的臂弯里醒来了。她坐起身，默默地望着星空，又想起家乡的芦荡、乌篷船、白色鸟和捕蟹的茅屋前袅袅的湿烟。

小虫像银子一般在草丛里鸣着。雾稠了，整个天地像泡在浓浓的奶里。林子上空已透出白光，离天亮近了。她推了推他，他一点儿也不动。他像一个贪睡的孩子，在黑甜梦乡里酣睡着。她看了看他变得柔和了的面孔，又用劲推了推，他仍然没有醒来。她无可奈何地叹息了一声。林子上空透出了淡淡的玫瑰色。她便狠劲地推着他，然而他依然如故。她搔了他几下，哭起来。哭了一阵，她朝林间那个池塘走去。

她把衣服放在池塘边，走进蓝色的池水里。她一直走去，直到水淹没了她的圆圆的肩膀。她的身体在清凉的池水中浸泡了一阵后，一点儿一点儿地又露出水面。水珠随着她身体的曲线往下滚动着。月光下，她的胴体宛如蓝色的冰。一团雾从林子里飘到池塘上，她被笼在了一片朦胧里。

瓜人走进池塘。

她朝前走着。

他只几步就追上了她。

池塘里激起一团团水花。

后来，一切归于平息，池塘静悄悄的，鱼在水面上张嘴呼吸着……

五

秋来了。空气清洁无尘,像蝉翼那么透明。满盈的池塘,寂然不动地映照着纯蓝的天空。白杨倒映在微微波动的水中,白色的树干像梦一样颤动着。河坡上,几只山羊被清澄的秋阳所照,像长了一身金毛。狗们在农舍前的空地上无忧无虑地跑着。若有风吹来,坡上的草便弯下柔软的腰,形成一条条金色的弧形。翅膀翡翠一般绿的纺纱娘,伏在芦苇叶上,屈起绿莹莹的腿,音质纯净地叫着。

细茶穿着蓝底白花褂子,坐在河边。她的神情、她的心,都是秋天的。她望着水中的细茶:乌黑的头发上插着一朵小黄花。她朝她笑。她很喜欢她。

水上停着一只船,弯弯的影子倒映在水里。一根芦苇梢上,站着一只翠鸟,就像一朵蓝色的花。一根芦苇低垂在水中,几条身体修长如柳叶儿一般的鱼,绕着它转,那蓝蓝的背和弯曲甩动的尾巴,有道不出的韵味。细茶从淘箩里取出几粒米来放在手掌上,然后将手放在水里逗着它们。它们先是在离她的手几寸远的地方转悠,并侧起小蓝眼睛望她的手。在清水里,她的手指显得越发细长,颜色鲜嫩。鱼们终于大胆地游来了。它们用圆圆滑滑的嘴吮着她的指头,几条小个的,竟然游到她掌上,把她手弄得痒痒的。她突然把手一合,一条小家伙便留在了她手中。它在她的手上扭动着,在阳光下闪动。后来,它没劲了。她怕它死了,把手放进水里。小家伙甩了甩尾巴,从她手里游走了，还回过头来看了她一眼。

身后有脚步声。

细茶掉头看，婆婆正高高地俯视着她。她拎起淘箩走上岸来，往家走去。她觉得婆婆侧目盯着她的脊背，那目光是十月里的霜。她不怕婆婆，但婆婆的目光扰乱了她的宁静，使她有点惶惶不安。

夕阳西下，暗红色的柔和的天空里，飞着无数归鸟的黑影。树冠像巨大的网子，在等待它们。太阳就像一只断了线的风筝，在枝丫间晃悠着，有点神不守舍的样子。随着它一寸寸沉落，细茶也一寸寸地害怕和渴望起来。她怕它落下去，又怕它老悬挂在枝丫上。

天终于黑了。她显出一副特别安静和没有任何心思的样子，用针拨着灯花，而耳朵却在听着四周的一切动静。她听到了西厢房的关门声。她看了一下已经睡着了的槐子，依然用针拨着灯花，但手在微微发颤。

她轻轻走出去。

西厢房的门缝背后，一双冷冷的目光在黑暗里看着她。

细茶走进流动着的银色的凉气里，往黑暗深处走。

婆婆打醒了槐子："她去那个小棚子了！"

细茶走过那座小木桥，看见了那座小棚子，便回头望，只见远远的有一个人影过来了。她跑进小棚里，扑到他怀里："我们到林子里去吧！"

瓜人把她推开，朝小桥走去。

她拦住他。

他把她又推开了。

她呆呆地站在田野上。

瓜人把小桥中间的一块板翻到水里,走回棚子。

她奋力地推开了他。

槐子一脚踏空,掉进水里。他不太会游水,在水里挣扎着。细茶不顾一切地跑过去,慌慌张张地滚下河坎,走进水中,把手伸给了槐子。

第二天槐子病了。

一群人拿着木棍来到了小棚子前。

瓜人从窝棚里走出来,侧脸斜看着他们,然后,将一把切西瓜用的寒丝丝的长刀扔在棚子前的矮桌上。

人们说着今年的西瓜长得不错,退了。

细茶默默地伺候着槐子。她给他熬药,给他擦身子。当槐子把那瘦长的手钻到她衣服下,战战兢兢地往上摸索时,她随他摸去。

她不再去那座棚子,甚至连看都不看一眼。

夜间,瓜人常常游荡在旷野上。有时甚至一直游荡到东方出现曙色。

六

晚秋了,收割后的田野显得旷疏、萧条。土地沉默了,像躺下的老人。河湾上,有两株白杨,树叶金黄,在晚秋的最后一阵风尚未刮来之前,显得十分美丽。它们站在黑褐色的土地上。它们的根部,是一些农人们遗下的磨刀石、坏木犁和打坏了的瓦罐。田野在忧伤地等待冬天。

细茶家门前的树丫上,一张玉丝般的蛛网还很完整。上面粘着一只早在夏天就已粘在上面的白蝴蝶。它像一片凋谢了的白色花瓣,在秋风里整日飘忽不定。

细茶用船把稻草从地边往回运。这是最后一船了。船拐过河湾,她停住了篙子:瓜人在不远处的河滩上站着。船在水面上歪斜了。细茶把竹篙点入水中,一弯腰,船又正过来。到了瓜人跟前,细茶又收住了篙子。她望着他。他的脚浸在水里。他瘦得像一个在贫瘠的荒原上跋涉了无数天的流浪汉。他的肋骨一根根显出来,凸出的喉结在错动,仿佛他在极度的饥渴中。他蓬乱焦黄的头发上沾着羽绒样的芦花,脸色枯黑,挨得很近、深不可测的两眼里发出的是野猫的亮光。

细茶把头低下去,在水里,她看见了自己苍白的脸和那对淡漠无神的眼睛,以及两片无动于衷的薄唇。

芦苇丛里,几只小如大拇指的雀子,在叶上"啾啾"地叫,声音有点儿凄凉。水面上漂着落叶和败絮。一根黑色的鸟的羽毛,像只小独船漂在白茫茫的水上。

瓜人像座泥塑。如果用重锤猛然一敲,就会"哗哗"瓦解。

细茶望着他,突然拿起篙子打在水上,水花腾起,纷纷倾泻在他身上。她哭着,嘴里含糊不清地呜噜着。竹篙越打越猛,水花一次次腾起,一次次没头没脑地泼浇着他。他浑身淋湿了,像在阳光下融化的丑陋的冰凌,但一动不动。

她停住了,泪汪汪地望着他。

他转身走了。

竹篙从她手中滑脱,掉在水上。

他往堤岸上走,身影越来越高大。他翻过堤岸,一寸一寸地消失了。

细茶坐在船头上,呜呜地哭……

没过几天,生熟不问,连大夹小,掐完最后一批西瓜,地里的瓜蔓就都被扯了,地赤裸着。

细茶走过地头,就听有人说:"'北极人'要走了。"

"他要走了。"她这么淡淡地想着往家走。还没走到家,她似乎就把这事情忘了。

槐子依然躺在病榻上。他本是病秧子,一年有半年抱药罐子。又天性胆小,落水受了惊吓后,病就重了,身体瘦弱如背阴处一根细草。婆婆从几十里外的仙姑处索来了仙水,他服下后,却越发地病重了。他默默地躺着,凉凉的秋光晃动在他呆呆的额头上。

细茶觉得槐子挺可怜。

她准备给他熬药去,想起医生"放一张荷叶"的嘱咐,又把药罐放下,到荷塘去摘荷叶。荷塘离那个小棚子不远,她看到瓜人已在收拾他的行李。她摘了荷叶,心空空落落地往家走。

晚上,瓜人木然地坐在草棚门口。

天空飞过夜行的雁队,淡薄的星光下,可以瞧得见它们精灵一样的灰影子。它们疲惫地扇动着翅膀,并不时地响起一两声长旅上的哀鸣。在微寒的霜气里,落叶的林子显得稀疏和瘦弱,闪着黑光。七月的荷香早已消失,晚风里只有残荷的苦涩和泥土的腐烂气息。

"明天要走了。"他想——仅仅这么想,不往深处想。

细茶从田埂上走过来。

他老早就看见了。

她倚在棚子门口。

他没有看她。

她走进棚子里,借着月光,将他捆好的行李卷打开,把东西一样一样放回原处。然后她走出棚子往家去。走了几步她回过头来:"钱压在你枕头底下。冬天你不用去找活干了。明年开春,你还在这里种西瓜。"

七

槐子没有熬过冬天,无忧无虑地走了。

苍黄的天底下,一支长长的送葬队伍,行进在冬天的田野上。高高的灵旗在寒风中飞扬,索索地响。队伍像一道白色的寒流穿过了黑色的田野,迤逦着进入一片荒丘。

细茶跪在地上,四周是枯索的野草。她看着人们把土地一锹一锹掀开,直到他们把槐子掩埋了,也没有哭。后来她觉得人们都已走了,就她一个人还留在荒丘上。她哭了,但并不觉得多么悲痛。她爬起来,但因跪着的时间长，腿麻木了，又栽倒在地上。她索性一动不动地在草丛里躺下了。四周一片静谧。她用黯淡的眼睛，望着低垂的天空。一朵朵潮湿、沉重的云，在慢慢地移动着。她闻到了一股新土的气味，闭上了眼睛。

芦荡呢？乌篷船呢？白色鸟呢？好看的湿烟呢？

远处旷野上，响起一声沉闷的枪声。

细茶撑起身体，看到瓜人抓着一管猎枪站在天和地快要相交的地方。他站了很久，然后转身消失在林子里。

婆婆成日带夜地敲着木鱼念经。像用刀在砧板上剁一样敲着木鱼，冷冷地在嘴中念念有词。

细茶突然害怕起来，赶紧走到外面倚在一棵老树上。

茅屋、草垛、树木和芦苇都落了厚厚一层雪。黑色的田野，现在是一个铺满乱琼碎玉的世界。几只寒鸦从枝头上飞下，在田埂上慢条斯理地踏步，用嘴去拧着冒出雪的枯枝和残梗，留下一朵朵脚印。它们的喊声，又给天空增加了几分寒气。一群麻雀缩着身子，在芦苇丛下一块湿地上跳着。河凝住了，小船无可奈何地被冻在了河心。荷田里，断折的残荷茎被冰冻住。冰不是一天冻成的，有许多道白色的曲线。一群洁白的鹤，有的在冰上走着，有的在冰的上空飞着，使冬天变得十分圣洁和安宁，但同时也衬出冬天的阴霾和苍凉。

下雪了，针形的、六角形的、十字形的雪花，在变得瓦蓝的天空下飘。田野上升起淡蓝色的烟气。

细茶不肯回家，她害怕木鱼声和那座空大的屋子。

天黑下来，那盏孤灯在雪夜里战战兢兢地闪着。

她冷得哆嗦起来,这才走回去。

深夜,细茶听见窗外有"咯吱咯吱"的踏雪声。她用舌头舔破窗纸,只见月光下,晶莹的雪地上站着他。他走过来了,一直走到窗下。她听到了他粗浊的喘息声,甚至感觉到了他在寒冷中散发出的温热的气息。

他似乎也看到了映在窗纸上的细茶:她的脸,她战栗的胸脯。

细茶没有开门,一直倚在窗口。当黑暗退缩到林子里,黎明在天空翱翔时,她醒来了。借着晨曦,她看见他的阔背在往苍茫的远处移去……

八

深远的高空里,传来一阵水晶块倒进金杯里的纯音——回归的云雀叫响了第一声。春天来了。路上的冰融化了,露出畜粪,并在中午的阳光下散发着刺鼻的气味。河水又流动起来,鸭们把水往脖子上撩着,并欢快地扇动翅膀。茅屋上的雪变成了水,屋顶湿漉漉的,檐口滴着金色的水珠。没过几天,白杨林的梢头便笼上了淡淡的绿烟。土地在阳光下泛着油光。田埂上,草芽儿把泥土一小块一小块地拱翻了,打着寒噤来到空气里。狗们在田埂上、场院里整天追逐嬉闹着。

细茶家的母牛临产了。当一股瀑布似的鲜血从母牛躯体里流到干草上时,细茶吓得用手蒙住了眼睛,但心里充满了一种莫名的激动。她听见"扑通"一声,干草上多了一个黄乎乎、黏糊糊的东西。泪汪汪的母牛掉过头来,用舌头在它身上舔着。不一会儿,一条金黄色的小牛犊便出现在细茶面前。她连忙上去仔细看着,小家伙真漂亮,浑身亮闪闪的,四只小黑蹄子是那么好看,粉红色的小鼻子,一对鼓鼓的眼睛,像黑琉璃球儿。小家伙想站起来,但没有成功。"别急,别急!"细茶对它说。它还是急,又挣扎着——站起来了!可是直晃悠,细茶赶紧做好托住它的手势。它竟冒冒失失地朝前踉跄着走了。细茶急得叫着:"当心!当心!"它摔倒了。细茶望着这个让人怜爱的小家伙:"瞧你,就急!"小家伙喘了喘气,却再一次站起来。跌倒,站起,又跌倒,再站起,不一会儿工夫,它居然缠绕着它妈妈甩动的尾巴,稳稳当当地走来走去了。

从此,细茶一有空就来看小牛犊子。

当小牛犊跌在泥水里,身上沾了泥巴,她就把它领到池边,用清水给它洗刷。一边洗,她一边说它:"让你小心,让你小心,你总是不当心!"当小牛犊把篱笆钻了个洞,把菜园子踩得乱七八糟的,她就轻轻打它一巴掌,并发狠:"以后再也不管你了!"

她喜欢看小牛犊在田野上撒欢。一只蓝蝴蝶飞着,它先是偏着头,用眼睛好奇地看着蝴蝶,然后便横七竖八地乱跑一气。后来它不再去追蝴蝶,接着刚才那份疯劲,毫无理由地狂奔起来,像股金色的小旋风。她就叫:"别!别!"

她最喜欢看它吃奶。母牛在小溪边吃着青草,它钻到母牛肚子下,用小嘴叼住妈妈的奶头,贪婪地喝着。喝得差不多了,它就把脑袋偏过来看她，一副赖皮样子。她故意绷着脸："快喝！"它一点儿也不快，吮着就不肯松口，母牛往前走，它就吮着奶头跟着往前走，并且还是侧过脸来望她。

细茶变得很温柔。

一天，细茶从地里回来，见小牛犊屋前屋后地转，"哞哞"叫着，在找它妈妈。细茶忙上前去。小牛犊见了细茶，连忙跑过来，用舌头舔她的手指头。她蹲下身来，只见它眼里汪满了泪水。她用手给它擦去泪水，责备它："谁让你贪玩呢！"她摇了摇它的耳朵，"走，我带你去找妈妈。"

小牛犊乖乖地跟着她。

"我跟你说，以后我可再也不管啦。"她一路上不断地对它唠叨，像个老太婆。

母牛不知在什么地方把小牛犊丢了，也在找小牛犊。它在林子旁到处转着，叫着。小牛犊听到母牛的声音，"哞"的一声长叫，丢开细茶，不要命地跑过去。母牛朝小牛犊跑过来，把树挤得哗哗响。细茶走到时，它们正亲热着，像是失散了很多年头了。母牛用舌头在小牛犊身上到处舔着。小牛犊依偎在母牛身上，摩摩擦擦，并"哼哼唧唧"。

细茶坐在林子边，默默地瞧着它们。

它们慢慢平静下来。母牛沿着田埂，一边啃草，一边朝前走去。小牛犊寸步不离地跟着。它们渐渐走远了。

只留下细茶一人独自坐着。

暮色从四周悄然无声地弥漫上来。路渐渐变得短了。林子里响起归鸟的嘈杂声。远处,有个老人在唤鸡雏,那鸡雏大概是钻进菜园里了。有个母亲在唤贪玩不归的孩子,声音里含着埋怨和焦急。

细茶惊讶地站起来,朝四周看着。

那座小棚子,像一只渡船停在田野上。

细茶朝它急急地走去。

他从棚里走出来。

细茶扑在他身上,并用双手把他的衣服胡乱地解开、扒下……

九

清明前夕,烟雨蒙蒙,是种瓜种豆的好时光。篱笆下,一个母亲用锹往潮湿的沃土里一掘,掘出一口浅浅的小坑来,她的小闺女跟随其后,用小手在瓢里捏起三两枚棕色的豆种,往小坑里一丢,又用脚把泥土踢到坑里,将种盖上。田埂上,两户种豆的人家为了寸宽的土地而争执着。风车的铁缆下,它的主人已埋下了丝瓜的种子。主人挂着锹想:到了夏天,丝瓜就会缘索而上,爬到高空里,把一只只丝瓜悬吊着。

"你家地边上种豆了吗?""东河坎上,我育了一片黄瓜苗。""等你家南瓜苗起来了,我来移秧子。"……烟雨里,人们到处都在谈种瓜种豆。

在一条小溪边，瓜人却将西瓜种从一只大口袋里一把把抓出，撒在流水里。那种子实在是上等的，饱满结实，且又发亮，是他去年秋天好不容易收下的。

这里的人家，今年谁也没请他种西瓜。

瓜种在水上漂成一条黑线。他倒提口袋，将瓜种一粒不剩地全都倾泻进溪水里。

细茶来到棚子里："我和你一起走。"

这里的人早都知道，细茶早晚会跟瓜人一起走掉的。

细茶在房里收拾着自己的东西。

婆婆在西厢房里敲着木鱼念经。

她把东西收拾好，发痴地坐在床边上。

瓜人将最后的枪药装进枪里，朝浓稠的黑空里放了一枪。

西厢房里"咕咚"一声，随即是木鱼掉在地上滚动时发出的"的的笃笃"声。

细茶并没在意，她想到的是那枪响：他在唤我走呢。可是屋里静得有点出奇，她便放下包袱，走向西厢房。她马上看到了跌倒在地上的婆婆。她想把婆婆扶起来，可怎么也扶不起来。婆婆是摔坏了。婆婆的脸破了，在流紫黑色的血。她把婆婆架到铺上，用清水给婆婆擦拭血迹。婆婆一动也不动，像是太乏了，想休息了。多少天来，细茶第一次好好打量婆婆：她的头发全都白了，脸瘦小得如一枚桃仁，胳膊才有拨火棍一般粗细。她端来一碗水，放了些白糖，用勺喂到婆婆嘴里。糖水流动得很慢，像是一滴一滴地在朝婆婆的躯体里渗透着。

婆婆瘫痪了，再也不能敲木鱼了，而且再也不能诅咒了。

月光下，细茶走到河滩上。

她没有哭，把衣服脱了，一件一件丢在草丛里……

细茶一直到天发白才回家。

过了一会儿，她就看见灰蒙蒙的晨雾里，那座草棚燃烧起来。朦胧的火光背后，是他变幻不定的身影。

人们都出来看火。

火灭了，小棚子消失了。

苍茫的田野上，一个灰色影子，用一根棍子挑着一个包袱，朝天与地的尽头走去……

1988年1月10日于北京大学21楼106室

泥鳅

NI QIU

一

这地方抓泥鳅的手段很特别：将芦苇秆截成两尺多长，中间拴一根线，线的一头再拴一根不足一厘米长的细竹枝，那细竹枝只有针那么粗细，两头被剪子修得尖尖的，叫"芒"，往剪开的鸭毛管中一插，穿上四分之一根蚯蚓，然后往水中一插，觅食的泥鳅见了蚯蚓张嘴就是一口，哪知一用劲吞咽，芒戳破蚯蚓，在它嗓眼里横过来，它咽不下吐不出地被拴住了，然后可怜地翻腾挣扎出几个小水花，便无可奈何地不再动弹了。

这地方上的人称这玩意儿为"卡"。

傍晚插卡，一清早收卡。

十斤子和三柳各有二百根卡。

一年里头能插卡的时候也就三十来天，在冬末春初。过了这段时间，水田都放了水，让太阳烘晒，准备种庄稼了。即使仍有贮水的地方，泥鳅有了种种活食，也不再一见蚯蚓就不假思索地贪婪吞吃了。

这里的冬末春初的田野，别有一番景致：到处是水田，水汪汪的一片，微风一来，水面皱起一道道细细的水纹，一道赶一道，往远处去，那水分明有了细弱的生命；风再大一些，田野上便会四下里发出一种水波撞击田埂的水音，柔软的，温和的，絮语样的，田野也便不再那么无聊和寂寞；中午若有一派好阳光一把一把洒下来，水面上便广泛地弹跳起细碎的金光，把世界搞得很迷人，很富贵。

十斤子和三柳对这样的田野很投入，有事无事总爱在田野上转悠、疯跑，或坐在田埂儿上犯傻、琢磨、乱想、编织荒唐的故事。若太阳暖和，便直条条地躺在松软的田埂儿上，那时耳畔的水声便会变得洪大起来，让人动心，让人迷惑不解。阳光、泥土、水、老草和新芽的气味融合在一起，好闻得很。

当然，最使他们投入的，还是因为这一片片水田里有让人心儿一蹦一蹦的泥鳅。

但，这两个家伙似乎很隔膜。

十斤子的身体像榆树一样结实，细短的眼缝里，总含有几分"阴谋诡计"，平素风里土里地滚，又不喜清洗，黑皮肤便更黑，太阳一晒，如同紧绷绷的牛皮。他常用那对不怀好意的眼睛去瞟、去瞥、去盯那个三柳。

性情怯懦的三柳抵不住这种目光,便低下头去,或远远地避开他。

今天他们来得太早了点儿,太阳还老高。两人都知道,早插卡不好,会被一种只要有阳光就要四处活动的小鱼慢慢将芒上的蚯蚓嚼了去,便把卡放在田埂上,等太阳落。

田野尽头,有几只鹤悠闲地飞,悠闲地立在浅水中觅食。

十斤子觉得,瘦长的三柳长得很像那些古怪的鹤。当他在等待日落的无聊中,发现三柳与鹤有着相似之处时,不禁无聊地笑了。

三柳觉得十斤子肯定是在笑他,便有点儿不自在,长腿长胳膊放哪儿都不合适。

太阳落得熬人,十斤子和三柳便一人占一条田埂躺下来。

天很空大,田野很疏旷,无限的静寂中似乎只有他们两个。

可是十斤子却还容不下三柳,他对三柳插卡有一种本能的排斥。没有三柳,这眼前的水田全是他十斤子的,他爱往哪儿插卡就往哪儿插,今日在这块田插,明日就到那块田插,那是无边无际的自由。

十斤子又很有点儿瞧不上三柳:知道往哪块田插卡吗?知道在大风天怎么插卡吗?⋯⋯你也会插卡?!

三柳从十斤子的目光中看出什么来了,很是小心翼翼,生怕触犯了十斤子。十斤子先到,可以不顾三柳,只管随便挑块田插,而三柳先到,却总要等十斤子先下田,而后自己才下田。

三柳是个微不足道的孤儿,连间房子也没有,住在久废不用的砖窑洞里,人们似乎有理由不在意他。

三柳也很知趣。

太阳终于沉没了，暮鸦从田野上飞起，鼓噪着，往村后的林子里去了。

十斤子用绳兜子提着卡，来来回回地选择了半天，也未选定一块田。三柳今天有点儿心急，想：你就慢慢选吧，反正这块田你不会要的，今天就不等你了。想着，便第一回抢在十斤子的头里下了田。

十斤子心里很不得劲，跳进一块田就插，本来每隔五步就可插一根，他不，两条腿不停往前移，将水弄得"哗啦啦"响，身后翻起一条白练来，十多步下去了，才又插一根。傍晚的田野很静，天空下只有十斤子喧闹的涉水声。

三柳刚插了一行，十斤子已插了一块田。

三柳的卡还有一半未插，所有的水田就已被十斤子插完了。十斤子爬上田埂，将空绳兜往腰里一系，在昏沉的天色里，朝三柳诡谲地一笑，一蹦三尺，仰天胡叫地回家了。

三柳站在水田里愣了老一阵，只好将剩下的卡补插在自己已插了卡的田里，那田里就密匝匝地到处是卡了。

第二天早晨天才蒙蒙亮，十斤子和三柳就下田收卡了。一人提一只水桶，若卡上有泥鳅，便抡圆了，将线绕回芦苇秆上，然后往桶边上那么很有节奏地一磕，泥鳅就被震落在水桶里。十斤子故意将芦苇秆在桶边磕得特别响，并且不时地将并没挂上泥鳅的芦苇秆也往桶边使劲磕。

而远远的三柳那边，半天才会响起一下微弱的敲击声。

十斤子心里有一种按捺不住的快乐，便在寂寥的晨野上，用一种故意扭曲、颤抖的声音叫唱起来：

  新娘子，白鼻子，
  尿尿尿到屋脊子……

  天便在他的叫唱中完全地明亮了。
  初春的早晨，水田里还很冷，三柳收罢卡，拎着水桶，缩着脖子，哆哆嗦嗦地往前走。
  "三柳！"十斤子叫道。
  三柳站住了。
  十斤子走上前来，打量着耸着肩胛、两腿摇晃的三柳，越发觉得他像只鹤。
  "我要走了。"三柳说。
  十斤子把自己的水桶故意挨放在三柳的水桶旁。他的桶里，那些金黄色的泥鳅足有四五斤重。而三柳的桶里稀稀拉拉十几条泥鳅，连桶底都未盖住。
  "哟，真不少！"十斤子讥讽地一笑。
  三柳并没有注意到十斤子的嘲讽，只是抬头朝远处的那棵大柳树下望去。
  树下站着蔓。
  "你在看谁？"
  "……"
  "她好像在等人。"

"在等我。"

"等你？"

"……"三柳提起水桶往前走，将背冲着刚露出地面的太阳，个儿越发地瘦长，像一晃一晃的麻秆。

随着太阳的上升，大柳树下的蔓变得鲜明起来，人在百步以外似乎都能感到她那对明亮动人的黑眸。

十斤子呆呆的，像只痴鸡。

二

蔓是从二百里外的芦苇荡嫁到这儿来的，才结婚半年，丈夫在雨中放鸭，被雷劈死在稻地里。

从此，人们用怯生生、阴沉沉的目光看蔓。

蔓长得很有几分样子，全然不像乡野间生长起来的。她走起路来，脚步很轻盈，腰肢扭动着，但一点儿不过分，恰到好处；眼睛总爱眯着，像一只猫受到了阳光的刺激，可一旦睁大了，就显得又黑又亮；说话带着西边的口音，很清纯，软款款的很入耳，这大概是在水边长大的缘故。

蔓站在大柳树下。其实，这些天，这个时候，她总站在这儿，只不过十斤子没有注意到罢了。

蔓穿一件蓝布褂儿，头上戴着一朵白花。她的脸色在朝晖中显得很红润。她把嫩葱一样的手指交叉着，很自然地放在腹前。她宁静地微笑着，脸上全无一丝愁容。丈夫的死似乎在她身上、心上皆没有留下痕迹。

在她身后有十几只鸭，一律是白色的。丈夫死后，她把那些杂色的鸭全卖了，却留下这十几只白鸭。她喜欢这样颜色的鸭。鸭们很干净，洁白如雪，如云，如羊脂。一只只都是金红色的蹼、淡黄色的嘴，眼睛黑得像一团墨点。鸭们很乖，不远不近地跟着她，"嘎嘎嘎"地叫。有几只鸭为抢一根蚯蚓在追逐，她便回过头去责备它们："闹煞啦！"

每天，她都从三柳手中接过水桶，然后把鸭交给三柳，她去小镇上代三柳把泥鳅卖了。她总能卖好价钱。这些钱依三柳的意思，要拿出一半儿来给她做油盐酱醋的费用，她也不硬推辞，笑笑，但只用去很少一些，其余皆放入一个瓦罐里替三柳存着。

三柳哭丧着脸走到她跟前。

她眉叶儿一弯，笑笑。

三柳将特别小的几条泥鳅挑出，扔给鸭们，鸭们都已吃惯了，一见三柳放下水桶就会围过来，见着泥鳅就抢，就夺，就叼着到处乱钻，欢腾得很。

"总能卖几个钱的。"蔓说，"你赶鸭走吧，院门没关，早饭在锅里，洗了腿上的泥，鞋在篱笆上挂着，蚯蚓我已挖了，在那只小黑陶罐里。"说罢，将水桶挎在胳膊上，往小镇上去了。

她的背影真好看，路也走得好看。

三柳望了望，便赶着鸭们上了小路。此时的三柳一扫丧气，心情很快活,十四五岁少年的那份天真、淘气和快乐,又都从这瘦弱的身体里钻了出来。他随手捡了根树枝,将它想象成枪,想象成马,想象成指挥棒,一路赶着鸭,一路自玩自耍,自得其乐。走田埂,爬河堤,穿林子,很是惬意,那样子像只善弹跳且又无忧无虑的兔子。

常常压抑,常常郁闷,常常自卑,此刻,三柳将它们都挣脱了。

此刻,三柳是一个纯粹的少年。

三柳甚至双眼一闭,忘我地打起旋转来。转呀,转呀,转得天旋地旋,欲站稳不能,一头撞在一棵大树上,两眼乱溅金花,一个趔趄,跌坐在地上。

鸭们惊得"嘎嘎"叫。

大堤上,十斤子像只青蛙往空中蹦,伸开双臂欢呼:"嗷——!嗷——!跌死一个,萝卜烧肉;跌死一双,萝卜烧汤!"

三柳爬起来,提了提裤子,低着头将鸭们赶到了一条偏道上……

十斤子回到家,一上午心里不痛快。到人家菜园里挖蚯蚓,挖完了连土都不平,坑坑洼洼地扔在那儿,人家主人要他平上,他却头也不回地就走。"看我下次还让你挖!"那主人指着他的后背发狠。"请我也不来!"他掉头回了一句。穿蚯蚓时,又常常不小心将那尖尖的芒戳了出来。他从心里希望此刻三柳就在他面前,他好用尖刻的话一句一句地刺激三柳。吃了午饭,他晃悠晃悠地来到了砖窑。

三柳不在。

十斤子就摸到了蔓的家。

即使初春,这里中午的太阳也有几分分量了。蔓拿了一个小木盆,把三柳叫到河边上:

"过来呀!"

三柳脚不离地,慢慢往前蹭。

"磨蹭什么哪?"

三柳走到河边:"水凉。"

"凉什么呀,河水温乎着呢。把褂子脱了。"

"我不洗。"

"看你脏的,还不肯洗。快脱了褂子呀!"蔓抓住了三柳的胳膊,直把他拽到水边上,"脱了!"

三柳半天解一个纽扣地拖延着。

十斤子过来,就站在篱笆墙下往这边看。

"哎呀呀!"蔓放下木盆,三下两下地脱了三柳的褂子。

三柳一低头,觉得自己瘦得像鸡肋一样的胸脯很丑,加之天凉,便缩着颈项,双臂抱住自己。

蔓打了一盆水,把三柳的手扒开,用毛巾在他身上搓擦起来。

三柳害羞了一阵,便也就不害羞了,仰起脖子,抬起胳膊,闭起眼睛,听任蔓给他洗擦,将他摆布。

蔓往三柳身上打了一遍肥皂,用毛巾擦去后,便丢了毛巾,用手在三柳的身上"咯吱咯吱"地搓擦着。

此时的三柳像一个温馨幸福的婴儿,乖乖的。

那双温热柔软的手在他的肋骨上滑动着,在他的颈项上摩挲着。

三柳觉得世界一片沉寂,只有那"咯吱咯吱"的声音在响。那声音很脆,又很柔嫩,很耐听。春日的阳光透过薄薄的半透明的眼帘,天空是金红色的。有一阵,他竟忘记了蔓在给他洗擦,觉得自己飘散到甜丝丝的空气里去了。

三柳朦朦胧胧地记得,还是四岁时,母亲把他抱到水塘里,给他这样擦洗过。母亲掉到潭里淹死后,他便再没有体味到这种温暖的擦洗了。

三柳的黑黄的肌肤上出现了一道道红色,接着就是一片一片,最后,整个上身都红了。那颜色是婴儿刚脱离母体的颜色。太阳光透过洗净的汗毛孔,把热直接晒进他身体,使他感到身体在舒展在注进力量。

蔓停止了洗擦,撩了一撩落在额上的头发,轻微地叹息了一声。

三柳紧合的睫毛间,沁出两粒泪珠来。

蔓给他换上干净的裤子,转身去唤在河边游动的鸭们:"嘎嘎嘎……"

那群白鸭便拍着翅膀上岸来,摇摇摆摆地跟着蔓和三柳往院子里走。

十斤子赶紧蹲了下去……

三

傍晚,三柳提着卡来到田野,十斤子早坐在田埂上了。

十斤子眯起一只眼,只用一只眼斜看着三柳,嘴角的笑意味深长。

三柳的目光里仍含着胆怯和讨好。

使三柳感到奇怪的是,十斤子手里只有一只空绳兜,卡一根也不见。

太阳落下了。

三柳看了一眼十斤子。

十斤子一副无所事事的样子。

三柳等不得了,便卷起裤管下了田。

"喂,喂,那田里已插了我的卡了。"十斤子叫道。

三柳疑惑地望着并无芦苇秆露出来的水面。

十斤子懒洋洋地走过来,走进田里,卷起胳膊,往水田一伸,拔出一根卡来,在三柳眼前摇着:"看清楚了吗?我插了闷水卡。"

三柳只好走上田埂,走进另一块田里。

"那块田里,我也插了闷水卡!"

三柳仍疑惑地望着并无芦苇秆露出的水面。

"不信?"十斤子跳进田里,顺手从水中又拔出一根卡来,"瞧瞧,这是什么?卡!"他上了田埂,撩水将腿上的泥洗濯干净,对三柳道:"新添了一百根卡,这些田里,我都插了卡了。"

三柳望着十斤子,那眼睛在问:我怎么办?

十斤子随手一指:"那儿有那么多水渠、小沟和池塘呢。"当他从三柳身边走过时,故意停住,用鼻子在三柳身上好好嗅了一通,"胰子味好香!"随即朝三柳眨眨眼,转身回家去了。

三柳愣了一阵,见天色已晚,只好一边生闷气,一边将卡东一根西一根地插在地头的水渠里、河边的池塘里。那些地方,泥鳅是很少的。

其实，十斤子是胡说，还有好几块田他并未插卡。

第二天，三柳抢在十斤子前面插了卡，但还是留下边上两块田未插，三柳不敢太激怒了十斤子。三柳插的都是明卡。在十斤子眼里，那一根根竖着的芦苇秆，有点儿神气活现。

"你插的？"

"我插的。"

"那两块田是给我的？"

"给你的。"

三柳的回答是坚贞不屈的，但声音却如被风吹动着的一缕细丝，微微发颤。

十斤子再也不说什么，提着卡到三柳给他留下的那两块田去了。

三柳立起，看了看自己占领了的水面，带着战战兢兢的胜利，离开了田野。

身后传来十斤子的叫唱声：

　　新娘子，白鼻子，
　　尿尿尿到屋脊子……

夜去晨来，当三柳提着水桶穿过凉丝丝的空气来到田埂时，眼前的情景却是：凡被他插了卡的田里，水都被放干了，那二百根芦苇秆瘦长瘦长，直挺挺地立在污泥上。

三柳蹲下去，泪水便顺着鼻梁滚动下来。

晨风吹过，芦苇秆发出"呜呜"的声响，有几根摇晃了几下，倒伏在污泥里。

那边，十斤子在收卡，但无张狂和幸灾乐祸的情态，反而收敛住自己，不声不响。

三柳站起，突然将水桶狠劲掼向空中，那水桶在空中翻了几个跟头跌在田埂上，"哗啦"一声散瓣了。

三柳抹一把眼泪，猛一吸鼻涕，朝十斤子走过去，像头受伤的小牛。

十斤子第一回怕起三柳来，往田中央走。

三柳下了田，紧逼过去。离十斤子还剩七八步时，竟然"哗啦哗啦"扑过去。

十斤子放下水桶，将身子正过来迎对三柳。

三柳一把勒住十斤子的衣领，样子很凶恶。

"松手！"

三柳不松。

"你松手！"

三柳反而用双手勒住。

"你真不松？"

三柳勒得更用劲。

"我再说一遍，你松手！"

三柳就是不松。

十斤子脸憋红了，伸出双手揪住三柳的头发。

两人先是纠缠，后是用力，三柳被掼倒在泥水里，但双手仍死死揪住十斤子的衣领。

十斤子往后挣扎，企图挣脱。

三柳依然死死抓住，被十斤子在泥水里拖出几米远。

十斤子低头喘息着。

三柳双手吊住十斤子，在泥水里半躺着。

两对瞪圆的眼睛对峙着。

又是一番挣扎和厮打，十斤子终于将三柳甩开。

三柳浑身泥水，摇摇晃晃站起来，坚忍不拔地朝十斤子走过去。

十斤子往后退却。十斤子的水桶在水面上飘着。

三柳走过去，抓起水桶，抛向空中。

水桶落下，倾倒在水里，泥鳅全都溜走了。

十斤子猛扑过来，将三柳摁在泥水里。

三柳便抓稀泥往十斤子脸上甩，直甩得十斤子两眼看不见。

打到最后，两人浑身上下都糊满稀泥，只剩下两对眼睛不屈不挠地对望。

十斤子先撤了。

三柳却叉着腿站在田里一动不动像尊泥塑。

是蔓将他劝了回去。

十斤子回到家，遭到父亲一顿狠打："不兴这样欺负人！"并被父亲用棍子赶上了路，"向人家三柳赔礼去！"

十斤子无奈，磨磨蹭蹭地朝前走。知道三柳这会儿肯定在蔓家，他便径直来了。

院里有哭泣声。

三柳坐在门槛上，双手抱膝，身子一耸一耸地呜咽着。

蔓没劝三柳，却也在一旁轻声啜泣。这啜泣声是微弱的，却含着绵绵不尽的苦涩、愁惨和哀怨。

站在院门外的十斤子把头沉沉地低下去。

这男孩和少妇的极有克制的哭泣声融合在一起，时高时低，时断时续，仅仅就在广漠的天空下这小小一方天地里低回着。

过了一会，蔓说："要么，你就不去插卡了。鸭快下蛋了，钱够用的。"

蔓又说："要么，我去找十斤子好好说说，十斤子看上去可不像是个坏孩子。"

十斤子没有进门，顺着院墙蹲了下去……

四

十斤子悄悄挖开水渠，往那些已干涸的田里又注满了水后，却佯称肚子整天疼，一连三日，未到田里插卡。

第四日，十斤子才又来到田边，但还不时地捂着肚子。两人都很客气，各自从最东边和最西边的一块田插起，插到最后，中间的两块田都空着。一连好几日，都是如此。最后还是十斤子先说了话："我们都插得稀一点。"

这天，两人只隔了一条田埂插到一块儿来了。三柳从怀里掏出两根粗细适中的鸭毛管给十斤子，说这是蔓从她家鸭身上取下的，让带给他穿蚯蚓用。十斤子看了看，心里很喜欢。

　　论插卡抓泥鳅，十斤子自然比三柳有经验多了。坐在田埂上，十斤子滔滔不绝地将这些门道全都教给了三柳："蚯蚓不能太粗，粗了容易从芒上滑下来。穿了蚯蚓要放在太阳底下晒，让蚯蚓干在芒上。插下卡，用脚在它周围搅两下，搅出浑水来，不然，罗汉狗子（一种小鱼）要嗫蚯蚓，泥鳅却不怕水浑。风大，要顺着风插闷水卡。你想呀，秆直直地挺着，风把秆吹得直晃悠，线就在水里抖，泥鳅还敢来咬吗？线不能挂得太靠下，吃了芒的泥鳅够得着往泥里钻，就得了劲，能挣脱了，可悬在水里，它就不得劲了……"

　　三柳听得很认真，眼睛一亮一亮地闪。

　　除了说这些门道，十斤子总爱跟三柳打听蔓的事。有一点两人似乎都想不太明白：人们为什么不太想走近蔓？

　　一天，三柳对十斤子说，蔓可以帮他们两人挖蚯蚓，让十斤子拿了卡，也到她的院子里去穿蚯蚓。

　　十斤子虽然有点儿不好意思，但却很愿意。

　　这样一来，白天的大部分时间，十斤子便和三柳一起泡在了蔓家。

　　蔓的脸色越发地红润，眼睛也就越发地生动。她跟这两个孩子有说有笑，并直接参与他们的劳动。她有无穷无尽的好处让两个孩子享受：一会儿，她分给他们一人一根又鲜又嫩、如象牙一般白的芦根，一会儿又捧上一捧红得发亮的荸荠。蔓除了饲养她那群白鸭，所有的注意力都在两个抓泥鳅的孩子身上了。

小院很温馨,很迷人。

大人们很有兴趣地看着两个孩子从这院子里出出进进。

"你叫她婶,还是叫她姐?"十斤子悄悄问三柳。

三柳还没想过这个问题,很困惑:"我也不知道。"

天暖了,水田放了水,要种庄稼了,十斤子和三柳不能插卡了,但,一有空还是到蔓的院子里来玩。

大约是秋末,三柳跑来告诉十斤子:"她要跟一个远地方的男人走了。"

"那你怎么办?"

"她要带我走。"

"你走吗?"

"我不喜欢那个男的。他太有钱,可他却喜欢我。"

"那你跟她走吧。"

"……"

"你叫她婶,还是叫她姐呢?"

三柳依然说不好。

三柳临走的头天晚上,把他的二百根卡都拿来了:"她让把卡留给你。"

那卡的秆经过一个夏天一个秋天,红亮亮的。

"给你吧。"三柳用双手将卡送到十斤子面前。

十斤子也用双手接住。

两人默默地看了看,眼睛就湿了。

蔓和三柳上路那天,十斤子送了他们好远好远……

第二年冬末,十斤子提着四百根卡来到田边。三柳永远地走了,所有的水田都属于他了。插卡时,他的心就空落落的。第二天早晨收卡时,天底下竟无一丝声响,只有他独自弄出的单调的水声。水又是那么的冰凉,到处白茫茫的一片,四周全无一丝活气。十斤子忽然觉得很孤独。

他只把卡收了一半,便不再收了,并且从此把那些收了的卡洗干净,永远地悬吊在了屋梁上。

于是,其间的田野,便空空荡荡的了。

1990年5月20日于北京大学21楼106室

图书在版编目（CIP）数据

甜橙树 / 曹文轩著. —北京：北京大学出版社，2020.1
ISBN 978-7-301-30127-2

Ⅰ.①甜… Ⅱ.①曹… Ⅲ.①儿童小说–短篇小说–小说集–中国–当代 Ⅳ.① I287.47

中国版本图书馆 CIP 数据核字（2018）第 283286 号

书　　名	甜橙树 TIANCHENG SHU
著作责任者	曹文轩　著
责任编辑	张丽娉
标准书号	ISBN 978-7-301-30127-2
出版发行	北京大学出版社
地　　址	北京市海淀区成府路 205 号　100871
网　　址	http://www.pup.cn　新浪微博：@ 北京大学出版社 @ 培文图书
电子信箱	pkupw@qq.com
电　　话	邮购部 010-62752015　发行部 010-62750672　编辑部 010-62750883
印　刷　者	天津光之彩印刷有限公司
经　销　者	新华书店
	787 毫米 × 1092 毫米　32 开本　12.75 印张　275 千字 2020 年 1 月第 1 版　2020 年 1 月第 1 次印刷
定　　价	59.00 元

未经许可，不得以任何方式复制或抄袭本书之部分或全部内容。
版权所有，侵权必究
举报电话：010-62752024　电子信箱：fd@pup.pku.edu.cn
图书如有印装质量问题，请与出版部联系，电话：010-62756370